tolstói a morte de ivan ilitch e outras histórias

tolstói a morte de ivan ilitch e outras histórias

tradução e notas oleg almeida

sumário

7
introdução

19
a morte de ivan ilitch

103
sonata a kreutzer

213
o padre sêrgui

a imagem do caniço pensante nas novelas filosóficas de tolstói

oleg almeida*

O nome de Leon Tolstói, um dos mais consagrados mestres da prosa russa, não precisa de comentários. Seria muito difícil encontrar, neste mundo globalizado de hoje, uma só pessoa minimamente instruída que nunca tenha lido seus romances *Guerra e paz*, *Anna Karênina* e *A ressurreição* ou, pelo menos, ouvido falar a respeito. Impressionando o leitor hodierno tanto com a grandiosidade épica que lhes é peculiar quanto com a expressividade de seu estilo, as principais obras de Tolstói, comparáveis às de Homero[1] e Virgílio,[2] Balzac[3] e Górki,[4] fornecem a quem deseje compartilhar a vida de seus inúmeros personagens um excelente ensejo de atravessar a época em que eles viviam, familiarizar-se com seus usos e costumes, crenças

---

* Oleg Almeida: poeta e escritor nativo da Bielorrússia, especialista em literatura russa.

[1] Homero (séc. IX ou VIII a.C.): poeta grego a quem é atribuída a autoria das epopeias *Ilíada* e *Odisseia*.

[2] Públio Virgílio Marão (70-19 a.C.): poeta romano, autor do poema épico *Eneida*, que deu continuidade à tradição homérica nas letras latinas.

[3] Honoré de Balzac (1799-1850): escritor francês, cujo extenso ciclo de romances *A comédia humana* é considerado como uma das maiores obras épicas da modernidade.

[4] Alexei Maxímovitch Górki (1868-1936): escritor russo que mostrou, em seu enorme romance *A vida de Klim Samguin*, um amplo panorama da Rússia em princípios do século XX.

e aspirações, descobrir como eles amavam e lutavam por seus amores, sonhavam e realizavam seus sonhos. Chega-se mesmo a supor, quando se navega pela imensidão dessas narrativas, que o romance seja o gênero predileto do escritor, que ele não se sinta tentado a explorar formas literárias sucintas, a dedicar-se às atividades de contista e novelista. A tradução das três novelas a seguir (*A morte de Ivan Ilitch*, *Sonata a Kreutzer* e *O padre Sêrgui*)[5] foi empreendida no intuito de desmentir tais conjeturas. Publicados respectivamente em 1886, 1891 e 1911, esses textos evidenciam quão grande tem sido Tolstói não apenas em seus romances aclamados por toda parte, mas também em seus escritos menores e menos conhecidos.

A morte de Ivan Ilitch, que o autor caracteriza como "a mais simples, a mais ordinária e a mais pavorosa" daquelas histórias que se passam, não raro despercebidas, em nosso cotidiano, tem por protagonista um alto funcionário público que leva uma vida "fácil, prazerosa, alegre e sempre conveniente e aprovada pela sociedade", ou seja, desfruta as vantagens de seu cargo de promotor, enriquece aos poucos e procura subir ainda mais na hierarquia social. Nem por sombras se preocupa com a morte — aliás, o risco, ou melhor, a possibilidade de morrer parece-lhe quase irreal! — e de repente se depara com ela, inexorável e inevitável, face a face. Essa dramática viravolta desencadeia em seu íntimo toda uma tempestade de sentimentos contraditórios e dilacerantes: confinado ao leito e desenganado pelos médicos, Ivan Ilitch relembra sua infância e sua mocidade, ambas saudosas em extremo, lança um

---

[5] A tradução baseia-se na seguinte edição do texto original: Л. Н. Толстой. Собрание сочинений в 22 томах. Том 12. Москва, 1982.

olhar crítico sobre a sua carreira, o seu casamento, as suas relações com os superiores, pares e subalternos, e, dando-se conta de ter vivido de modo errado, tenta redimir-se das falhas cometidas, literalmente nos últimos instantes que lhe restam, para acalmar a sua consciência e partir em paz com o mundo e consigo mesmo. A descrição de seus sofrimentos físicos e morais é tão comovente que não há quem se mantenha impassível ante o desastre existencial a vitimá-lo, quem não se surpreenda com a prodigiosa arte de escrever própria de Tolstói, arte cujo brilho irrompe a cada traço de sua pena, nem se solidarize com a opinião de Vladímir Stássov,[6] que exclamou, arrebatado, após a primeira leitura dessa novela: "Nenhum povo, em país nenhum, possui uma criação tão genial assim. É tudo pequeno, é tudo mesquinho, é tudo fraco e pálido em comparação com essas setenta páginas. [...] Ei-las, enfim, a *genuína* arte, a verdade e a vida autênticas".

Sonata a Kreutzer aborda, por sua vez, os sensibilíssimos temas da sexualidade humana e do matrimônio convencional, da prepotência dos homens e da violência contra as mulheres. Aproxima-se, nesse sentido, de *Lady Macbeth do distrito de Mtsensk*,[7] obra já familiar aos leitores brasileiros que focaliza as mesmas questões cruciais; todavia, ao contrário de Leskov, Tolstói não se contenta em trazê-las à tona sem nenhuma explicação nem conclusão plausível. O que é o amor? – pergunta o anti-herói Pózdnychev, pai de família culpado de um crime passional, e, ao receber uma resposta clara e lógica: "O amor é a preferência

---

[6] Vladímir Vassílievitch Stássov (1824-1906): famoso crítico literário e musical russo.
[7] Nikolai Leskov. *Lady Macbeth do distrito de Mtsensk* (tradução de Oleg Almeida): *Contos russos*. Tomo II. Martin Claret: São Paulo, 2015, p. 123-198.

exclusiva por um homem ou uma mulher em relação a todas as outras pessoas", retruca em tom de desafio: "E quanto tempo dura essa preferência? Um mês? Dois dias, meia hora?" e, a partir de uma série de semelhantes provocações, constrói uma verdadeira doutrina filosófica sobre a igualdade dos sexos e a emancipação feminina, resumindo-a nestas palavras, ousadas demais para o século XIX: "Os direitos da mulher não são restritos porque ela não pode votar nem ser juíza [...], mas, sim, porque não se iguala ao homem nas relações sexuais, não tem o direito de gozar do homem e de se abster dele conforme o seu desejo, de escolher o homem, como lhe aprouver a ela, em vez de ser escolhida". Não é à toa que, censurada pelas autoridades políticas e religiosas da Rússia patriarcal,[8] a novela de Tolstói permanece, até agora, tão polêmica e perturbadora quanto no dia de seu lançamento! Basta notar que o anátema[9] dirigido contra o escritor pela Igreja Ortodoxa Russa ainda não foi revogado para avaliar a envergadura do impacto que *Sonata a Kreutzer* gerou e, pelo visto, continua gerando naquelas paragens...

O padre Sêrgui, novela que finaliza, de certa forma, a longa jornada espiritual de Tolstói, relata a história do príncipe Stepan Kassátski, brilhante oficial da guarda imperial, que se decepciona com o meio aristocrático e seus ideais de poder e riqueza, abre mão dos bens materiais e do futuro invejável que lhe é garantido naquele meio e torna-se monge na esperança de se elevar acima de quem vive

---

[8] Proibida, em 1890, por causa de seu conteúdo pretensamente obsceno, ela passava, manuscrita, de mão em mão e foi publicada somente com a autorização particular do imperador Alexandr III.
[9] Sentença que acompanha o ato de excomunhão, proclamando alguém expulso do seio da igreja.

tão só "para a glória mundana". Acredita que, cheia de tarefas penosas e orações abnegadas, a rotina monástica possa sanar as dúvidas que o atormentam, mas, em vez disso, mergulha numa angústia profunda e dolorosa, igual à enfrentada, em sua tétrica agonia, por Ivan Ilitch. O que é, afinal de contas, o homem: um ser supremo, que Deus criou à sua imagem e semelhança, ou apenas um animal movido pelos instintos primários? – obviamente desprovido de qualquer solução definitiva, esse dilema leva Kassátski ao desespero e, apesar de considerado um santo milagreiro e cultuado por multidões de fiéis, ele acaba abandonando o monastério, onde passou metade de sua vida, a fim de ir procurar Deus alhures. Convencido de que não adianta rezar, pregar o Evangelho e cumprir à risca os preceitos religiosos, recebendo em troca louvores e doações que pouco têm a ver com a fé cristã, resolve devotar-se à humanidade de corpo e alma, sem nenhum interesse patente ou subjacente, pois "uma boa ação, um copo d'água servido sem pensar na recompensa" valem mais, aos olhos do Criador, que toda a eloquência dos sermões e toda a beleza do ritual eclesiástico juntas. Transforma-se num daqueles "humildes de espírito", desdenhados e perseguidos na Terra, a quem pertencerá, como se sabe, o Reino dos Céus,[10] e nisso consiste doravante a única meta que fixa para si.

O que é, afinal de contas, o homem? Inserta em vários contextos e formulada por várias pessoas, essa indagação perpassa as páginas de Tolstói, e cada qual a interpreta como bem entender. Nem um nem outro, diria eu: não é um semideus capaz de controlar os elementos naturais,

---

[10] Vide o Sermão da Montanha (Mateus, 5: 3).

tampouco um bicho que não faz senão caçar e devorar suas presas, mas algo extraordinário, múltiplo em suas manifestações espontâneas, sejam boas, sejam más, atraído tanto pelo divino quanto pelo animalesco e fadado, por conseguinte, a ficar sempre dividido entre a virtude e o pecado, tendendo para ambos ao mesmo tempo. Aí me vem à memória uma das formidáveis metáforas de Pascal,[11] cujos *Pensamentos* eram incansavelmente lidos e relidos por Tolstói: "O homem é apenas um caniço, o ente mais débil da natureza; mas é um caniço pensante. Não é preciso que o universo inteiro se arme para esmagá-lo: um vapor, uma gota d'água, é suficiente para matá-lo. Mas, ainda que o universo viesse a esmagá-lo, o homem seria mais nobre do que aquilo que o mata, porque ele sabe que está morrendo e qual é a vantagem que o universo detém sobre ele; o universo nada sabe acerca disso".[12] E logo percebo, com absoluta clareza, o que o mártir Ivan Ilitch, o facínora arrependido Pózdnychev e o príncipe Kassátski, que renegou os valores profanos anelando pela santidade e depois não soube lidar com a sua condição de santo, têm em comum. Sim, o homem é ínfimo perante o universo, afirma Tolstói ao apresentar as três personalidades que ilustram, embora tão diferentes em aparência, a tese pascaliana sobre o caniço pensante; é fraco a ponto de não conseguir domar suas paixões nem corrigir seus defeitos, mas ele se reconhece ínfimo e fraco e, consciente de que será derrotado pela vida, aceita a sua iminente derrota com dignidade e coragem. A grandeza de sua alma ancora-se na imperfeição de seu corpo: a fragilidade do homem faz que se renda à mínima força adversa, que

---

[11] Blaise Pascal (1623-1662): grande filósofo, matemático e físico francês.
[12] Pascal. *Pensées*. Léon Brunschvicg: Paris, 1897, p. 79-80.

sucumba à mínima tentação insidiosa, mas nem por isso ele deixa de pensar, de agir, de defender as convicções que lhe são viscerais, e continua levando a cruz terrena até se extinguir a sua fagulha daquele fogo celeste que Deus acendeu nas criaturas mortais. O homem só se valoriza, segundo Tolstói, quando começa a buscar por Deus, ou seja, quando a sua espiritualidade se sobrepõe aos seus impulsos carnais, e essa ideia também se origina dos raciocínios de Pascal, que diz categórico: "Humilhai-vos, razão impotente; calai-vos, natureza imbecil; aprendei que o homem passa infinitamente o homem e ouvi de vosso mestre a vossa verdadeira condição que vós ignorais. Escutai Deus".[13] O significado geral das novelas filosóficas de Tolstói é simples e majestoso como o de uma parábola bíblica: somos todos sublimes na medida em que Deus se revela em nós por vivermos, humildes e compassivos, para os nossos próximos em quem se revela Deus. Assim, elas ultrapassam os estreitos limites do gênero ficcional e, condenadas pelo conservadorismo religioso, vêm ocupar um lugar de destaque entre as mais notáveis expressões da cristandade literária.

sobre o autor

Um dos autores mais lidos e respeitados de todos os tempos, o conde Lev Nikoláievitch Tolstói (1828-1910) nasceu na fazenda Yásnaia Poliana,[14] que pertencia à sua mãe. Órfão aos oito anos de idade, foi criado pelas tias

---

[13] Ibid., p. 98.
[14] Nessa propriedade rural, localizada nas redondezas de Tula (a sudoeste de Moscou), funciona, desde 1921, o Museu memorial de Tolstói.

paternas. Estudou nas faculdades de Línguas Orientais e de Direito da Universidade de Kazan (1844-1847), porém não chegou a formar-se. De 1851 a 1856 serviu ao exército, participou da Guerra da Crimeia,[15] que relatou em seus *Contos de Sebastopol* (1855-1856), foi condecorado com uma ordem militar e quatro medalhas. Casado (desde 1862) e pai de treze filhos, passou a maior parte da vida em Yásnaia Poliana. Seus romances *Guerra e paz* (1863-1869), *Anna Karênina* (1873-1877) e *A ressurreição* (1889-1899) e obras menores, como a trilogia autobiográfica *Infância* (1852), *Adolescência* (1854) e *Mocidade* (1857); *Os cossacos* (1863); *O prisioneiro do Cáucaso* (1872); *A morte de Ivan Ilitch* (1886); *O poder das trevas* (peça teatral, 1887); *Sonata a Kreutzer* (1891); *O que é a arte?* (ensaio crítico, 1897); *O Reino de Deus dentro de nós* (tratado religioso; 1906); *O padre Sêrgui* (1911); *Khadji-Murat* (1912) e muitas outras, trouxeram-lhe imenso prestígio tanto na Rússia quanto no estrangeiro. Membro correspondente (1873) e acadêmico honorífico (1900) da Academia Imperial das Ciências de São Petersburgo, foi indicado dezesseis vezes ao Prêmio Nobel de Literatura e quatro vezes ao Prêmio Nobel da Paz. Sua doutrina de "resistência pacífica ao mal" antecipou dezenas de teorias filosóficas e correntes morais do século XX.[16] "O semblante dele é o rosto da humanidade" – escreveu, à guisa de

---

[15] Guerra da Rússia contra a Turquia apoiada por uma aliança de potências europeias (1853-1856).

[16] Dentre os líderes espirituais direta ou indiretamente influenciados por Tolstói, poderíamos mencionar Mahatma Gandhi (1869-1948) e Martin Luther King (1929-1968); quanto aos seus discípulos no meio literário, os nomes de Anatole France (1844-1924), George Bernard Shaw (1856-1950), Rabindranath Tagore (1861-1941), Romain Rolland (1866-1944), John Galsworthy (1867-1933), Ivan Búnin (1870-1953), Roger Martin du Gard (1881-1958), François Mauriac (1885-1970), Ernest Hemingway (1899-1961), todos agraciados com o Prêmio Nobel, comporiam uma lista representativa, mas bem incompleta.

apoteose póstuma, Dmítri Merejkóvski.[17] – "Se os habitantes de outros mundos perguntassem ao nosso mundo: *quem és?*, a humanidade poderia responder apontando para Tolstói: *sou eu*".

---

[17] Dmítri Serguéievitch Merejkóvski (1866-1941): poeta simbolista, romancista e filósofo russo.

tolstói a morte de ivan ilitch e outras histórias

a morte
de ivan ilitch

I

Foi no grande prédio das instituições judiciais, durante o intervalo da sessão referente ao pleito dos Melvínski, que os membros do tribunal e o promotor reuniram-se no escritório de Ivan Yegórovitch Chebek e travaram uma conversa sobre o notório caso de Krássov. Fiódor Vassílievitch exaltava-se a insistir que não era passível de julgamento, Ivan Yegórovitch defendia seu ponto de vista; quanto a Piotr Ivânovitch, não se lançara à discussão desde o começo nem participava dela agora, folheando *O diário* que acabavam de trazer.

– Senhores! – disse ele. – Pois Ivan Ilitch faleceu.

— Verdade?

— Leia aí — respondeu a Fiódor Vassílievitch, passando-lhe o jornal que saíra recentemente do prelo e ainda cheirava a tinta.

Lia-se, impresso sob uma tarja negra: "Praskóvia Fiódorovna Goloviná comunica aos próximos e conhecidos, com sincero pesar, o falecimento de seu amado esposo, membro da Câmara Judiciária[1] Ivan Ilitch Golovin, sucedido no dia 4 de fevereiro deste ano 1882. O saimento do féretro dar-se-á na sexta-feira, a uma hora da tarde".

Ivan Ilitch era colega dos senhores ali reunidos, e todos gostavam dele. Estava doente havia várias semanas; dizia-se que sua doença era incurável. Seu cargo lhe pertencia ainda, porém se cogitava, caso ele morresse, substituí-lo provavelmente por Alexéiev, e Alexéiev por Vínnikov ou então Schtabel. Destarte, assim que souberam da morte de Ivan Ilitch, o primeiro pensamento de cada um dos senhores reunidos no escritório voltou-se para a influência que tal morte poderia exercer sobre as transferências ou as promoções dos próprios magistrados ou de seus conhecidos.

"Logo vou receber, com certeza, o cargo de Schtabel ou de Vínnikov" — pensou Fiódor Vassílievitch. "Isso me foi prometido há muito tempo, e a promoção me garante oitocentos rublos de aumento, além de meu gabinete particular."

"Terei que solicitar logo a transferência de meu cunhado de Kaluga"[2] — pensou Piotr Ivânovitch. "Minha mulher ficará muito contente. Não poderá mais reclamar de eu nunca ter feito nada para os familiares dela."

---

[1] Tribunal de segunda instância no Império Russo.
[2] Cidade russa localizada a sudoeste de Moscou.

— Já pressentia que ele não se levantaria mais — foi o que disse Piotr Ivânovitch em voz alta. — Que pena.

— Mas, de fato, que doença é que ele teve?

— Os médicos não conseguiram diagnosticar. Ou melhor, conseguiram, só que os diagnósticos foram divergentes. Quando o vi pela última vez, pareceu-me que ele se recuperaria.

— E eu nem fui visitá-lo desde as Festas. Só me preparava...

— E ele era abastado?

— Parece que a esposa dele tem lá um dinheirinho. Algo insignificante.

— Preciso ir ao funeral, sim. Eles moravam longe demais.

— Quer dizer, longe do senhor. Tudo fica longe do senhor.

— Não dá para me perdoar porque moro do outro lado do rio? — disse Piotr Ivânovitch, sorrindo à frase de Chebek.

Eles passaram a conversar sobre a extensão das distâncias urbanas e foram retomar a sessão.

Além das meditações, que essa morte suscitou em cada um, acerca das transferências e das eventuais mudanças de carreira que poderiam resultar dessa morte, o próprio fato de uma pessoa bem conhecida ter morrido provocou em todos os que estavam a par disso — aliás, como sempre — uma sensação de alegria: Fulano morreu, e a gente está viva.

"É isso aí: morreu; só que eu não morri, não!" — pensou ou sentiu cada um. E os colegas mais próximos, os chamados amigos de Ivan Ilitch, pensaram também naquele momento, de maneira involuntária, que lhes cumpria agora observarem umas conveniências assaz tediosas, indo primeiro à cerimônia fúnebre e depois à casa da viúva com sua visita de pêsames.

Os mais próximos eram Fiódor Vassílievitch e Piotr Ivânovitch.

Piotr Ivânovitch estudara com Ivan Ilitch na Escola de Direito e considerava-se seu devedor.

Ao anunciar à sua mulher, na hora do almoço, a notícia da morte de Ivan Ilitch e o que pensava da possibilidade de transferir seu cunhado para o distrito onde moravam, Piotr Ivânovitch nem se deitou para descansar, mas envergou um fraque e foi à casa de Ivan Ilitch.

Havia, junto ao portão daquela casa, um coche e dois carros de aluguel. No andar de baixo, a tampa do caixão revestida de brocado, munida de borlas e de um galão polvilhado de brilhantina, estava encostada na parede da antessala, rente ao cabideiro. Duas damas vestidas de negro tiravam as suas peliças. Uma delas, a irmã de Ivan Ilitch, era conhecida; a outra dama, desconhecida. Um colega de Piotr Ivânovitch, cujo nome era Schwartz, descia do andar de cima; ao ver o visitante do lance superior da escada, parou e piscou para ele, como se dissesse: "Mas que bobagem é que Ivan Ilitch fez... Nós cá não somos daquele jeito".

O rosto de Schwartz, com suas costeletas à inglesa, e todo o seu magro torso de fraque denotavam, como sempre, uma elegante solenidade, e esta última, sempre em contraste com a índole jocosa de Schwartz, tinha ali uma graça bem especial. Assim é que pensou Piotr Ivânovitch.

Deixando as damas passarem à sua frente, Piotr Ivânovitch seguiu-as devagar pela escada. Em vez de descer, Schwartz se deteve em cima. Piotr Ivânovitch entendeu a razão disso: decerto queria marcar, para o mesmo dia, uma partida de *vint*.[3] As damas subiram aos

---

[3] Jogo de cartas, com quatro participantes, muito popular na época de Tolstói.

aposentos da viúva, e Schwartz, com aqueles seus lábios cerrados de modo sério e seu olhar escarninho, apontou a Piotr Ivânovitch, com um movimento das sobrancelhas, o quarto do finado que se encontrava do lado direito.

Piotr Ivânovitch entrou, como isso ocorre de praxe, com certa perplexidade a respeito daquilo que deveria fazer lá dentro. Sabia apenas que em semelhantes casos o sinal da cruz nunca seria inoportuno. Quanto a fazer simultaneamente uma mesura, não estava seguro de isso ser necessário, portanto optou pelo meio-termo: entrando no quarto, começou a benzer-se e a inclinar a cabeça, como se fossem pequenas mesuras. Ao mesmo tempo, conforme lhe permitiam os movimentos de suas mãos e de sua cabeça, examinava o quarto. Dois rapazes (um deles ginasiano)[4] – em aparência, os sobrinhos do finado – benziam-se saindo de lá. Uma velhinha permanecia, imóvel, em pé. E uma dama de sobrancelhas estranhamente erguidas falava com ela a cochichar. Um sacristão de sobrecasaca, enérgico e resoluto, lia em voz alta, com uma expressão a excluir todo e qualquer desacordo; andando, a passos macios, defronte a Piotr Ivânovitch, o auxiliar de copa Guerássim espalhava algo pelo soalho. Ao reparar nisso, Piotr Ivânovitch sentiu logo um leve cheiro de cadáver em decomposição. Quando de sua última visita à casa de Ivan Ilitch, Piotr Ivânovitch vira esse mujique[5] no gabinete do finado: ele fazia as vezes de cuidador, e Ivan Ilitch gostava sobremaneira dele. Piotr Ivânovitch não parava de se benzer, curvando-se um pouco na direção mediana entre o caixão, o sacristão e os ícones postos,

---

[4] Aluno do curso ginasial.
[5] Apelido coloquial e, não raro, pejorativo do camponês russo.

em cima da mesa, num canto. Depois, parecendo-lhe que seus sinais da cruz já se prolongavam em demasia, fez uma pausa e passou a examinar o defunto.

Este jazia como sempre jazem os defuntos, sobremodo inerte à moda dos mortos – os membros enrijecidos a imergirem no forro do caixão, a cabeça encurvada para sempre numa almofada –, e exibia, como os defuntos costumam exibi-la, sua testa amarela que nem a cera, com entradas nas têmporas encovadas, e seu nariz saliente que parecia espremer-lhe o lábio superior. Mudara muito, ficando ainda mais magro desde que Piotr Ivânovitch o vira pela última vez; no entanto, seu rosto, igual ao de todos os mortos, era mais bonito e, o principal, mais imponente do que tinha sido em vida. Sua expressão queria dizer que fora feito o que precisava ser feito, e feito de forma correta. Além disso, havia naquela expressão uma censura ou então uma lembrança dirigida aos vivos. Piotr Ivânovitch achou que tal lembrança era intempestiva ou, pelo menos, não lhe dizia respeito. Teve uma sensação desagradável, portanto se benzeu depressa, mais uma vez, e apressou-se demais, conforme lhe pareceu na hora, a violar as conveniências, virando-se e indo em direção à porta. Schwartz esperava por ele no cômodo adjacente: afastando folgadamente as pernas, girava com ambas as mãos sua cartola por trás das costas. Um só olhar àquela jocosa, asseada e distinta figura de Schwartz refrescou Piotr Ivânovitch. Ele compreendeu que Schwartz estava acima dessas coisas e não cedia às impressões desanimadoras. Seu semblante em si deixava bem claro: o incidente do funeral de Ivan Ilitch não poderia, de maneira alguma, configurar um motivo suficiente para ele reconhecer a ordem da reunião subvertida, ou seja, nada poderia impedi-lo, nessa mesma noite, de fazer estalar, ao deslacrá-lo, um baralho, enquanto um lacaio colocasse em seus devidos lugares quatro velas jamais acesas, não havendo, de modo geral, nenhuma razão de supor que esse incidente pudesse impedir a gente de passar, com todo o prazer, a noite por vir. Foi isso, aliás, que Schwartz disse baixinho a Piotr Ivânovitch, quando ele passava ao seu lado, propondo-lhe jogarem uma partida na casa de Fiódor Vassílievitch. Contudo, Piotr Ivânovitch devia estar fadado a não jogar *vint* nessa noite. Praskóvia Fiódorovna, uma mulher baixa e gorda que, apesar de todos os esforços para conseguir o contrário, alargava-se dos ombros para baixo, toda enlutada, de cabeça recoberta de rendas e com as mesmas sobrancelhas estranhamente erguidas daquela dama postada diante do caixão, saiu dos seus aposentos com outras damas e, conduzindo-as até a porta do finado, disse:

– A cerimônia vai começar: entrem.

Schwartz se deteve com uma mesura indefinida: decerto não aceitava nem declinava esse convite. Reconhecendo Piotr Ivânovitch, Praskóvia Fiódorovna deu um suspiro, aproximou-se dele, tomou-lhe a mão e disse:

– Eu sei que o senhor foi um verdadeiro amigo de Ivan Ilitch... – e olhou para ele, esperando por uma ação que correspondesse às suas palavras.

Piotr Ivânovitch sabia que, assim como lhe cumpria benzer-se ali, cumpria aqui apertar a mão dela, suspirar e dizer: "Acredite!". Foi o que fez. E, ao fazê-lo, sentiu que atingira o resultado desejável: ficara sensibilizado, ele mesmo, e sensibilizara a viúva.

– Vamos lá, antes que comece: preciso falar com o senhor – disse ela. – Dê-me a sua mão.

Piotr Ivânovitch deu-lhe a mão, e eles se dirigiram para os cômodos interiores, passando perto de Schwartz, que lançou a Piotr Ivânovitch uma piscadela tristonha: "Nosso *vint* já era! Não se aborreça, pois, se arranjarmos outro parceiro. Podemos até jogar nós cinco, quando o senhor se livrar dela" – disse o seu olhar jocoso.

Piotr Ivânovitch soltou um suspiro ainda mais profundo e triste, e Praskóvia Fiódorovna apertou-lhe, agradecida, a mão. Entrando em sua sala de estar forrada de *cretonne*⁶ rosa e alumiada por uma sombria lâmpada, eles se sentaram junto à mesa: ela sobre o sofá, e Piotr Ivânovitch sobre um pufe baixinho que afundava, por causa de suas molas desengonçadas, sob o peso dele. Praskóvia Fiódorovna queria avisá-lo, para que se sentasse em outra cadeira, mas achou que tal aviso não combinava com sua posição e mudou de ideia. Ao sentar-se naquele pufe, Piotr Ivânovitch recordou como Ivan Ilitch arrumava a sua sala de estar e pedia-lhe conselhos acerca daquela mesma *cretonne* rosa estampada de folhas verdes. Antes de se sentar no sofá, a viúva passara ao lado da mesa (vários móveis e badulaques enchiam a sala de estar em geral) e deixara as rendas negras de sua mantilha de luto prenderem-se nas entalhaduras da mesa. Piotr Ivânovitch se soergueu para desprendê-las, e o pufe, que se endireitara embaixo dele, começou a ondear e a empurrá-lo por trás. A viúva tratou, ela mesma, de desprender suas rendas, e Piotr Ivânovitch se sentou de novo, imprensando o pufe que se agitava embaixo. A viúva não conseguiu, entretanto, desprender todas as rendas, e Piotr Ivânovitch ficou novamente em pé enquanto o pufe tornou a rebelar-se e deu até mesmo um estalo. Quando aquilo tudo acabou, ela tirou um lenço de cambraia, todo limpo, e desandou a chorar. Desanimado com o episódio das rendas e sua peleja com o pufe, Piotr

---

⁶ Tecido de algodão, composto de fios multicolores que formam um ornamento geométrico (em francês).

Ivânovitch se manteve, por sua vez, sentado e carregando o cenho. Quem interrompeu essa situação constrangedora foi Sokolov, o copeiro de Ivan Ilitch, vindo comunicar que o lugar no cemitério, aquele indicado por Praskóvia Fiódorovna, custaria duzentos rublos. A viúva cessou de chorar e, olhando para Piotr Ivânovitch com ares de vítima, disse em francês que sentia muito pesar. Calado como estava, Piotr Ivânovitch fez um gesto a expressar sua certeza absoluta de que não podia ser diferente.

— Fume, se quiser — disse ela com uma voz magnânima e, ao mesmo tempo, abatida, indo discutir com Sokolov o preço daquele lugar no cemitério. Ao passo que acendia um cigarro, Piotr Ivânovitch ouvia-a indagar, de modo bem detalhado, sobre diversos preços em curso e determinar o valor que cumpriria aceitar. Além disso, uma vez definido o lugar, ela deu ordens no tocante aos coristas de igreja também. Sokolov foi embora.

— Faço tudo pessoalmente — disse ela a Piotr Ivânovitch, colocando de lado os álbuns que estavam em cima da mesa; notou, a seguir, que as cinzas ameaçavam a sua mesa, apressou-se a empurrar em direção a Piotr Ivânovitch um cinzeiro e prosseguiu: — Acho falso assegurar que não posso, de tão pesarosa assim, resolver questões práticas. Se algo pode, ao contrário, trazer para mim um consolo... ou melhor, uma distração, é meu desvelo com ele mesmo.

Voltou a tirar seu lenço, como se fosse chorar outra vez, e de repente, como que dominando suas emoções, animou-se e passou a falar com calma:

— Tenho, porém, um assunto a tratar com o senhor.

Piotr Ivânovitch inclinou a cabeça, sem deixar as molas do pufe, que logo se moveram embaixo dele, entrarem em ação.

— Ele sofreu horrivelmente, nesses últimos dias.
— Sofreu muito? — perguntou Piotr Ivânovitch.
— Ah, sim, horrivelmente! Não foi nos últimos minutos, mas durante horas inteiras, que gritou sem parar. Durante três dias seguidos, gritou sem tomar alento. Foi insuportável. Nem posso entender como aguentei isso: dava para ouvir tudo atrás de três portas. Ah, quanta coisa aguentei!
— Será que ele estava consciente? — perguntou Piotr Ivânovitch.
— Sim — sussurrou ela —, até o último minuto. Despediu-se de nós um quarto de hora antes de morrer e pediu ainda que levássemos Volódia embora.

Apesar da consciência desagradável de que estavam ambos fingindo, ele e aquela mulher, a ideia dos sofrimentos de um homem que ele tinha conhecido tão bem, primeiro como um alegre garoto, um escolar, e depois como seu parceiro adulto, deixou Piotr Ivânovitch de chofre apavorado. Viu outra vez aquela testa, aquele nariz que espremia o lábio, e sentiu medo de seu próprio destino.

"Três dias de sofrimentos horríveis e a morte. Mas isso pode acontecer agorinha, a qualquer momento, comigo também" — pensou e, por um instante, sentiu medo. No entanto, sem ele mesmo saber de que maneira, acudiu-lhe logo uma ideia bem simples, a de que isso não se dera com ele e, sim, com Ivan Ilitch, e que não deveria nem poderia acontecer com ele; a de que se rendia, pensando assim, a um estado de espírito lúgubre, o que não lhe cabia fazer conforme evidenciava o semblante de Schwartz. E, concluída essa reflexão, Piotr Ivânovitch acalmou-se e passou a averiguar, curioso, os pormenores do falecimento de Ivan Ilitch, como se a morte fosse uma aventura peculiar tão somente a Ivan Ilitch, mas não dissesse respeito a ele próprio.

Após várias conversas sobre os pormenores dos sofrimentos físicos, realmente atrozes, que Ivan Ilitch aturara (Piotr Ivânovitch se inteirava desses pormenores apenas na medida em que os sofrimentos de Ivan Ilitch haviam abalado os nervos de Praskóvia Fiódorovna), a viúva achou, por certo, necessário abordar o assunto principal.

– Ah, Piotr Ivânovitch, que pesar, que pesar terrível, que terrível pesar – e ela chorou de novo.

Piotr Ivânovitch suspirava e aguardava que ela se assoasse. Tão logo assoou o nariz, ele disse:

– Acredite... – e ela tornou a falar e explicitou o que era, obviamente, o principal assunto que ia discutir com ele. Tal assunto consistia em saber como poderia, por ocasião da morte de seu marido, arranjar um auxílio financeiro. A viúva fez de conta que pedia a Piotr Ivânovitch conselhos sobre a pensão, mas Piotr Ivânovitch percebeu que ela já sabia, nos mínimos detalhes, até mesmo o que ele ignorava, ou seja, tudo quanto se podia extorquir das autoridades por ocasião dessa morte; porém lhe apetecia saber se não seria possível extorquir, de algum jeito, mais dinheiro ainda. Piotr Ivânovitch se esforçou para inventar um jeito, mas, depois de pensar um pouco e de criticar, por conveniência, a mesquinhez de nosso governo, disse que não se podia, aparentemente, receber mais nada. Então a viúva deu um suspiro e começou, pelo visto, a procurar um meio de se livrar desse seu visitante. Reparando nisso, ele apagou o cigarro, levantou-se, apertou a mão da viúva e foi à antessala.

Na sala de jantar, onde ficava a pêndula que Ivan Ilitch comprara, com tanto deleite, num *bric-à-brac*,[7] Piotr Ivânovitch encontrou o sacerdote e mais alguns conhecidos a

---

[7] Nesse contexto, loja de quinquilharias (em francês).

participarem do funeral, vendo, inclusive, uma linda moça que conhecia, a filha de Ivan Ilitch. Estava toda vestida de negro. Sua cintura, bem fina, parecia mais fina ainda. Sua aparência era sombria, resoluta, quase irada. Cumprimentou Piotr Ivânovitch, como se ele tivesse alguma culpa. Quem estava plantado, com os mesmos ares de ofendido, atrás da filha era um rico jovem que Piotr Ivânovitch também conhecia, juiz de instrução e noivo dela, pelo que se ouvia dizerem. Saudou-os com uma triste mesura e já queria entrar no quarto do finado, quando apareceu, por baixo da escada, a figurinha do filho de Ivan Ilitch, um pequenino ginasiano que se parecia demais com o pai. Era igual àquele pequeno Ivan Ilitch com quem Piotr Ivânovitch estudara na Escola de Direito. Seus olhos estavam cheios de lágrimas, mas, ao mesmo tempo, tais como os dos garotos impuros aos treze ou catorze anos de idade. Mal viu Piotr Ivânovitch, o garoto se pôs a franzir, severo e acanhado, a sua cara. Piotr Ivânovitch inclinou a cabeça para cumprimentá-lo e adentrou o quarto do finado. A cerimônia fúnebre começou: velas, gemidos, incenso, pranto, soluços. Carregando o cenho, Piotr Ivânovitch fitava os pés dos que estavam em sua frente. Não olhou nenhuma vez para o defunto nem se submeteu, até o fim, às influências debilitantes; foi um dos primeiros a sair. Não havia ninguém na antessala. Guerássim, o auxiliar de copa, deixou correndo o quarto do finado, revolveu com suas mãos fortes todas as peliças para encontrar a peliça de Piotr Ivânovitch e entregou-a para ele.

– Então, mano Guerássim? – perguntou Piotr Ivânovitch, só para dizer alguma coisa. – Tens pena dele?

– É a vontade de Deus. Iremos todos pra lá – disse Guerássim, arreganhando seus dentes de mujique, cerrados e brancos; a seguir, como se estivesse no meio de uma faina penosa, abriu rapidamente a porta, chamou pelo cocheiro, ajudou Piotr Ivânovitch a subir à sua carruagem e saltou de volta ao terraço de entrada, como que inventando o que mais poderia fazer.

Foi com um prazer especial que Piotr Ivânovitch respirou o ar fresco depois daqueles cheiros de incenso, cadáver e ácido carbólico.

– Aonde manda que o leve? – perguntou o cocheiro.
– Não é tarde. Ainda vou visitar Fiódor Vassílievitch.

E Piotr Ivânovitch foi à casa dele. Realmente, encontrou seus amigos ao fim do primeiro *rubber*,[8] de sorte que lhe seria conveniente ser o quinto parceiro do jogo.

II

A história da vida de Ivan Ilitch, já terminada, era a mais simples, a mais ordinária e a mais pavorosa.

Membro da Câmara Judiciária, Ivan Ilitch faleceu aos quarenta e cinco anos de idade. Era filho de um servidor público que se dedicara em Petersburgo, nos mais diversos ministérios e departamentos, àquela espécie de carreira que coloca as pessoas na situação seguinte: conquanto esteja claro que não prestam para cumprir nenhuma função significativa, não podem ser demitidas em virtude do seu serviço antigo e prolongado, bem como da sua titulação, e conseguem, portanto, cargos feitos sob medida, ou seja, fictícios, e seus milhares de rublos bem reais, entre seis e dez mil de ordenado, com que vivem até uma profunda velhice.

---

[8] Rodada de três partidas em sequência (em inglês).

Assim era também o servidor de terceira classe,[9] membro dispensável de várias instituições desnecessárias, Iliá Yefímovitch Golovin. Tinha três filhos. Ivan Ilitch era o filho do meio. O primogênito seguia a mesma carreira do pai, embora num outro ministério, e já se aproximava daquela etapa de sua carreira em que costuma surgir a referida inércia salarial. O filho caçula era um fracassado. Já estragara a vida em vários lugares diferentes, servindo agora nas estradas de ferro; tanto seu pai como seus irmãos e, sobretudo, as esposas destes, além de não gostarem de se encontrar com ele, nem sequer se lembravam, salvo em casos de extrema necessidade, da sua existência. A irmã de Ivan Ilitch era a esposa do barão Gräf, funcionário petersburguense igual ao sogro dele. Ivan Ilitch era *le phénix de la famille*,[10] como se dizia. Não era tão frio e meticuloso quanto seu irmão mais velho, nem tão temerário quanto seu irmão mais novo. Ficava bem no meio: um homem inteligente, animado, agradável e decente. Estudava, em companhia de seu irmão mais novo, na Escola de Direito. Expulso da quinta série, seu irmão não completou o curso; quanto a Ivan Ilitch, completou-o com distinção. Já na Escola de Direito era quem sempre seria mais tarde, ao longo de toda a sua vida: um homem competente, jovialmente bondoso e sociável, se bem que cumprisse rigorosamente o que considerava como seu dever, considerando como tal tudo quanto as pessoas de alta posição considerassem como tal. Não as adulava, nem quando era garoto nem

---

[9] Os servidores civis e militares do Império Russo dividiam-se em catorze classes consecutivas, sendo a 1ª (chanceler, marechal de exército ou almirante) a mais alta.

[10] A fênix da família (em francês), isto é, menino de ouro adorado pela sua família.

depois de se tornar adulto, mas desde a sua mais tenra idade, qual uma mosca a voar em direção à luz, buscava aproximar-se daquelas pessoas de alta posição social, assimilava suas maneiras, sua percepção de vida, e travava relações amistosas com elas. Todas as paixões da infância e da juventude transcorreram para ele sem deixar grandes rastros; entregou-se à sensualidade, bem como à vaidade, e por fim, nas séries finais, ao liberalismo, mas praticou tudo isso até certo limite, corretamente indicado pela sua intuição.

Cometeu, na Escola de Direito, alguns deslizes que antes lhe pareciam muito abjetos e faziam-no desprezar a si mesmo ao passo que os cometia; entretanto, ao perceber mais tarde que os mesmos deslizes eram cometidos também por aquelas pessoas de alta posição, as quais não os achavam indecorosos, não chegou a reconhecê-los como decorosos, ele próprio, mas apenas se esqueceu totalmente deles e não se apoquentava mais, nem um pouco, ao recordá-los.

Formando-se em Direito como servidor de décima classe e recebendo de seu pai algum dinheiro para adquirir o seu uniforme, Ivan Ilitch encomendou-o na casa de Scharmer, pendurou em seus berloques uma medalhinha com a inscrição *"respice finem"*,[11] despediu-se do príncipe[12] e do bedel, almoçou com seus companheiros no restaurante de Donon e, carregando uma nova mala, suas roupas de baixo e de cima, suas lâminas de barbear, seus utensílios de toalete e uma manta, que estavam todos na moda e tinham sido encomendados e comprados nas melhores lojas, foi exercer, no interior, o cargo de assessor para

---

[11] Olha o fim (em latim), isto é, pensa na futura morte (Eclesiástico, VII: 40).
[12] Trata-se do patrono de sua turma na aristocrática Escola de Direito.

assuntos especiais do governador de província, que seu pai arranjara para ele.

Lá no interior, Ivan Ilitch foi desde logo levando a mesma vida fácil e aprazível que tinha levado na Escola de Direito. Exercia seu cargo, seguia sua carreira e, ao mesmo tempo, divertia-se prazerosa e convenientemente; por vezes, andava cumprindo, de distrito em distrito, incumbências de sua chefia, portava-se com dignidade, quer se tratasse de seus superiores, quer de seus subalternos, e realizava, com esmero e aquela probidade incorruptível da qual não podia deixar de se orgulhar, as missões de que o encarregavam, relacionadas principalmente ao problema dos *raskólniks*.[13]

No tocante ao seu serviço era, apesar de jovem e propenso a diversões levianas, extremamente reservado, agindo de modo oficial e mesmo rigoroso; porém, quanto à vida social, mostrava-se amiúde faceto e espirituoso, mas sempre cheio de bonomia, decente e *bon enfant*,[14] conforme era chamado pelo seu chefe e pela esposa dele, que o recebiam em sua casa como um dos familiares.

Houve, lá no interior, um caso mantido com uma das damas que se ofereciam àquele jurista ajanotado; houve também uma costureirazinha; houve, aliás, patuscadas com uns ajudantes de campo[15] que estavam lá de passagem, bem como visitas a uma rua distante[16] após o jantar; houve, além do mais, bajulações ante o chefe e mesmo a esposa do chefe, mas tudo isso era marcado por uma decência tão sublimada que não se podia qualificá-lo em termos repro-

---

[13] Membros do movimento religioso perseguido pelo governo da Rússia czarista.
[14] Bom garoto (em francês).
[15] Oficiais incumbidos de transmitir as ordens de um general.
[16] Isto é, aos bordéis situados na periferia de uma cidade.

bativos: tudo isso se enquadrava apenas nos termos do ditado francês – *il faut que jeunesse se passe*.[17] Tudo se fazia de mãos limpas, de camisas limpas, com palavras francesas e, o essencial, na mais alta sociedade e, consequentemente, com o aval das pessoas de alta posição.

Assim Ivan Ilitch serviu por cinco anos, e eis que sobreveio uma mudança relativa ao seu serviço. Instauravam-se novas instituições judiciais; precisava-se, pois, de novos servidores.

E Ivan Ilitch se tornou um desses novos servidores.

Foi oferecido a Ivan Ilitch o cargo de juiz de instrução, e Ivan Ilitch aceitou-o, se bem que aquele cargo se localizasse em outra província e que lhe cumprisse a ele abandonar suas relações já consolidadas e arranjar novas. Os amigos se despediram de Ivan Ilitch, reunindo-se para brindá-lo com uma cigarreira de prata, e ele foi assumir seu novo cargo.

Como juiz de instrução, Ivan Ilitch se mostrou tão *comme il faut*,[18] decente, capaz de separar as atividades oficiais da vida privada e respeitado por todo mundo quanto na época em que fora assessor para assuntos especiais.

O cargo de juiz de instrução em si era, para Ivan Ilitch, muito mais interessante e atraente que seu serviço antigo. O que lhe agradava no serviço antigo era passar, todo desenvolto com aquele uniforme feito por Scharmer, diante dos trêmulos requerentes a esperarem pelo atendimento e dos funcionários públicos a invejarem-no, entrar direto no gabinete do chefe e compartir com este chá e cigarros; entretanto, havia poucas pessoas que dependiam

---

[17] Temos que aproveitar a juventude (em francês).
[18] Decente, apresentável por estar de acordo com todas as conveniências mundanas (em francês).

diretamente de seu arbítrio. Tais pessoas eram apenas os *isprávniks*[19] e os *raskólniks* que tinham algo a ver com suas missões, e ele gostava de tratar quem dependesse dele assim com polidez, quase amigavelmente, gostava de fazer essas pessoas sentirem que, podendo esmagá-las, ele as tratava de forma simples e amistosa. Havia, na época, poucas pessoas desse tipo. Mas agora, uma vez nomeado juiz de instrução, Ivan Ilitch sentia que todas as pessoas, todas sem exceção, inclusive as pessoas mais importantes e arrogantes, estavam nas mãos dele, e que só lhe bastava escrever determinadas palavras numa folha de papel timbrado para tal pessoa importante e arrogante ser conduzida, na qualidade de acusado ou testemunha, até o escritório dele e ficar, exceto se lhe apetecesse propor que se sentasse, de pé em sua frente, respondendo às suas perguntas. Ivan Ilitch nunca abusava desse seu poder: buscava, pelo contrário, atenuar suas manifestações; todavia, a consciência desse poder e a possibilidade de atenuá-lo constituíam para ele a principal vantagem e a maior atração de seu novo cargo. Quanto ao próprio serviço, notadamente às investigações, Ivan Ilitch aprendeu muito rápido a distanciar-se de todas as circunstâncias que não se referiam ao seu cargo e a fazer qualquer inquérito, por mais complicado que fosse, concretizar-se no papel apenas em seu aspecto externo, excluindo-se totalmente a visão particular dele e, o essencial, sendo cumpridas todas as formalidades exigidas. Era um procedimento inovador. E ele se tornou um dos primeiros funcionários que puseram em prática a aplicação dos códigos de 1864.

Assumindo, em outra cidade, o cargo de juiz de instrução, Ivan Ilitch estabeleceu novos vínculos e relacionamentos,

---

[19] Delegados de polícia em pequenas cidades e aldeias russas.

tomou novos ares e foi agindo de modo um tanto diferente. Manteve certo distanciamento meritório em relação às autoridades da província, rodeando-se dos mais dignos magistrados e ricos fidalgos que moravam naquela cidade e afetando o tom de leve insatisfação com o governo, de liberalismo moderado e de cidadania civilizada. Ao mesmo tempo, sem mudar em nada a elegância de seus trajes, Ivan Ilitch cessou de escanhoar seu queixo, tão logo assumiu o novo cargo, e concedeu à sua barba a liberdade de crescer onde quisesse.

A vida que Ivan Ilitch levava, naquela outra cidade, também era bem agradável: a alta sociedade que peitava o governador era unida e boa; tendo seus vencimentos aumentado, Ivan Ilitch começou a jogar uíste,[20] o que lhe proporcionava então bastante prazer porque ele tinha a capacidade de jogar baralho alegremente, pensando depressa e com muita sutileza, de sorte que em geral não parava de ganhar.

Após dois anos de serviço naquela cidade, Ivan Ilitch encontrou a sua futura esposa. Praskóvia Fiódorovna Michel era a moça mais atraente, inteligente e excelente daquele meio em que vivia Ivan Ilitch. A par de outras diversões e distrações de suas lides de juiz de instrução, Ivan Ilitch travou uma amizade recreativa e pouco séria com Praskóvia Fiódorovna.

Enquanto era assessor para assuntos especiais, Ivan Ilitch dançava em regra; tornando-se juiz de instrução, passou a dançar a título de exceção. Agora dançava no sentido seguinte: ainda que eu trabalhe em novas instituições e seja servidor de quinta classe, bem poderia provar, em se tratando de danças, que me sairia, nessa área também,

---

[20] Jogo de baralho tido como antecessor do *bridge* moderno.

melhor que os outros. Assim, dançava de vez em quando, pelo fim dos saraus, com Praskóvia Fiódorovna, e foi principalmente na hora dessas danças que conquistou Praskóvia Fiódorovna. A moça se apaixonou por ele. Ivan Ilitch não tinha intenções claras e definidas de se casar, mas, quando a moça se apaixonou por ele, fez a si mesmo essa pergunta. "De fato, por que é que não me casaria?" – indagou a si mesmo.

A donzela Praskóvia Fiódorovna descendia de uma boa família fidalga, não era nada feiosa e possuía uma fortunazinha. Ivan Ilitch podia contar com uma aliança mais glamourosa, mas essa aliança também lhe convinha. Ivan Ilitch percebia seus vencimentos e esperava que sua esposa lhe trouxesse outros tantos. Arranjaria um bom parentesco, sendo ela uma mulher carinhosa, bonitinha e plenamente honesta. Dizer que Ivan Ilitch se casou porque amava sua noiva e por ela compartilhar a sua visão da vida seria tão injusto quanto dizer que ele se casou porque seu círculo de íntimos aprovava tal matrimônio. Ivan Ilitch se casou por ambas as razões: agradava a si próprio adquirindo uma esposa dessas e, ao mesmo tempo, fazia o que as pessoas de alta posição achavam certo fazer.

Assim Ivan Ilitch se casou.

O processo matrimonial em si e as primícias da vida em comum, com aqueles afagos conjugais em meio aos novos móveis, novas louças e novas roupas de cama, transcorreram, antes de sua esposa engravidar, muito bem, de modo que Ivan Ilitch já começava a pensar que o casamento não apenas deixaria intacto aquele caráter de sua vida fácil, prazerosa, alegre e sempre conveniente e aprovada pela sociedade, que ele considerava inerente à vida como tal, mas ainda o realçaria. Mas então, desde os primeiros meses da gravidez de sua mulher, foi surgindo algo novo, inopinado, desagradável, penoso e indecente a ponto de ele não ter podido esperar por isso nem poder mais, de maneira alguma, livrar-se disso.

Sem nenhum propósito especial, conforme parecia a Ivan Ilitch (*de gaité de cœur,*[21] conforme ele dizia consigo mesmo), sua esposa passou a violar o feitio agradável e conveniente de sua vida: enciumava-se sem nenhum motivo, exigia que cuidasse dela, implicava com tudo e fazia, na frente de seu marido, cenas brutais e constrangedoras.

De início, Ivan Ilitch se dispunha a superar essa situação desagradável com aquela mesma percepção de vida, superficial e conveniente, que o socorria antes: tentava ignorar o estado de espírito da esposa e continuar levando a mesma vida fácil e prazerosa, ou seja, convidava seus amigos a jogar baralho em sua casa ou então se aventurava a ir, ele próprio, ao clube ou à casa de seus companheiros. Não obstante, sua mulher começou, um dia, a injuriá-lo com tanto vigor e com palavras tão feias, e continuou depois, com tanta obstinação, a injuriá-lo todas as vezes que descumpria as exigências dela, tomando, pelo visto, uma decisão firme de não lhe dar trégua até que se submetesse à sua vontade – em outros termos, até que se trancasse em casa e ficasse tão melancólico quanto ela –, que Ivan Ilitch se apavorou. Compreendeu que as relações conjugais – ao menos, as que mantinha com sua mulher – nem sempre contribuíam para uma vida agradável e conveniente, mas, pelo contrário, estorvavam-na amiúde, e que seria, pois, necessário prevenir esses estorvos. E Ivan Ilitch foi procurando meios de fazê-lo. Seu serviço era a única coisa que infundia respeito a Praskóvia Fiódorovna, e Ivan Ilitch lançou mão de seu serviço e dos deveres a ele

---

[21] Por capricho, por veneta (em francês).

intrínsecos para disputar com sua esposa a independência de seu próprio ambiente.

Com o nascimento da filha, várias tentativas de amamentá-la que sua mulher fazia de modo canhestro e todas aquelas doenças reais e imaginárias da recém-nascida e da mãe pelas quais Ivan Ilitch devia manifestar interesse, conquanto não pudesse entender nada delas, sua necessidade de demarcar um ambiente particular fora da família tornou-se ainda mais imperiosa.

Ao passo que sua esposa ficava cada vez mais irritadiça e exigente, Ivan Ilitch transferia, por sua vez, o centro de gravidade da sua vida para o serviço. Passou a gostar mais de seu serviço, chegando a ser mais ambicioso do que era antes.

Logo a seguir, no máximo um ano depois de seu casamento, Ivan Ilitch compreendeu que as relações conjugais, mesmo com certo conforto que propiciavam, não passavam, no fundo, de um negócio difícil e intrincado no tocante ao qual, para cumprir seus deveres, ou seja, para levar uma vida conveniente e aprovada pela sociedade, ele teria de elaborar um método bem definido, igual àquele que aplicava ao seu serviço.

Ivan Ilitch elaborou, pois, tal método de lidar com sua vida conjugal. Requeria da vida levada em família tão só aquelas comodidades do almoço em casa, do agasalho e da cama que ela podia proporcionar-lhe e, o essencial, aquela conveniência das formas externas que eram determinadas pela opinião pública. Quanto ao resto, buscava nele uma diversão agradável e, se encontrava aquilo tudo, ficava muito agradecido; porém, se encontrava resistência e impertinência, confinava-se logo em seu ambiente particular de serviço, propositalmente demarcado para tanto, e achava lá o que lhe agradasse.

Ivan Ilitch se via estimado como bom funcionário e, três anos depois, foi designado suplente do promotor. Suas novas funções, a importância delas, a possibilidade de indiciar qualquer um e de mandá-lo para o presídio, seus discursos em público e aquele sucesso que Ivan Ilitch vinha obtendo nesse cargo — tudo isso fazia que se apegasse ainda mais ao seu serviço.

Nasceram outros filhos. Sua esposa ficava cada vez mais brava e rabugenta; contudo, a metodologia elaborada por Ivan Ilitch em relação à sua vida caseira tornava-o quase invulnerável à rabugice dela.

Ao servir por sete anos numa cidade, Ivan Ilitch foi transferido para o cargo de promotor em outra província. A família se mudou para lá; havia pouco dinheiro, e sua esposa não gostava daquele lugar para onde eles se tinham mudado. Embora o salário dele fosse maior que antes, a vida encarecera; além do mais, dois filhos do casal haviam morrido, e a vida familiar se tornara, portanto, ainda mais desagradável para Ivan Ilitch.

Praskóvia Fiódorovna imputava ao marido todos os infortúnios que ocorriam naquele seu novo domicílio. A maioria dos assuntos discutidos pelos cônjuges, sobretudo a educação dos filhos, acarretava as questões que os faziam rememorar suas desavenças passadas, de sorte que novas desavenças estavam prestes a irromper a qualquer momento. Só lhes restavam ainda aqueles raros períodos de paixão, que os cônjuges atravessavam por vezes, mas tais períodos não duravam muito. Eram ilhotas nas quais eles ancoravam por algum tempo, lançando-se a seguir, novamente, ao mar de sua oculta animosidade, a qual se traduzia em ficarem cada vez mais estranhos um ao outro. Tal estranhamento poderia magoar Ivan Ilitch, caso ele achasse que não se devia viver desse modo; entretanto, não apenas reconhecia essa situação como normal, mas também a considerava agora a meta de suas atividades em família. Essa meta consistia em libertar-se cada vez mais das suas contrariedades, fazendo que parecessem inofensivas e convenientes; e, para atingi-la, ele passava cada vez menos tempo com sua família e, quando se via obrigado a fazer isso, tratava de fortalecer sua posição com a presença de pessoas vindas de fora. Todavia, o mais importante era que Ivan Ilitch servia. Todo o interesse que tinha pela vida concentrava-se em seu ambiente de serviço. E esse interesse o dominava. A consciência de seu poder e da possibilidade de destruir qualquer pessoa que lhe apetecesse destruir, a imponência, até mesmo aparente, com que ele entrava no tribunal e topava com os subordinados, o sucesso do qual desfrutava aos olhos dos superiores e subalternos e, o essencial, sua habilidade para mover processos, que bem percebia – tudo isso o deixava alegre e, a par de suas conversas com seus companheiros, dos almoços e das partidas de uíste, preenchia-lhe a vida. De forma que a vida de Ivan Ilitch, em geral, continuava sendo assim como ele acreditava que sua vida devesse ser: agradável e conveniente.

Assim ele viveu mais sete anos. Sua primogênita já tinha dezesseis anos; outro filho morrera, e havia ainda um garoto a fazer o curso ginasial, filho que motivava a discórdia. Ivan Ilitch queria que estudasse na Escola de Direito, mas Praskóvia Fiódorovna, para contrariá-lo, matriculou o filho num ginásio. A filha estudava em casa e crescia bem; o garoto também estudava a contento.

III

Assim transcorria a vida de Ivan Ilitch ao longo dos dezessete anos subsequentes ao seu casamento. Já era um promotor antigo, tendo já desistido de certas transferências na expectativa de um cargo mais desejável, quando lhe sobreveio de supetão uma circunstância desagradável, capaz de perturbar toda a tranquilidade de sua vida. Ivan Ilitch esperava pelo cargo de presidente do tribunal numa cidade universitária, mas Hoppe se antecipou, de alguma maneira, a ele e conseguiu aquele cargo para si. Ivan Ilitch ficou irritado, pôs-se a exprobrá-lo e acabou brigando com ele e com sua chefia imediata; passaram então a tratá-lo com frieza e, quando surgiu um novo cargo, preteriram-no outra vez.

Foi no ano de 1880. Aquele foi o ano mais difícil na vida de Ivan Ilitch. Averiguou-se naquele ano, por um lado, que seu salário não bastava para viver e, por outro, que todo mundo se esquecera dele e que os outros tomavam aquilo que lhe parecia ser a maior e a mais cruel injustiça para com ele por algo bem ordinário. Nem seu pai julgava que lhe cumpria ajudá-lo. Ivan Ilitch sentiu, pois, que todos o haviam abandonado, achando sua situação, com 3500 rublos de ordenado, a mais normal possível e até mesmo feliz. Só ele sabia – com a sua consciência daquelas injustiças que o haviam acometido, com os constantes sermões de sua esposa e com as dívidas que vinha contraindo por gastar além de seus ganhos –, só ele sabia que sua situação estava longe de ser normal.

No verão daquele ano, visando diminuir as despesas, ele entrou em férias e foi passar, com sua mulher, uma temporada no campo, na casa do irmão de Praskóvia Fiódorovna.

Ali no campo, sem serviço, Ivan Ilitch se sentiu, pela primeira vez, não apenas entediado, mas insuportavelmente entristecido, e resolveu que não se podia viver dessa maneira e que era preciso tomar certas medidas drásticas.

Ao passar uma noite inteira em claro, andando pelo terraço, Ivan Ilitch decidiu ir a Petersburgo para solicitar um novo cargo e, pretendendo castigar quem não soubesse valorizá-lo, para mudar de ministério.

No dia seguinte, apesar de todas as dissuasões da esposa e do cunhado, foi mesmo a Petersburgo.

Lá foi com a única finalidade, a de arranjar pedinchando um cargo com cinco mil rublos de ordenado. Já não dava mais preferência a nenhum ministério, ramo ou gênero de atividade específico. Precisava apenas de um cargo, um cargo qualquer com cinco mil de ordenado, fosse na administração pública, nos bancos, nas estradas de ferro, nas instituições da imperatriz Maria[22] ou até mesmo na alfândega, mas sem falta com cinco mil de ordenado e com a condição de sair sem falta do ministério onde não sabiam valorizá-lo.

E eis que essa viagem de Ivan Ilitch acabou coroada com um êxito inesperado e assombroso. Em Kursk[23] passara para a primeira classe F. S. Ilin, seu conhecido, e comunicara-lhe que, segundo um telegrama recebido, dia desses, pelo governador da província, logo se daria uma reviravolta no ministério: Ivan Semiônovitch seria designado para o cargo de Piotr Ivânovitch.

A suposta reviravolta, além de ser significativa para a Rússia, era sobremodo significativa para Ivan Ilitch,

---

[22] Chancelaria especial do Império Russo, criada em 1797 e encarregada de dirigir toda espécie de atividades filantrópicas (estabelecimentos de ensino, hospitais, asilos, etc.).

[23] Cidade localizada na parte europeia da Rússia, a sul de Moscou.

porquanto ia promover novas pessoas – Piotr Petróvitch e, obviamente, seu companheiro Zakhar Ivânovitch – e, dessa forma, favoreceria no mais alto grau Ivan Ilitch também. É que Zakhar Ivânovitch era colega e amigo de Ivan Ilitch.

A notícia foi confirmada em Moscou. E, chegando a Petersburgo, Ivan Ilitch se encontrou com Zakhar Ivânovitch e conseguiu a promessa de que receberia um cargo certo em seu antigo Ministério da Justiça. Uma semana depois, telegrafou para sua esposa:

"Zakhar cargo de Miller na primeira reunião sou nomeado".

Graças àquela mudança de quadros, Ivan Ilitch arranjou de repente, no mesmo ministério, um cargo que o elevou dois patamares acima de seus companheiros, rendendo-lhe cinco mil rublos de ordenado e três mil e quinhentos em abonos de promoção. Todo o desgosto causado pelos seus antigos desafetos e pelo seu ministério como tal ficou esquecido, e Ivan Ilitch se sentiu totalmente feliz.

Regressou ao campo tão alegre e contente como não estava havia tempos. Praskóvia Fiódorovna também se alegrou um pouco, e um armistício foi concluído entre os cônjuges. Ivan Ilitch contava como todo mundo o reverenciara em Petersburgo, como todos os inimigos dele tinham sido desacreditados e agora se humilhavam em sua frente, como invejavam sua posição atual e, principalmente, como todos o adoravam em Petersburgo.

Praskóvia Fiódorovna escutava esses discursos e fingia acreditar neles: não contrariava o marido em nada, mas tão só planejava aquela nova vida que eles construiriam na cidade para onde se mudariam. E Ivan Ilitch percebia, todo animado, que seus planos coincidiam com os dele, que os cônjuges estavam de acordo e que sua vida, estagnada por algum tempo, readquiria seu verdadeiro e intrínseco caráter, tornando-se outra vez jovialmente agradável e conveniente.

Ivan Ilitch não se demorou muito no campo. Teria que assumir, em 10 de setembro, seu novo cargo e, além disso, precisaria de um tempinho para se instalar em seu novo lugar, levando ali todos os seus pertences, comprando ou encomendando ainda várias coisas — em resumo, para se instalar conforme havia decidido em seu íntimo e quase da mesma maneira pela qual optara também, no íntimo dela, Praskóvia Fiódorovna.

Agora que estava tudo resolvido com tanto acerto e sua mulher tinha o mesmo objetivo que ele próprio, e quando ambos, além do mais, passavam pouco tempo juntos, ficaram tão próximos como nunca haviam sido desde os primeiros anos de sua vida conjugal. De início, Ivan Ilitch pensava em levar sua família consigo de imediato, porém as exortações de sua irmã e do cunhado, que se tinham subitamente disposto a tratar Ivan Ilitch e sua família com especial cortesia parental, fizeram que ele partisse sozinho.

Ivan Ilitch partiu, e seu alegre estado de espírito, decorrente do seu sucesso e de ter concordado com a esposa, sendo que esses dois fatores reforçavam um ao outro, não o deixava nem por um minuto. Encontrou um excelente apartamento, precisamente aquele com que sonhavam ele e sua mulher. As salas de recepção bem espaçosas, de teto alto, construídas no estilo antigo, um gabinete pomposo e confortável, os quartos destinados à sua esposa e à sua filha, uma saleta de aula para seu filho — tudo isso parecia feito sob medida para eles. Ivan Ilitch se encarregou pessoalmente de arranjos, escolhendo o papel de parede, comprando os móveis, sobretudo aqueles antigos que mandava reformar num estilo peculiar ao que se chama de *comme il faut*, cuidando dos forros — e tudo crescia,

crescia e se aproximava do ideal que ele formara para si mesmo. Ao fazer metade da sua reforma, viu o resultado exceder às suas expectativas. Compreendeu aquele caráter requintado, mas não vulgar — numa palavra, *comme il faut* —, que teria tudo quando estivesse pronto. Adormecendo, imaginava a sala de visitas tal como ela viria a ser. Olhando para a sala de estar, ainda em reforma, desde já antevia uma lareira camuflada com uma tela, uma estante e todas aquelas cadeirazinhas espalhadas por toda parte, aquela prataria e aqueles artigos de bronze que ficariam, uma vez postos em ordem, nas prateleiras rentes às paredes. Aprazia-lhe a ideia de poder alumbrar Pacha e Lísanka,[24] que também tinham gosto por aquilo tudo. Eles não esperavam, de modo algum, por aquilo! Conseguiu, em particular, encontrar e comprar barato uns objetos antigos que davam a tudo uma aparência enfaticamente nobre. Fazia questão de dizer, em suas cartas, que as coisas não estavam tão bem quanto na realidade, para depois espantar seus familiares. Tudo isso o ocupava a ponto de até mesmo o novo cargo dele, aficionado de seu serviço, ocupá-lo menos do que esperava. Tinha momentos de distração durante as reuniões oficiais, refletindo naquelas cornijas, retas ou onduladas, que viriam a combinar com suas cortinas. Estava tão ocupado com isso que se azafamava amiúde pessoalmente, chegando mesmo a deslocar os móveis e a mudar de lugar as cortinas. Um dia, subiu uma escadinha a fim de mostrar ao estofador desentendido como ele queria colocar a tapeçaria, pisou em falso e já ia cair, mas, sendo um homem forte e ágil, manteve o equilíbrio, contundindo apenas seu flanco contra o puxador

---

[24] Formas diminutivas e carinhosas dos nomes russos Pável e Yelisaveta (Lisaveta).

do caixilho. O machucado ficou doendo um pouco, mas a dor passou logo. Ivan Ilitch se sentia, durante todo aquele tempo, notavelmente alegre e saudável. Escreveu aos parentes: "Sinto-me como se uns quinze anos tivessem pulado fora". Pretendia terminar a reforma em setembro, mas ela se prolongou até os meados de outubro. Em compensação, ficou tudo lindo: não apenas ele dizia isso, como também todos os que viam seu apartamento.

No fundo, era o mesmo que têm todas aquelas pessoas não muito ricas que querem parecer-se com as pessoas ricas e só portanto se parecem entre si: estofos, painéis de ébano, flores, alcatifas e artigos de bronze – tudo escuro e brilhoso, tudo o que umas pessoas de certa espécie adquirem para se parecer com outras pessoas de certa espécie. E sua decoração se assemelhava tanto a todas as demais que nem se poderia distingui-las, mas ele mesmo tomava tudo isso por algo bem especial. Quando foi à estação ferroviária buscar seus familiares, quando os trouxe para o apartamento reformado e iluminado, quando um lacaio de gravata branca abriu a porta da antessala adornada com flores e quando, por fim, eles entraram na sala de estar e no gabinete e foram soltando exclamações jubilosas, ele ficou muito feliz, acompanhando-os por toda parte, sorvendo seus elogios e radiando prazer. Na mesma tarde, quando Praskóvia Fiódorovna lhe perguntou entre outras coisas, na hora do chá, como tinha caído, deu uma risada e fez toda uma encenação para representar sua queda e o susto que levara o estofador.

– Não é à toa que faço ginástica. Um outro teria morrido, mas eu só me machuquei um pouquinho: dói quando toco aqui, mas já está passando – apenas uma mancha roxa.

E eles passaram a viver naquele apartamento novo, em que mais tarde, quando se tivessem acostumado, faltaria, como de praxe, tão só um quarto, e com novos ganhos, a que seria bom acrescentar, como de praxe, tão só uma mixaria, uns quinhentos rublinhos, e sua vida era muito feliz. Sobretudo, nos primeiros tempos, quando nem tudo ainda estava arrumado e era preciso arrumá-lo: comprar uma coisa, encomendar outra coisa, deslocar isto, ajustar aquilo. Conquanto houvesse certas desavenças entre o marido e a mulher, estavam ambos tão contentes e atarefados que tudo se resolvia sem grandes brigas. Quando não tinham mais nada a arrumar, ficaram um pouco entediados e sentiram falta de alguma coisa, mas logo se travaram novas amizades, surgiram novos hábitos e a vida deles tornou a ser plena.

Depois de passar a manhã no tribunal, Ivan Ilitch voltava para casa na hora do almoço, e seu estado de espírito era bom, naqueles primeiros tempos, embora piorasse um tanto por causa de sua própria morada. (Qualquer nódoa sobre a toalha de mesa ou sobre um dos estofos, qualquer cordão das cortinas que se rompesse, deixavam-no irritado: tanto se esforçara para decorar o apartamento que agora lhe doía qualquer desordem). Todavia, de modo geral, a vida de Ivan Ilitch transcorria assim como, segundo as suas convicções, devia transcorrer uma vida: fácil, agradável e convenientemente. Ele se levantava às nove horas, tomava o café, lia um jornal, depois envergava seu uniforme e ia ao tribunal. Ali já estava pronto aquele jugo que carregava: punha-o logo em seu pescoço. Requerentes, papelada de sua repartição, a repartição como tal, audiências públicas e reuniões de trabalho... Cumpria-lhe, em meio àquela rotina, saber apartar tudo quanto tangesse, sempre atrapalhando o curso normal de seu serviço, à realidade nua e crua: não podia admitir nenhum tipo de relação com pessoas estranhas, senão aquelas relações oficiais, e o motivo de se relacionar com alguém deveria ser, bem como as próprias relações, estritamente oficial. Vem, por exemplo, alguma pessoa e quer informar-se sobre algum assunto. Fora do espaço oficial, Ivan Ilitch nem sequer pode ter quaisquer relações que sejam com essa pessoa; no entanto, se essa pessoa tem algo a ver com ele em sua qualidade de servidor público, algo que possa ser expresso numa folha de papel timbrado, aí sim, nos moldes dessas relações Ivan Ilitch faz tudo, decididamente tudo quanto pode fazer, mantendo, ao mesmo tempo, certa semelhança com as gentis relações humanas, ou seja, tratando-a com gentileza. Tão logo terminam as relações oficiais, terminam quaisquer relações em geral. Essa habilidade em separar a parte oficial, sem misturá-la com sua vida real, era própria de Ivan Ilitch no mais alto grau; ele a aprimorara tanto, com sua longa experiência e seu talento, que até mesmo se permitia às vezes bancar um virtuose e misturar, como quem estivesse brincando, as relações humanas com as oficiais. Ele se permitia isso porque se sentia capaz de separar novamente, sempre que houvesse necessidade, a parte oficial e de renegar a parte humana. Nesse sentido, Ivan Ilitch não apenas vivia de modo fácil, agradável e conveniente, mas até mesmo agia com virtuosidade. Nos intervalos fumava, tomava chá, conversava um pouco sobre a política, um pouco sobre os assuntos gerais, um pouco sobre o baralho e, máxime, sobre designações para cargos públicos. E cansado, mas com a sensação de um virtuose que se esmerara em tocar a sua parte, a de um dos principais violinos da orquestra, voltava para casa. Nesse meio-tempo, sua esposa ia algures com sua filha ou então recebia alguma visita; seu filho estava no ginásio ou então fazia deveres de casa com uns professores particulares, estudando assiduamente aquilo que se estuda no curso ginasial. Corria tudo bem. Após o almoço, se não havia visitas a receber, Ivan Ilitch lia, de vez em quando, um daqueles livros de que se falava muito e, de noite, ocupava-se de seus negócios, ou seja, lia os documentos, consultava as leis, conferia os testemunhos e adequava-os às bases legais. Não se enfadava nem se distraía com isso. Enfadava-se quando não podia jogar *vint* e, na ausência deste, sentia-se mais à vontade mexendo com seus negócios do que ficando sozinho ou em companhia de sua mulher. Os deleites de Ivan Ilitch consistiam em convidar para o almoço umas poucas pessoas, damas e cavalheiros de importante posição social, e naquele passatempo com tais pessoas que se assemelhasse ao passatempo habitual delas assim como sua sala de estar se assemelhava a todas as salas de estar.

Houve mesmo um sarau em sua casa; os convidados dançavam. E Ivan Ilitch estava alegre, e tudo corria bem, só que brigou feio com sua esposa por causa das tortas e dos bombons: Praskóvia Fiódorovna tinha seu próprio plano, mas Ivan Ilitch insistiu em comprar tudo numa confeitaria bem cara e trouxe várias tortas, e aquela briga aconteceu por terem sobrado umas tortas lá e porque a conta do confeiteiro somara quarenta e cinco rublos. A briga foi grande e desagradável, a ponto de Praskóvia Fiódorovna dizer ao marido: "Besta, moleirão!". E ele agarrou sua cabeça e, zangado como estava, mencionou de certo modo o divórcio. Mas o sarau em si foi alegre. Reuniu-se a melhor sociedade, e Ivan Ilitch acabou dançando com a princesa Trúfonova, irmã daquela que ficara conhecida ao fundar a instituição filantrópica "Leve embora meu pesar".[25]

---

[25] Tolstói parodia os nomes de numerosas instituições de caridade fundadas na década de 1880.

Os prazeres oficiais referiam-se ao seu amor-próprio; os prazeres sociais referiam-se à sua vaidade; contudo, os verdadeiros prazeres de Ivan Ilitch eram os que lhe proporcionava o jogo de *vint*. Reconhecia que depois de tudo, depois de quaisquer eventos desprazerosos que ocorressem em sua vida, a alegria a luzir, feito uma vela acesa, diante de todos os outros, consistia para ele em jogar *vint* com bons adversários e parceiros que não gritassem e fossem quatro com ele mesmo (pois era triste demais ter de abandonar o jogo, quando se juntavam cinco parceiros, embora lhe agradasse muito fingir que estava tranquilo), em levar a cabo aquele jogo inteligente e sério (contanto que as cartas saíssem direito) e depois jantar e tomar um copo de vinho. E, uma vez terminada a partida, Ivan Ilitch ia dormir especialmente bem-humorado, sobretudo ao apurar um pequeno ganho (já que não lhe agradava ganhar demais).

Assim a família vivia. Seu círculo de amizades era o melhor possível, formando-se tanto de pessoas importantes quanto de pessoas jovens.

No tocante àquele círculo de amizades, o marido, a mulher e a filha estavam de pleno acordo entre si e, sem combinarem nada, afastavam da sua casa toda espécie de parentes e aderentes pobres, que irrompiam, cheios de dengues, em sua sala de estar com pratos japoneses pelas paredes, e desvencilhavam-se, cada um da mesma maneira, deles todos. Esses amigos pobres deixaram logo de visitá-los; quedou-se, em volta dos Golovin, apenas a melhor sociedade possível. Os jovens cortejavam Lísanka, e o juiz de instrução Petríchtchev, filho de Dmítri Ivânovitch Petríchtchev e único herdeiro de sua fortuna, também passou a cortejar Lisa, de sorte que Ivan Ilitch já falava disso com Praskóvia Fiódorovna: não seria porventura interessante oferecer-lhes um passeio de *troica*[26] ou levá-los ao teatro? Assim a família vivia. E tudo corria assim, sem mudar, e tudo estava muito bem.

IV

Estavam todos bem-dispostos. Se Ivan Ilitch dizia por vezes que tinha um estranho ressaibo na boca e sentia algum embaraço do lado esquerdo de sua barriga, não se podia chamar aquilo de indisposição.

Aconteceu, todavia, que tal embaraço foi aumentando: ainda não era uma dor propriamente dita, mas uma constante sensação de peso daquele lado e seu mau humor decorrente. Esse mau humor, que não parava de crescer, veio a estragar os prazeres da vida fácil e conveniente que se levava havia pouco na casa dos Golovin. O marido e a mulher passaram a brigar cada vez mais; em breve, a facilidade e a agradabilidade esvaíram-se, permanecendo, a custo, somente a conveniência. As cenas conjugais se tornaram, de novo, mais frequentes. De novo, sobraram umas ilhotas — e não eram muitas — em que os cônjuges conseguiam aproximar-se um do outro sem explosões.

E Praskóvia Fiódorovna tinha agora motivos para dizer que a índole de seu esposo era difícil. Por mero hábito de exagerar, que lhe era intrínseco, dizia que essa índole sempre fora horrível assim e que se precisava ter a bondade dela para poder aguentá-la por vinte anos seguidos. É verdade que as brigas estouravam agora por iniciativa dele. Sempre se lançava às critiquices pouco antes do almoço e,

---

[26] Carruagem ou trenó puxado por três cavalos.

amiúde, quando se punha notadamente a tomar sopa. Ora percebia que uma das louças estava estragada, ora achava a comida ruim, ora censurava seu filho por ter colocado o cotovelo na mesa, ora implicava com o penteado de sua filha. E era Praskóvia Fiódorovna que ele acusava de tudo. A princípio, Praskóvia Fiódorovna retrucava e dizia coisas desagradáveis ao seu marido, mas ele ficou, umas duas vezes, tão furioso no começo do almoço que, compreendendo que era um estado mórbido, provocado nele pela ingestão dos alimentos, ela se conteve: já não retrucava, apenas lhe pedia que almoçasse mais rápido. Quanto àquela submissão sua, Praskóvia Fiódorovna transformou-a num grande mérito seu. Convencida de que seu esposo tinha uma índole horrível e que tornara infeliz toda a vida dela, acabou por se apiedar de si mesma. E quanto mais se apiedava de si, tanto mais odiava seu marido. Chegou a desejar que ele morresse, só que não podia desejar isso, porquanto se privaria, em tal caso, de seus vencimentos. E foi por essa razão que se irritou ainda mais com ele. De resto, achava-se profundamente infeliz porque nem a morte do marido poderia salvá-la, ao passo que se irritava e ocultava sua irritação, e que sua irritação oculta exacerbava a irritação manifesta de Ivan Ilitch.

Após uma das cenas, quando Ivan Ilitch se mostrara sobremodo injusto e até mesmo dissera, para se explicar ao fim da briga, que andava de fato irritadiço, mas apenas por causa de uma doença, ela lhe respondeu que, se estivesse doente, precisava de tratamento, exigindo a seguir que fosse consultar um médico renomado.

Ele foi lá. Transcorreu tudo conforme tinha previsto; ocorreu tudo o que ocorre de praxe. E sua espera, e a imponência falsa do médico, uma imponência bem conhecida, aquela mesma que ele próprio afetava no tribunal, e as batidinhas, e as auscultações, e as perguntas a presumirem respostas premeditadas e, pelo visto, inúteis, e o ar significativo do doutor que parecia inculcar: é só o senhor cair, digamos, nas mãos da gente, e a gente vai resolver tudo, pois já sabemos, com toda a certeza, como se resolve tudo, pois é tudo a mesma coisa para qualquer pessoa que o senhor apontar. Tudo se fazia do mesmo modo que no tribunal. Como ele próprio se fingia na frente do réu, o médico renomado também se fingia na frente dele.

O médico dizia: isto e aquilo levam a crer que o senhor tem, aí dentro, isto e aquilo; porém, se os exames disto e daquilo não confirmarem essa hipótese, será preciso supormos que o senhor tenha isto e aquilo; e, se suspeitarmos de tal coisa, então... E assim por diante. Só uma questão era importante para Ivan Ilitch: se a situação dele estava grave ou não. Mas o doutor ignorava essa questão intempestiva. Do ponto de vista do doutor, essa questão ociosa não era passível de discussão; apenas se ponderavam uns diagnósticos prováveis, a saber, um rim solto, uma enterite crônica e uma doença do ceco[27]. Não se tratava da vida de Ivan Ilitch, mas se escolhia entre aquele rim solto e aquele ceco. E o doutor resolveu, de maneira brilhante, essa indecisão na frente de Ivan Ilitch, optando pelo ceco e ressalvando que o exame de sua urina poderia fornecer novas evidências e que o diagnóstico seria, em tal caso, revisto. Foi feito precisamente tudo quanto Ivan Ilitch em pessoa fizera mil vezes, e da mesma maneira brilhante, na frente do réu. Assim, brilhantemente, o doutor fez a

---

[27] A primeira parte do intestino grosso, popularmente chamada de "intestino cego".

sua síntese, mirando por cima dos óculos, triunfante e até mesmo radiante, a quem condenava. Daquela síntese do doutor Ivan Ilitch deduziu que estava mal: para o doutor e, talvez, para todo mundo não fazia diferença alguma, só que ele mesmo estava mal. E essa dedução causou a Ivan Ilitch uma comoção mórbida, provocando-lhe o sentimento de grande compaixão para consigo e de grande rancor contra o médico, que abordava um assunto tão relevante com tanta indiferença.

Todavia, ele não disse nada, mas se levantou, colocou o dinheiro em cima da mesa e disse suspirando:

– Nós, os doentes, fazemos decerto muitas perguntas inoportunas – foi isso que disse. – Mas, em geral, é uma doença grave ou não?...

Severo, o doutor olhou para ele de esguelha, através dos seus óculos, como se lhe respondesse: caso o réu não se limite às perguntas que lhe fazem, serei obrigado a ordenar que o retirem deste foro.

– Já disse ao senhor tudo o que achava necessário e conveniente dizer – respondeu o doutor. – Os exames vão revelar o resto.

E o doutor fez uma mesura.

Ivan Ilitch saiu devagar, subiu tristemente ao seu trenó e foi para casa. Pelo caminho, não parava de relembrar tudo quanto dissera o médico, procurando verter todos aqueles termos científicos, intrincados e nebulosos, para uma língua comum e detectar neles uma resposta à sua pergunta: estou mal, sim, mas será que estou muito mal ou ainda é pouca coisa? E parecia-lhe que tudo quanto o médico dissera significava que ele estava muito mal. Tudo parecia triste a Ivan Ilitch nas ruas por onde passava. Os cocheiros estavam tristes, os prédios, tristes, os passantes e os armazéns, também tristes. E sua dor – obtusa, mas lancinante, que não se quietava nem por um segundo — parecia adquirir, devido àquele impreciso discurso do médico, outro significado, mais sério. Agora Ivan Ilitch atentava nela com uma nova sensação penosa.

Voltou para casa e foi contando sobre essa visita à sua mulher. Ela escutava, mas eis que entrou, no meio de seu relato, sua filha de chapeuzinho: arrumara-se para ir passear com a mãe dela. Sentou-se para ouvir, com esforço, toda aquela maçada, só que não aguentou por muito tempo; sua mãe tampouco escutou até o fim.

— Pois bem, fico muito contente — disse a mulher. — Pois vê agora se tomas direitinho o teu remédio. Dá-me a receita, que vou mandar Guerássim para a farmácia. — E ela saiu para se vestir.

Ivan Ilitch nem retomara fôlego, enquanto ela estava no quarto, e deu um profundo suspiro ao vê-la sair.

— Pois bem — disse ele. — Talvez seja mesmo pouca coisa...

E foi tomando seus remédios, cumprindo as prescrições do médico, que haviam mudado após o exame de sua urina. Aconteceu, entretanto, que surgiu, por ocasião desse exame e do que tinha de lhe suceder, certa confusão. Não dava para se encontrar novamente com o doutor, e o que ocorria de fato a Ivan Ilitch não era exatamente aquilo que o doutor lhe dissera. Ele esquecera, sem dúvida, ou mentira, ou então lhe ocultara alguma coisa.

Não obstante, Ivan Ilitch foi cumprindo religiosamente as prescrições do doutor e, logo de início, consolou-se de certa forma com isso.

A principal ocupação de Ivan Ilitch consistia, desde a sua visita ao médico, em cumprir com rigor as prescrições relativas à higiene e à medicação, bem como em observar minuciosamente a sua dor e todas as funções de seu organismo. Os principais interesses de Ivan Ilitch concerniam agora às doenças humanas e à saúde humana. Quando se falava, em sua presença, de doentes, falecidos e convalescidos, mas, sobretudo, daquelas doenças que se assemelhavam à dele, prestava atenção, indagava buscando esconder sua ansiedade e correlacionava o que ouvia com sua doença.

A dor não diminuía, porém Ivan Ilitch fazia esforços sobre si mesmo para se obrigar a pensar que estava melhor. E conseguia ludibriar a si mesmo, contanto que nada o preocupasse. Mas, tão logo surgiam contrariedades por parte de sua esposa, intempéries em seu serviço ou maus lances em seu jogo de *vint*, ele sentia de pronto toda a força de sua enfermidade; às vezes, aturava tais intempéries na expectativa de corrigir rápido essas coisas ruins, de superá-las e de alcançar, afinal de contas, bom êxito, seu *grand slam*.[28] Só que agora toda e qualquer desventura deixava-o abatido e desesperado. Ele dizia consigo: mal comecei a convalescer, e o remédio já vinha surtindo efeito, e eis que aquela maldita desgraça ou contrariedade... Enraivecia-se contra a tal desgraça ou contra as pessoas que o contrariavam, matando-o pouco a pouco, e sentia que essa raiva o matava por sua vez, mas não conseguia abster-se dela. Devia compreender bem, pelo visto, que sua ira contra as circunstâncias e pessoas fazia sua doença recrudescer e que não lhe cabia, portanto, dar tanta atenção àquelas contrariedades fortuitas; contudo, ele raciocinava de modo inverso: dizia que precisava de sossego, atentava em tudo quanto perturbasse o seu sossego e ficava irritado com a mínima perturbação. Seu

---

[28] Nesse contexto, domínio de todas as técnicas dos jogos de baralho que permite ganhar as partidas mais complexas (em inglês no original).

estado piorava ainda porque lia os livros de medicina e consultava os médicos. A piora avançava tão regularmente que ele podia enganar a si próprio, comparando um dia com o outro: a diferença era discreta. Mas, quando consultava os médicos, parecia-lhe que piorava mesmo e até piorava depressa. Apesar disso, não cessava de consultar os médicos.

Naquele mês recorreu também a outra celebridade, e essa outra celebridade lhe disse quase o mesmo que a primeira, embora tivesse feito suas perguntas de outro modo. E a consulta com essa celebridade não fez outra coisa senão aumentar a hesitação e o medo de Ivan Ilitch. Um companheiro de seu companheiro – aliás, um médico muito bom – definiu a sua doença de forma bem diferente e, apesar de ter prometido que ele se recuperaria, deixou Ivan Ilitch ainda mais confuso com suas indagações e suposições, e agravou suas dúvidas. Um homeopata também definiu a sua doença de modo diferente e prescreveu um medicamento que Ivan Ilitch ficou tomando, no mais completo sigilo, por uma semana. Mas, finda essa semana sem que sentisse alívio, perdeu a confiança tanto nas medicações precedentes quanto na última medicação e mergulhou num desânimo ainda maior. Uma dama que conhecia contou-lhe, um dia, sobre a cura por meio dos ícones. Então Ivan Ilitch se surpreendeu a prestar muita atenção e ponderar a veracidade do tal fato. Esse incidente assustou-o. "Será que minha mente se debilitou tanto assim?" – disse consigo. "Tolice! Tudo isso é uma bobagem: não é preciso ceder à cisma e, sim, escolher um só médico e seguir rigorosamente as prescrições dele. Assim é que vou fazer. Agora está decidido: não vou mais cismar e, até o verão, farei o tratamento com precisão. Depois a gente vai ver. Às favas com estas minhas hesitações!..." Foi fácil dizer isso, mas não foi possível fazê-lo. Aquela dor no flanco incomodava-o, parecendo aumentar o tempo todo e tornando-se ininterrupta, aquele ressaibo em sua boca ficava cada vez mais estranho; ele achava que sua boca exalava um cheiro abominável, seu apetite e suas forças diminuíam sem parar. Não podia mais enganar a si mesmo: algo terrível, novo e tão significativo que nada mais significativo se dera com Ivan Ilitch em toda a sua vida operava-se nele agora. E ele era o único a saber disso; todos os que estavam ao seu redor não o entendiam ou não queriam entendê-lo, pensando que tudo ia como dantes neste mundo. E era bem isso que mais afligia Ivan Ilitch. Seus próximos – antes de tudo, sua esposa e sua filha, que estavam em plena época de visitas – não compreendiam, pelo que ele via, coisa nenhuma e apoquentavam-se com sua tristeza e suas exigências, como se ele fosse culpado disso. Ainda que elas tentassem escondê-lo, Ivan Ilitch percebia que as atrapalhava a ambas, mas que sua mulher tinha elaborado certo método em relação à sua doença, aplicando-o independentemente do que seu marido dizia e fazia. O método dela era o seguinte:

– Sabem – dizia aos seus conhecidos –, Ivan Ilitch não consegue, como toda a gente boa, seguir rigorosamente o tratamento prescrito. Hoje toma as suas gotinhas e come o que mandaram comer e vai dormir na hora certa; amanhã, se eu não ficar de olho nele, de repente se esquece de tomar o remédio, come esturjão (só que ninguém mandou comer isso) e joga seu *vint* até uma hora da madrugada.

– Quando é que fiz isso? – retorquia Ivan Ilitch, aborrecido. – Só uma vez, com Piotr Ivânovitch.

– E ontem, com Chebek?

– De qualquer jeito, não conseguia dormir por causa da dor...

– Seja qual for a causa, não te recuperas nunca, se continuares assim, e vais torturando a gente.

O que Praskóvia Fiódorovna aparentava e dizia aos outros e a ele próprio, no tocante à doença de seu marido, era que Ivan Ilitch em pessoa tinha culpa dessa doença e que toda essa doença não passava de um novo dissabor que ele havia de causar à sua mulher. Ivan Ilitch se dava conta de que ela não agia assim de propósito, porém não ficava aliviado com isso.

No tribunal, Ivan Ilitch percebia ou achava que percebia a mesma maneira estranha de tratá-lo: ora lhe parecia que atentavam nele como numa pessoa prestes a deixar seu cargo; ora seus companheiros se punham, de improviso, a caçoar amigavelmente de suas cismas, como se algo terrível e pavoroso, algo inaudito que se enraizara nele e não parava de sugá-lo por dentro, arrastando-o algures com força irresistível, fosse o mais agradável motivo para brincadeiras. Quem o irritava em especial era Schwartz, cujas jocosidade e vivacidade de um homem *comme il faut* recordavam a Ivan Ilitch seu próprio feitio de dez anos atrás.

Seus amigos vinham jogar *vint*, sentavam-se à mesa. Abriam-se novos baralhos, distribuíam-se cartas, combinavam-se ouros com ouros — sete ao todo... Um dos parceiros diz: sem trunfos, e apoia com dois ouros. O que mais? O jogador tem que se sentir alegre e animado: o *slam* está chegando! E eis que Ivan Ilitch sente aquela dor sugadora, aquele ressaibo na boca, e acredita ser meio absurdo o fato de poder, no mesmo instante, alegrar-se com o *slam* a chegar.

Olha para Mikhail Mikháilovitch, seu companheiro, vendo-o bater na mesa com uma mão sanguínea[29] ao

---

[29] Nesse contexto, firme e rosada, mão de quem possui o temperamento sanguíneo.

passo que se abstém, respeitoso e condescendente, de apanhar as vazas[30] e empurra as cartas para junto de Ivan Ilitch, a fim de lhe proporcionar o prazer de recolhê-las sem se dar ao trabalho de estender demasiadamente a sua mão. "Será que me acha débil a ponto de não poder mais estender longe a mão?" – pensa Ivan Ilitch, esquecendo-se dos trunfos, e joga uma cartada contrária aos lances de seus parceiros e perde o *slam* por falta de três pontos e, o mais horroroso, percebe como está sofrendo por causa disso Mikhail Mikháilovitch, mas não se importa com ele. E fica horrorizado ao pensar nas causas dessa sua indiferença.

Todo mundo vê que ele não está bem, dizendo: "Podemos parar, se o senhor estiver cansado. Vá repousar". Repousar? Não, ele não se cansou nem um pouco, e os amigos terminam o *rubber*. Estão todos sombrios e silenciosos. Ivan Ilitch sente que foi ele quem lhes impôs essa melancolia e não consegue desvanecê-la. Seus amigos jantam e vão embora, e Ivan Ilitch fica sozinho, consciente de que sua vida, já envenenada para ele mesmo, envenena a vida dos outros e que esse veneno não enfraquece, mas impregna cada vez mais todo o seu ser.

E, bem consciente disso e aturando, além do mais, uma dor física, ele tem de se deitar, apavorado como está, e não dormir amiúde, por causa dessa dor, a maior parte da noite. E, pela manhã, tem de se levantar outra vez, tem de se vestir, de ir ao tribunal, de falar, de escrever e, nem que não lhe cumpra ir lá, de passar em casa o mesmo dia de vinte e quatro horas, sendo cada uma dessas horas uma tortura para ele. E viver assim, à beira da perdição, sozinho, sem que haja por perto uma só pessoa capaz de compreendê-lo e de ter pena dele.

---

[30] Cartas jogadas de cada vez e recolhidas, todas juntas, por quem ganha o lance.

V

Assim se passou um mês, depois dois meses. Às vésperas do Ano-Novo, seu cunhado veio àquela cidade e hospedou-se na casa dele. Ivan Ilitch estava no tribunal. Praskóvia Fiódorovna tinha ido às compras. Entrando em seu gabinete, Ivan Ilitch deparou lá o cunhado, um homem sadio de temperamento sanguíneo, que desarrumava sozinho a sua mala. Ergueu a cabeça ao ouvir os passos de Ivan Ilitch e fitou-o, por um segundo, em silêncio. Esse olhar revelou tudo para Ivan Ilitch. O cunhado já abria a boca para soltar um ai, porém se conteve. Esse impulso confirmou tudo.

— Estou mudado, não estou?
— Sim... houve mudanças.

E, por mais que Ivan Ilitch incitasse, mais tarde, seu cunhado a conversar sobre a sua aparência, o cunhado se mantinha calado. Veio Praskóvia Fiódorovna, o cunhado foi aos aposentos dela. Ivan Ilitch trancou a porta com uma chave e passou a mirar-se no espelho: primeiro de frente e, a seguir, de lado. Pegou seu retrato junto da esposa e confrontou-o com aquilo que via no espelho. As mudanças eram enormes. Depois ele desnudou seus braços até os cotovelos, mirou-os também, abaixou as mangas, sentou-se em sua otomana[31] e ficou mais sombrio que a noite.

"Não precisa, não" — disse para si mesmo. Levantou-se depressa, achegou-se à sua escrivaninha, abriu um dossiê, começou a lê-lo, mas não conseguiu. Destrancou a porta, foi à sala de visitas. A porta da sala de estar encontrava-se

---

[31] Sofá largo e desprovido de encosto.

fechada. Aproximou-se dela nas pontas dos pés e pôs-se a escutar.

— Não, estás exagerando — dizia Praskóvia Fiódorovna.

— Como assim: exagerando? Será que não vês: ele está morto, olha só naqueles olhos dele. Não há mais luz nenhuma. Mas o que é que ele tem?

— Ninguém sabe. Nikoláiev (era outro médico) disse alguma coisa, só que eu não sei. Leschetizky (era um doutor famoso) disse, pelo contrário, que...

Ivan Ilitch se afastou da porta, foi ao seu gabinete, deitou-se e começou a pensar: "Um rim, um rim solto". Lembrou-se de tudo o que lhe haviam dito os médicos: como esse rim se desprendera e como se movia. E procurava, forçando a sua imaginação, capturar esse rim, detê-lo e afixá-lo, parecendo-lhe que bastaria tão pouco para tanto. "Não, vou ver de novo Piotr Ivânovitch" (era aquele companheiro dele cujo companheiro era um médico). Tocou a campainha, mandou atrelar o cavalo e aprontou-se para sair.

— Aonde vais, *Jean*? — perguntou sua esposa, com uma expressão por demais triste e insolitamente bondosa.

Essa bondade insólita deixou-o irado. Olhou para ela com carranca.

— Preciso ver Piotr Ivânovitch.

Foi à casa de seu companheiro cujo companheiro era um médico. E depois, acompanhado por ele, foi ver o médico. Encontrou-o em casa e teve uma longa conversa com ele.

E foi ao examinar, anatômica e fisiologicamente, os detalhes daquilo que se operava, na opinião do médico, dentro dele que chegou a entender tudo.

Havia uma coisinha, uma coisinha ínfima em seu ceco. Tudo isso podia ser consertado. Bastava reforçar a energia de um órgão e suavizar as atividades do outro para que se consumasse a absorção e tudo se restabelecesse. Ele se atrasou um pouco para o almoço. Almoçou, conversou animadamente, mas ficou muito tempo sem poder retomar seu trabalho. Dirigiu-se enfim ao seu gabinete e logo se pôs a trabalhar. Lia os documentos, trabalhava, mas a consciência de ter adiado um importante assunto íntimo, que abordaria ao terminar o trabalho, não o deixava em paz. Terminado o trabalho, recordou que esse assunto íntimo era seu pensamento sobre o ceco. No entanto, não se entregou àquele pensamento, mas foi à sala de estar para tomar chá. Havia visitas, conversavam e tocavam piano, cantavam; viera o juiz de instrução, o tão desejado noivo de sua filha. Ivan Ilitch passou a tarde, conforme notou Praskóvia Fiódorovna, mais alegre que os outros; porém não se esqueceu, nem por um minutinho, de ter adiado seu importante pensamento sobre o ceco. Às onze horas, despediu-se e foi ao seu quarto. Dormia sozinho, desde que adoecera, num pequeno cômodo adjacente ao seu gabinete. Foi lá, tirou as roupas e pegou um romance de Zola,[32] mas, em vez de lê-lo, ficou refletindo. O que se fazia em sua imaginação era aquele cobiçado restabelecimento do ceco. Algo se absorvia, algo se rejeitava, restaurando-se as atividades normais. "Sim, é isso mesmo" — disse ele consigo. "Mas é preciso ajudar a natureza". Lembrou-se de seu remédio, tornou a levantar-se, tomou-o, deitou-se de costas a atentar em como esse remédio exerce sua benéfica ação para erradicar sua dor. "É só tomar regularmente o remédio e evitar influências nocivas. Já agora me sinto um

---

[32] Émile Zola (1840-1902): grande escritor francês, criador da vertente naturalista na literatura mundial, cujas obras eram muito populares na época descrita.

pouco melhor, aliás, bem melhor." Começou a apalpar seu flanco, que não doía enquanto apalpado. "Não estou sentindo dor, não: decerto fiquei bem melhor." Apagou a vela e deitou-se de lado... "O ceco se recupera com absorção." De súbito, sentiu aquela dor familiar, já antiga, obtusa e lancinante, teimosa, sorrateira e grave. O mesmo ressaibo abjeto reapareceu em sua boca. Crispou-se o seu coração, turvou-se a sua mente. "Meu Deus, meu Deus!" – articulou ele. "De novo, de novo, e jamais vai parar." E, de repente, viu a situação toda sob um ângulo bem diferente. "O ceco! O rim..." – disse consigo. "Mas não se trata do ceco nem do rim e, sim, da vida e... da morte. Sim, tive uma vida, e eis que ela se vai, vai embora, e eu não posso retê-la. Sim. Por que me enganaria? Não seria óbvio para todos, além de mim mesmo, que estou morrendo e que é apenas uma questão de semanas ou dias: talvez morra neste exato momento. Havia luz, e agora há treva. Eu estava aqui, e agora vou para onde? Para onde?" Sentiu um frio envolvê-lo todo, parou de respirar. Ouvia apenas as batidas de seu coração.

"Não existirei mais, então o que existirá? Não existirá nada. Onde estarei, pois, quando não existir mais? Será mesmo a morte? Não quero, não!" Saltou fora da cama, querendo reacender a vela; tateou com as mãos trêmulas, deixou a vela, com o castiçal, cair no chão e voltou a desabar sobre o seu travesseiro. "Por quê? Tanto faz" – dizia a si mesmo, cravando o olhar na escuridão. "A morte. Sim, a morte. E nenhum deles sabe disso, nem quer saber, nem tem pena de mim. Estão brincando ali (ouvia ao longe, atrás da porta, uma voz retumbante e uns ritornelos[33] soarem). Eles não se importam, só que também vão morrer.

---

[33] Peça ou trecho musical de caráter repetitivo.

Imbecis! Eu mais cedo, e eles mais tarde; o fim será o mesmo. Mas estão contentes. Animais!" Sufocava-se com sua raiva. E acabou sentindo uma aflição insuportável. Não podia ser que todo mundo estivesse sempre fadado a esse medo terrível. Ele se levantou.

"Algo está errado; tenho que me acalmar, tenho que pensar, primeiro, nisso tudo." Então foi pensando: "Sim, o início da doença. Machuquei este meu flanco, mas não mudei nem naquele dia nem no dia seguinte; doeu só um pouco, depois doeu mais, depois os doutores, depois o abatimento, a angústia e, outra vez, os doutores; e eu que me aproximava cada vez mais do precipício. Perdia as forças. Chegava mais e mais perto. E eis que definhei e não tenho mais luz nenhuma nos olhos. E lá vem a morte, e eu cá estou pensando no intestino. Pensando em como poderia consertar o intestino, mas é a morte que vem. Será mesmo a morte?" Ficou novamente apavorado, inclinou-se ofegante, começou a buscar os fósforos, fincou o cotovelo na mesinha de cabeceira. Tal móvel o atrapalhava e machucava; ele se zangou com a mesinha, apoiou-se nela, aborrecido, com mais força e derrubou-a. E, desesperado como estava, tombou de costas, arfando, à espera da morte imediata.

As visitas saíam nesse meio-tempo. Praskóvia Fiódorovna acompanhava-as até a porta. Ouviu seu marido cair e entrou no quarto.

– O que houve?

– Nada. Deixei cair sem querer.

Ela saiu, trouxe uma vela. Ivan Ilitch estava deitado, respirando a custo e bem depressa como um homem que acabava de correr uma versta,[34] fitando-a com olhos vidrados.

---

[34] Antiga medida de comprimento russa, equivalente a 1067 metros.

— O que tens, *Jean*?
— Na...da. Dei...xei ca...ir. — "Para que falar? Ela não vai entender" — pensava ele.

A mulher não entendeu de fato. Apanhou a vela dele, acendeu-a e apressou-se a sair do quarto: precisava acompanhar uma das damas convidadas.

Quando voltou, ele permanecia deitado na mesma posição, de costas, olhando para cima.

— O que tens? Pioraste?
— Sim.

Ela balançou a cabeça, ficou, por um tempinho, sentada.

— Sabes, *Jean*, estou pensando em chamar Leschetizky para cá.

Queria dizer com isso que traria aquele famoso doutor para casa e não pouparia dinheiro. Com um peçonhento sorriso, ele disse: "Não". Ela ficou sentada mais um pouco, depois se aproximou do marido e beijou-o na testa.

Ele a odiava com todas as forças de sua alma no momento em que ela o beijou, esforçando-se para não a empurrar.

— Boa noite. Vais dormir, se Deus quiser.
— Sim.

VI

Ivan Ilitch percebia que estava morrendo e permanecia num desespero constante.

Embora soubesse, no fundo de sua alma, que estava morrendo, Ivan Ilitch não apenas não se conformara com isso, mas nem sequer entendia, ou melhor, nem sequer conseguia entendê-lo.

Aquele exemplo de silogismo que tinha aprendido na lógica de Kiesewetter[35] – Caio[36] é um homem, os homens são mortais, portanto Caio é mortal – parecia-lhe, ao longo de toda a sua vida, correto tão só em relação a Caio, mas nem por sombras a ele mesmo. O tal de Caio era um homem, um homem de modo geral, e isso era absolutamente justo; mas ele mesmo não era Caio nem um homem de modo geral, mas sempre fora uma criatura diferente, bem diferente de todas as outras: fora Vânia[37] com mamãe e papai, com Mítia e Volódia,[38] com seus brinquedos, seu cocheiro e sua babá, depois com Kátenka[39] e com todas as alegrias, tristezas, exaltações da infância, da adolescência e da juventude. Teria Caio conhecido aquele cheiro da bolinha listrada de couro, da qual Vânia gostara tanto? Teria Caio beijado assim a mão de sua mãe, e teria sido para Caio que farfalhara assim a seda das pregas do vestido materno? Teria sido Caio quem pelejara tanto por aqueles pasteizinhos na Escola de Direito? Teria Caio ficado tão apaixonado assim? Teria Caio podido dirigir assim uma sessão no tribunal?

De fato, Caio é mortal, e seria correto se ele morresse, mas para mim, Vânia, Ivan Ilitch, com todos os meus sentimentos e pensamentos, para mim é outra coisa. E não pode ser que me cumpra morrer. Isso seria terrível demais.

Era o que ele sentia.

---

[35] Johann Gottfried Kiesewetter (1766-1819): filósofo alemão, estudioso e propagandista da doutrina de Kant.
[36] O silogismo em questão refere-se ao estadista e general romano Caio Júlio César (c. 100 a.C. – 44 a.C.), uma das personalidades mais marcantes de todos os tempos.
[37] Forma diminutiva e carinhosa do nome russo Ivan.
[38] Formas diminutivas e carinhosas dos nomes russos Dmítri e Vladímir.
[39] Forma diminutiva e carinhosa do nome russo Yekaterina (Katerina, Kátia).

"Se me cumprisse morrer, a par de Caio, eu estaria ciente disso, minha voz interior me teria avisado, mas não houve em mim nada parecido: nós entendíamos, tanto eu quanto todos os meus amigos, que não era a mesma coisa que se daria com Caio. Mas agora é isso mesmo!" – dizia ele consigo. "Não pode ser. Não pode ser, mas é. Como se pode? Como entender?"

E ele não atinava com isso e tentava afastar esse pensamento, que lhe parecia falso, incorreto, mórbido, e substituí-lo por outros pensamentos, corretos e sadios. Mas esse pensamento seu – aliás, não apenas o pensamento como também uma espécie de realidade – voltava a surgir em sua frente.

E ele invocava, um por um, outros pensamentos para colocá-los no lugar desse, esperando que encontrasse arrimo neles. Buscava retornar aos antigos lances de sua mente que antes lhe encobriam a ideia da morte. Mas, coisa estranha, tudo o que antes encobria, ocultava, exterminava a consciência da morte já não podia mais produzir o mesmo efeito. Ultimamente, Ivan Ilitch dedicava a maior parte do tempo às suas tentativas de reaver os antigos lances espirituais que lhe tapavam a morte. Dizia consigo, vez por outra: "Vou retomar meu serviço, pois foi dele que já vivi". Ia ao tribunal, afugentando todas as dúvidas; travava conversas com seus colegas e sentava-se distraído, conforme seu velho hábito, lançando um olhar pensativo por sobre a multidão e apoiando-se, com ambas as mãos descarnadas, nos braços de sua poltrona de carvalho; inclinava-se, como de praxe, em direção ao seu ajudante, puxava o dossiê e trocava opiniões em voz baixa, e depois, erguendo de repente os olhos e aprumando-se na poltrona, pronunciava determinadas palavras e abria o processo. Mas de improviso, sem dar nenhuma atenção ao desdobramento da sessão judicial, a dor no flanco abria *sua própria* sessão de tortura. Ivan Ilitch se concentrava para não pensar em sua dor, que continuava a pungi-lo, e *ela* vinha postar-se defronte dele e fitava-o, e ele se entorpecia, e a luz se apagava em seus olhos, e ele tornava a indagar a si mesmo: "Será que só *ela* é de verdade?" E seus colegas e subalternos viam, pasmados e desgostosos, aquele engenhoso e refinado juiz confundir-se e cometer erros. Ele se animava, tentava mudar de atitude e, bem ou mal, conduzia a sessão até o fim, e voltava para casa com a triste consciência de que seu serviço judicial não podia mais, como dantes, ocultar-lhe o que ele queria ocultar, de que não lhe era possível, mediante o serviço judicial, livrar-se *dela*. E, o pior, de que *ela* não vinha distraí-lo para ele fazer qualquer coisa, mas com o único propósito de forçá-lo a olhar para ela, olhar bem nos olhos dela, olhar para ela e sofrer indizivelmente sem fazer nada.

E, fugindo desse seu estado, Ivan Ilitch procurava por algum consolo, por outros biombos, e esses outros biombos apareciam e como que o salvavam, por um tempinho, mas logo ficavam nem tanto destruídos quanto translúcidos, como se *ela* se insinuasse através de tudo, como se nada pudesse tapá-la.

Ocorria-lhe, nesses últimos tempos, entrar na sala de estar decorada por ele — naquela mesma sala de estar onde ele caíra, pela qual, segundo pensava de forma sarcástica e, não obstante, ridícula, pela decoração da qual sacrificara a vida, sabendo que sua doença começara com aquela contusão — entrar lá e ver um arranhão que algo havia traçado na mesa envernizada. Buscava a causa disso e acabava por encontrá-la no ornamento de bronze de um álbum, cuja borda se encurvara. Pegava aquele álbum bem caro, composto amorosamente por ele mesmo, e afligia-se com o descuido de sua filha e dos amigos dela: uma das páginas estava rasgada, as fotografias estavam em desordem. Tratava de arrumar o álbum, desencurvava o ornamento.

Depois lhe acudia a ideia de transferir todo esse *établissement*[40] com álbuns para outro canto, para junto das flores. Chamava por um lacaio; sua filha, ou então sua mulher, intrometiam-se; elas discordavam e objetavam, ele discutia e zangava-se; porém estava tudo bem, já que não se lembrava *dela*, já que não dava para vê-*la*.

Mas eis que sua esposa disse, quando ele foi deslocando os móveis: "Deixa que os criados façam isso, senão te prejudicarás outra vez", e de repente *ela* transpareceu por trás dos biombos, ele *a* viu. *Ela* se mostrou: ele espera ainda que desapareça, mas, involuntariamente, atenta para o seu flanco, onde permanece e dói aquilo mesmo, e não pode mais esquecer, e *ela* o mira às escâncaras, lá por trás das flores. Por que isso acontece? "Pois é verdade que aqui, nesta cortina, perdi a vida como num ataque. Será? Como é terrível e como é estúpido! Não pode ser! Não pode ser, mas é."

Ele ia ao seu gabinete, deitava-se e novamente ficava a sós com *ela*. Face a face com *ela* e sem poder fazer nada com *ela*. Senão olhar para *ela* e gelar.

VII

Não se pode dizer como isso aconteceu, no terceiro mês da doença de Ivan Ilitch, porquanto isso se fazia passo a passo, imperceptivelmente, mas aconteceu que sua

---

[40] Nesse contexto, parafernália (em francês no original).

mulher, sua filha, seu filho, seus criados, seus conhecidos, seus médicos e, o mais importante, ele mesmo ficaram sabendo que os outros se interessavam por ele apenas no intuito de descobrir se iria logo embora e quando, afinal de contas, viria a livrar seus próximos do embaraço decorrente da sua presença e a livrar-se, ele próprio, dos seus sofrimentos.

Dormia cada vez menos; administravam-lhe ópio e começavam a injetar-lhe morfina. Contudo, nada disso trazia alívio. Aquela angústia embotada que ele sentia em seu estado meio letárgico não surtia, a princípio, outro efeito senão distraí-lo como algo novo, mas depois se tornou não menos, ou até mais, pungente que uma dor franca.

Preparavam-lhe pratos especiais, prescritos pelos médicos; porém esses pratos lhe pareciam cada vez mais insossos e repulsivos.

Para sua defecação também havia dispositivos especiais, e todas as vezes era um tormento. Tormento provocado por imundice, indecência e fetidez, assim como pela consciência de que nisso devia participar outra pessoa.

No entanto, foi nesse ato por demais incômodo que Ivan Ilitch encontrou consolo. Quem sempre vinha levar embora seus excrementos era o auxiliar de copa Guerássim.

Guerássim era um jovem mujique asseado e fresco, robustecido pela comida urbana. Estava sempre alegre, de semblante aberto. Logo de início, o aspecto desse homem de trajes russos, sempre bem limpos, a cumprir uma obrigação tão nojenta assim deixava Ivan Ilitch embaraçado.

Um dia, ao levantar-se da aparadeira e sem ter forças para vestir sua calça, ele desabou sobre uma poltrona macia e, horrorizado, ficou mirando suas coxas nuas, de músculos nitidamente marcados e tão afrouxados.

Guerássim entrou a passos leves e firmes, espalhando por toda parte o odor do alcatrão com que untava suas botas grossas e o frescor do ar hibernal, usando um limpo avental de *poskon*⁴¹ e uma limpa camisa de chita cujas mangas estavam arregaçadas em seus braços desnudos, jovens e vigorosos, e, sem olhar para Ivan Ilitch – refreando, manifestamente, a alegria de viver que rutilava em seu rosto, a fim de não magoar o enfermo – aproximou-se da aparadeira.

– Guerássim – disse Ivan Ilitch com uma voz fraca.

Guerássim estremeceu, assustando-se decerto com eventual falha que teria cometido, e, com um movimento rápido, virou em direção ao enfermo aquele seu rosto fresco, bondoso, simplório e jovem em que a barba só começava a brotar.

– O que deseja?

– Acho que isso te enoja. Desculpa-me. Eu não posso.

– Tenha dó! – Com brilho nos olhos, Guerássim arreganhou seus dentes jovens e brancos. – Por que não trabalhar um tantinho? O sinhô é que tá doente.

Fez a tarefa costumeira com suas mãos hábeis e fortes, e saiu a passos bem leves. Voltou, cinco minutos depois, com o mesmo andar elástico.

Ivan Ilitch continuava prostrado em sua poltrona.

– Guerássim – disse, quando este lhe devolveu a aparadeira bem lavada –, ajuda-me, por favor, vem aqui.
– Guerássim se acercou dele. – Levanta-me. É difícil que me levante sozinho, e mandei Dmítri embora.

Guerássim se achegou a ele; com seus braços fortes, que demonstravam tanta agilidade quanta se via em seu andar, abraçou e levantou Ivan Ilitch lesta e suavemente,

---

⁴¹ Tecido confeccionado com fibras de cânhamo.

arrimou-o, enquanto lhe puxava a calça com a outra mão, e já ia sentá-lo. Mas Ivan Ilitch pediu que o conduzisse até o sofá. Sem nenhum esforço nem a menor pressão, Guerássim levou-o, quase a carregá-lo em seus braços, até o sofá e fez que se sentasse.

— Obrigado. Como és esperto, como... fazes bem tudo.

Guerássim tornou a sorrir, dispondo-se a sair do gabinete. Mas Ivan Ilitch estava tão bem na presença dele que não queria deixá-lo sair.

— Mais uma coisa: coloca, por favor, essa cadeira perto de mim. Não, põe essa outra debaixo dos meus pés. Estou melhor com as pernas assim, para cima.

Guerássim trouxe a cadeira, fincou-a, de uma vez só e sem nenhuma batida, no chão e pôs os pés do enfermo sobre essa cadeira, parecendo a Ivan Ilitch que se sentira melhor enquanto Guerássim levantava alto as suas pernas.

— Fico melhor com as pernas para cima — disse Ivan Ilitch. — Coloca para mim também aquela almofada.

Guerássim fez isso. Levantou de novo as suas pernas e depois as abaixou. Ivan Ilitch se sentira outra vez melhor enquanto Guerássim lhe segurava as pernas. Quando as abaixou, sentiu-se pior.

— Guerássim — disse então —, agora estás ocupado?

— De modo algum — respondeu Guerássim, que aprendera, com a gente urbana, a falar com os grã-finos.

— O que tens a fazer ainda?

— O que tenho pra fazer? Já fiz tudo, é só rachar lenha pra amanhã.

— Pois me segura assim as pernas, um pouco para cima, podes?

— Por que não posso... — Guerássim levantou as suas pernas, e Ivan Ilitch achou que nessa posição não sentia nenhuma dor.

— E a tua lenha?
— Não se preocupe. A gente dá conta.

Ivan Ilitch mandou que Guerássim se sentasse, segurando-lhe as pernas, e conversou um pouco com ele. E, coisa estranha, pareceu ao enfermo que se sentia melhor enquanto Guerássim lhe segurava as pernas.

Desde então, Ivan Ilitch passou a chamar Guerássim, de vez em quando, e a mandar que pusesse seus pés nos ombros dele, gostando de lhe falar nesse meio-tempo. Guerássim o ajudava de bom grado, simples e agilmente, com uma bondade que enternecia Ivan Ilitch. A saúde, a força, a vitalidade de quaisquer outras pessoas ultrajavam Ivan Ilitch; eram tão só a força e a vitalidade de Guerássim que não afligiam e, sim, acalmavam Ivan Ilitch.

O maior suplício de Ivan Ilitch era a mentira, aquela mentira que todos acatavam por alguma razão, a de que ele estava apenas doente, mas não ia morrer, que precisava apenas ficar tranquilo e tratar-se, e que então lhe sucederia algo muito bom. Mas ele sabia que, fizessem o que fizessem, não sucederia nada além de seus sofrimentos ainda mais atrozes e de sua morte. E essa mentira o torturava, pois não queriam reconhecer o que todos sabiam e ele mesmo sabia, mas, sim, enganá-lo quanto ao seu terrível estado, obrigando-o também, deliberadamente, a participar dessa mentira. E a mentira, tamanha mentira perpetrada às vésperas de sua morte, a mentira que devia reduzir esse ato solene e pavoroso, o de sua morte, ao nível de todas aquelas visitas e cortinas, do esturjão no almoço... era por demais dolorosa para Ivan Ilitch. E, coisa estranha: diversas vezes, ao passo que os próximos lhe pregavam suas peças, o enfermo esteve a um passo de gritar para eles: parem de mentir; vocês sabem e eu sei que estou morrendo, então parem, ao menos, de mentir! Mas nunca teve a coragem de fazê-lo. Aquele tétrico, monstruoso ato de estar morrendo era reduzido por todos os que o rodeavam – e ele próprio via isso – ao grau de um casual aborrecimento, em parte de uma indecência (assim, mais ou menos, tratam um homem que, ao entrar numa sala de visitas, espalha à sua volta um cheiro desagradável), por meio daquela mesma "conveniência" que ele servira durante toda a sua vida; percebia que ninguém se apiedaria dele, já que ninguém se dispunha nem sequer a compreender seu estado. Tão só Guerássim compreendia esse estado seu e tinha pena dele. Por isso é que Ivan Ilitch se sentia bem tão só com Guerássim. Sentia-se bem quando Guerássim lhe segurava as pernas, por vezes no decorrer de noites inteiras, e não queria ir dormir, mas dizia: "Não se preocupe, Ivan Ilitch, faça favor: ainda vou dormir bastante"; ou então, passando de repente a tratá-lo por "tu", acrescentava: "Se não tavas doente, aí sim, mas... por que não dar uma mãozinha?". Tão só Guerássim não estava mentindo: ao que tudo indica, tão só ele abrangia a situação toda, sem achar necessário escondê-lo, e simplesmente se apiedava de seu patrão macilento e fraco. Até declarou, um dia, quando Ivan Ilitch o mandava embora:

– Nós todos vamos morrer. Por que não trabalhar um tantinho? – disse, explicitando com isso que não se incomodava com esse seu trabalho, notadamente porque o fazia para um moribundo, e esperava que alguém assumisse, chegando a hora dele, o mesmo encargo para ele também.

Afora essa mentira, ou talvez por causa dela, o maior suplício de Ivan Ilitch era que ninguém se compadecia dele como ele queria que se compadecesse: em certas ocasiões, após seus longos sofrimentos, Ivan Ilitch queria sobretudo, por mais que se envergonhasse de admiti-lo, que alguém se compadecesse dele como de uma criança doente. Queria que lhe fizessem um carinho, que o beijassem, que chorassem ao lado dele, assim como acariciam e consolam uma criança. Sabia que era uma pessoa importante, que tinha uma barba grisalha e que, portanto, isso não seria possível, mas, nada obstante, queria isso. E nas relações dele com Guerássim havia algo próximo disso, portanto suas relações com Guerássim consolavam-no. Ivan Ilitch quer chorar, quer que lhe façam um carinho e chorem ao lado dele, e eis que vem seu colega, membro da Câmara Judiciária Chebek, e, em vez de chorar e pedir carinho, Ivan Ilitch toma um ar grave, severo e compenetrado, relatando-lhe, por mera inércia, seu ponto de vista acerca do tal recurso de cassação e teimando em insistir nesse recurso por ser muito significante. Era essa mentira, esparramada ao seu redor e dentro dele, que mais envenenava os últimos dias da vida de Ivan Ilitch.

VIII

Era uma manhã. Era uma manhã só porque Guerássim tinha saído e viera Piotr, seu lacaio: apagou as velas, abriu uma das cortinas e começou a arrumar, pouco a pouco, seu gabinete. Não fazia diferença alguma se era uma manhã ou uma noite, se era sexta-feira ou domingo; era sempre o mesmo: sua dor pungente que persistia sem se interromper por um segundo; sua consciência da vida que se esvaía irremediavelmente, mas que ainda não se fora; aquela mesma morte horrível e odiosa, que chegava substituindo toda a realidade, e aquela mesma mentira. Será que lhe importariam então os dias da semana ou as horas do dia?

— O senhor gostaria de tomar chá?

"Ele só quer manter a ordem, já que pela manhã os senhores devem tomar chá" — pensou o enfermo e disse apenas:

— Não.

— O senhor teria a bondade de passar para o sofá?

"Ele precisa arrumar o cômodo, e estou atrapalhando; sou uma sujeira, uma desordem" — pensou o enfermo e disse apenas:

— Não, deixe-me em paz.

O lacaio continuou a faxina. Ivan Ilitch estendeu sua mão. Piotr se aproximou dele, todo prestativo.

— O que deseja?

— Meu relógio.

Piotr pegou o relógio, que estava por perto, e entregou-o ao enfermo.

— Oito e meia. Ali não acordaram?

— De modo algum. Vassíli Ivânovitch (era seu filho) foi ao ginásio, e Praskóvia Fiódorovna disse para acordá-la se o senhor perguntasse por ela. Manda que eu a acorde?

— Não precisa, não. "Será que provo daquele chá?" — pensou o enfermo. — Sim, um pouco de chá... pode trazer.

Piotr se dirigiu à saída. Ivan Ilitch sentiu medo de ficar sozinho. "Como é que o deteria? Sim, o remédio".

— Piotr, traga-me o remédio. — "Por que não: quem sabe mesmo se o remédio não vai ajudar". Pegou a colher, bebeu a poção. "Não vai ajudar, não. Tudo isso é uma bobagem, um engodo" — decidiu, tão logo sentiu aquele sabor conhecido, por demais doce e desesperador. — "Não posso mais acreditar, não. Mas esta dor, por que é que persiste? Tomara que se acalme por um minutinho". Ele se pôs a gemer. Piotr retornou. — Não, pode ir. Traga-me chá.

Piotr saiu. Uma vez sozinho, Ivan Ilitch foi gemendo, nem tanto de dor, por mais aguda que ela fosse, quanto de angústia. "Sempre o mesmo, todos esses dias e noites intermináveis. Tomara que venha logo. Que venha logo o quê? A morte, a treva. Não, não. Qualquer coisa é melhor que a morte!"

Quando Piotr voltou, trazendo o seu chá numa bandeja, Ivan Ilitch fitou-o, perplexo, por muito tempo, sem entender quem era nem o que fazia. Piotr ficou confuso com aquele seu olhar. E, quando Piotr ficou confuso, Ivan Ilitch se recobrou.

– Sim – disse –, o chá... está bem, ponha-o aí. Agora só me ajude a lavar-me e traga uma camisa limpa.

E Ivan Ilitch começou a lavar-se. De pausa em pausa, lavou as mãos e o rosto, escovou os dentes e, penteando-se, olhou para o espelho. Ficou apavorado; o que o apavorou sobremaneira foram seus cabelos grudados, bem juntos, em sua testa pálida.

Quando lhe trocavam a camisa, ele sabia que teria ainda mais medo, se olhasse para o seu corpo, e não olhava. Mas eis que terminou tudo. Ele vestiu seu roupão, enrolou-se num cobertor e sentou-se em sua poltrona para tomar chá. Por um minuto, sentiu-se refrescado, mas, assim que se pôs a tomar chá, afloraram o mesmo ressaibo e a mesma dor. Bebeu tudo, de má vontade, e deitou-se esticando as pernas. Deitou-se e deixou Piotr ir embora.

Sempre o mesmo. Ora brilha uma centelha de esperança, ora se desenfreia todo um mar de desespero, e sempre a mesma dor, a mesma dor e a mesma angústia, e sempre a mesma coisa. É terrivelmente penoso ficar só: surge aquela vontade de chamar por alguém, mas ele já sabe de antemão que, na presença de outras pessoas, ficará pior ainda. "Tomara que injetem de novo morfina, para me esquecer. Vou dizer para ele, para o doutor, que precisa inventar algo mais. É impossível viver assim, é impossível!"

Assim se passam uma hora e duas horas. Mas eis que toca a campainha da entrada. Tomara que seja o doutor. De fato, é o doutor – fresco, bem-disposto, gordo, alegre, com aquela expressão a dizer que você se assustou com umas coisinhas ali, mas a gente vai rapidinho consertar tudo. O doutor sabe que tal expressão não combina com as circunstâncias, só que já a colocou em sua cara, de uma vez por todas, e não pode mais tirá-la, igual a um homem que enverga sua casaca pela manhã e vai fazer suas visitas.

Animado como está, o doutor esfrega as mãos de modo consolador.

– Estou com frio. Faz muito frio lá fora. Deixe que me esquente um pouco – começa com outra expressão a dizer que só resta esperar um pouco, até que ele se esquente, e que, quando ele se esquentar, consertará certamente tudinho. – Pois então, como é que...

Ivan Ilitch sente que o doutor quer perguntar "como é que estão as coisinhas?", mas percebe, ele mesmo, que não se pode falar dessa maneira e acaba dizendo: "Como é que o senhor passou a noite?"

Ivan Ilitch olha para o doutor com uma expressão interrogativa: "Será que nunca te envergonharás com tuas mentiras?". Mas o doutor não quer entender essa interrogação.

E Ivan Ilitch diz:

– A noite foi horrível, como sempre. A dor não passa, não se rende. Haja algum remédio!

– Pois é: vocês, os doentes, são sempre assim. Está bem, agora me parece que fiquei bem quentinho; nem a meticulosíssima Praskóvia Fiódorovna teria objeções contra a minha temperatura. Está bem... bom dia! – E o doutor lhe aperta a mão.

Deixando de lado toda a sua jocosidade anterior, o doutor se põe a examinar o enfermo com ar sério: o pulso, a temperatura e todas aquelas batidinhas e auscultações. Ivan Ilitch está firmemente convicto de que tudo aquilo é uma bobagem e um engodo inútil; porém, quando o doutor, uma vez de joelhos, espicha-se sobre ele, colando seu ouvido ora mais em cima ora mais em baixo, e faz sobre ele, de semblante bem significativo, diversas evoluções acrobáticas, Ivan Ilitch se submete àquilo como se deixava outrora levar pelos discursos dos advogados, mesmo sabendo perfeitamente que estavam todos mentindo e por que motivo estavam mentindo.

Ainda de joelhos sobre o sofá, o doutor continuava a dar suas batidinhas, quando se ouviram, às portas, o farfalhar do vestido de seda de Praskóvia Fiódorovna e a reprimenda que ela dirigia a Piotr por não a ter avisado sobre a chegada do médico.

Ela entra, beija o marido e logo se põe a alegar que acordou há bastante tempo e, quando o doutor chegou, não estava presente apenas por mal-entendido.

Ivan Ilitch olha para ela, examina-a inteiramente e reprova-lhe a brancura, o feitio roliço e a limpeza de seus braços e de seu pescoço, o lustre de seus cabelos e o brilho de seus olhos cheios de vida. Odeia-a com todas as forças de sua alma. E o afago dela faz que sofra com um acesso de ódio.

Sua maneira de tratar o marido e a doença dele não mudou. Assim como o doutor trata os pacientes de forma predefinida, impossível de alterar, ela dispensa ao marido um só tratamento predefinido – ele não está fazendo algo que deveria fazer, ele próprio está culpado de tudo, e ela lhe censura amorosamente sua conduta – e já não pode alterar esse modo de tratá-lo.

— Só que ele não está obedecendo! Não toma remédios na hora marcada. E, o principal, fica deitado numa posição que o prejudica na certa: de pernas para cima.

E ela contou como seu marido obrigava Guerássim a segurar-lhe as pernas.

O doutor sorriu desdenhosa, mas carinhosamente: "O que fazer, pois, se esses doentes inventam, vez por outra, umas bobagens assim? Podemos perdoá-lo".

Quando o exame terminou, o doutor consultou o relógio, e Praskóvia Fiódorovna declarou então para Ivan Ilitch que, quisesse ele ou não, ela acabara de convidar um médico famoso, e que este iria, junto com Mikhail Danílovitch (era o nome do médico ordinário), examiná-lo e discutir a sua doença.

— Não resistas, por favor. Faço isto por mim — disse ela com ironia, dando a entender que fazia de tudo por ele e não lhe deixava, por essa única razão, o direito de se opor a ela. Calado, ele franzia o cenho. Sentia aquela mentira a circundá-lo tornar-se tão intrincada que era difícil compreender qualquer coisa que fosse.

Fazendo tudo quanto fizesse apenas por si mesma, sua mulher lhe dizia fazer por si mesma aquilo que realmente fazia por si mesma, mas como se fosse algo tão inacreditável que lhe cumpria entendê-lo de modo inverso.

O médico famoso veio, de fato, às onze e meia. Recomeçaram todas aquelas auscultações e conversas bem imponentes, na presença do paciente e num quarto ao lado, sobre o rim e o ceco, bem como aquelas perguntas e respostas proferidas com um ar tão significativo que novamente, em vez da efetiva questão de vida ou morte, que já era a única que o interessava, surgiu a questão de rim ou de ceco, os quais não faziam algo como deveriam fazê-lo, e que Mikhail Danílovitch e a celebridade médica atacariam logo por causa disso a fim de forçá-los a corrigir suas atividades.

O médico famoso despediu-se com ares sérios, mas não desesperadores. E àquela pergunta tímida que Ivan Ilitch lhe dirigiu cravando nele seus olhos a irradiarem medo e esperança, se havia alguma possibilidade de se recuperar, respondeu que havia, sim, tal possibilidade, conquanto não se pudesse garantir isso. O olhar esperançoso com que Ivan Ilitch seguia o doutor era tão lastimável que, vendo-o, Praskóvia Fiódorovna até chorou ao sair do gabinete para entregar ao doutor famoso seus honorários.

O ânimo resultante dos encorajamentos do médico durou pouco tempo. De novo, o mesmo cômodo, as mesmas pinturas e cortinas, o mesmo papel de parede, os mesmos frascos e o mesmo corpo dele que doía e sofria. Ivan Ilitch passou a gemer; fizeram-lhe uma injeção, e ele mergulhou na modorra.

Quando acordou, já começava a escurecer; trouxeram-lhe o almoço. Esforçou-se para tomar um caldo. E, de novo, a mesma coisa; de novo, o cair da noite.

Após o almoço, às sete horas, Praskóvia Fiódorovna entrou em seu gabinete, trajando um vestido de gala, de seios apertados e, portanto, mais fartos ainda, com traços de pó de arroz no rosto. Havia lembrado o marido, ainda pela manhã, de que iria ao teatro. Quem acabava de vir era Sarah Bernhardt,[42] e eles tinham um camarote que Ivan Ilitch insistira em alugar. Agora ele não se recordava mais disso, e o traje de sua esposa deixou-o magoado. No

---

[42] Apelidada por seus contemporâneos de "a Divina" e de "Imperatriz do teatro", a atriz francesa Sarah Bernhardt (1844-1923) apresentou-se na Rússia, com sucesso triunfal, em 1881.

entanto, escondeu essa sua mágoa quando se lembrou de ter insistido pessoalmente em alugar um camarote para a família ir ao teatro, porquanto isso proporcionaria aos seus filhos um edificante prazer estético.

Praskóvia Fiódorovna entrou contente consigo mesma, mas como quem assumisse alguma culpa. Sentou-se, perguntou pela saúde do marido, percebendo ele que o fizera tão somente por perguntar, mas não para se informar daquilo que nem sequer valia a pena saber, e começou a falar naquilo que precisava explicar: ela não iria ao teatro de jeito nenhum, mas o camarote já estava alugado, e lá iriam também Hélène e sua filha e Petríchtchev (o juiz de instrução que era noivo de sua filha), sendo impossível deixá-los ir sós. Mas, quanto a ela, ser-lhe-ia muito mais agradável ficar junto do marido. Tomara que ele cumprisse, em sua ausência, as prescrições do médico.

— Sim, Fiódor Petróvitch (o noivo) queria entrar. Pode? E Lisa também.

— Podem entrar.

Sua filha usava um vestido de luxo, pondo à mostra seu corpo jovem, aquele corpo que fazia Ivan Ilitch sofrer tanto. Mas ela o exibia. Forte, saudável, evidentemente apaixonada e indignada com a doença, o sofrimento e a morte que estorvavam a sua felicidade.

Entrou também Fiódor Petróvitch de fraque, com a cabeleira frisada à *la Capoul*,[43] com aquele seu pescoço comprido e nodoso, orlado de um rígido colarinho branco, vestindo uma camisa branca a cobrir seu peito bem largo e uma estreita calça negra a moldar suas coxas musculosas,

---

[43] À moda de Capoul (em francês): trata-se de um penteado muito popular na época em toda a Europa, semelhante ao do cantor francês Victor Capoul (1839-1924).

segurando uma claque[44] com sua mão em que acabara de calçar uma luva branca.

Atrás dele rastejava, imperceptível, o garoto ginasiano que usava, coitado, um uniforme novinho e luvas, com feias manchas azuis sob os olhos, aquelas olheiras cujo significado Ivan Ilitch conhecia muito bem.

Sempre tivera piedade do filho. E temia seu olhar assustado e condoído. Parecia a Ivan Ilitch que só Vássia[45] o compreendia e tinha pena dele a par de Guerássim.

Todos se sentaram, perguntaram outra vez pela sua saúde. Fez-se silêncio. Lisa perguntou à sua mãe onde estava o binóculo. A mãe e a filha foram discutindo: quem e onde o metera. Foi algo desagradável.

Fiódor Petróvitch perguntou a Ivan Ilitch se já vira Sarah Bernhardt. A princípio, Ivan Ilitch não entendeu essa pergunta, mas depois respondeu:

— Não... E o senhor já a viu?

— Vi, em *Adrienne Lecouvreur*.[46]

Praskóvia Fiódorovna comentou que a atriz estava perfeita em tal peça. A filha discordou. Foram discutindo acerca do refinamento e da veracidade de sua interpretação, levando uma daquelas conversas que são sempre iguais.

Em meio àquela conversa, Fiódor Petróvitch olhou para Ivan Ilitch e calou-se. Os outros também olharam para ele e calaram-se. Os olhos de Ivan Ilitch brilhavam, fixos neles, como se o enfermo estivesse indignado. Era preciso

---

[44] Espécie de cartola: chapéu alto, com molas dentro, que podia ser achatado se necessário.

[45] Forma diminutiva e carinhosa do nome russo Vassíli.

[46] O drama *Adrienne Lecouvreur*, protagonizado por Sarah Bernhardt, foi escrito pelo teatrólogo francês Eugène Scribe (1791-1861) em 1849.

consertar isso, mas não era possível fazê-lo. Era preciso romper, de alguma forma, esse silêncio. Ninguém se atrevia a tanto, e todos sentiam medo de que certa mentira conveniente viesse a ser destruída e que se esclarecesse para todos o que se passava. Lisa foi a primeira a ousar. Rompeu o silêncio. Queria esconder aquilo que todos sentiam, mas deixou escapar:

— Todavia, se a gente *for lá*, está na hora — disse ela, olhando para o relógio que seu pai lhe dera de presente, sorriu de modo quase imperceptível, mas significativo, para seu noivo, em alusão a algo que só eles dois conheciam, e levantou-se com o farfalhar do vestido.

Todos se levantaram, despediram-se e foram embora.

Pareceu a Ivan Ilitch, quando eles saíram, que estava um pouco melhor: não havia mentira — a mentira se fora com eles —, mas a dor persistia. A mesma dor e o mesmo medo faziam que não se importasse mais com nada. Sentia-se cada vez pior.

E, novamente, foram transcorrendo minuto após minuto, hora após hora: era sempre o mesmo e não havia trégua, mas aquele fim iminente parecia cada vez mais terrível.

— Sim, que venha Guerássim — respondeu ele à pergunta que lhe dirigira Piotr.

IX

Sua esposa voltou tarde da noite. Entrou nas pontas dos pés, mas o enfermo ouviu-a entrar: abriu os olhos e apressou-se a fechá-los de novo. Ela queria mandar Guerássim embora e ficar velando o marido. Ele reabriu os olhos e disse:

— Não. Sai daqui.
— Estás sofrendo muito?
— Tanto faz.
— Toma o teu ópio.
Ele concordou e tomou ópio. Ela saiu.

Até, mais ou menos, as três horas da madrugada, ele esteve imerso num angustiante torpor. Parecia-lhe que o enfiavam, a custo, num estreito saco profundo e preto, que o enfiavam cada vez mais fundo e que seu corpo não passava. E aquela obra, tão horrível para ele, fazia-se de modo bem doloroso. E ele temia e, ao mesmo tempo, queria cair lá dentro, e debatia-se e, ao mesmo tempo, ajudava. E eis que se soltou de repente e caiu e recuperou os sentidos. E eis ali Guerássim, sentado em sua cama, junto aos pés dele, cochilando tranquila e pacientemente. E ele próprio está deitado, colocando nos ombros de Guerássim as suas pernas de meias, tão descarnadas; a mesma vela sob um quebra-luz e a mesma dor ininterrupta.

— Podes ir, Guerássim — sussurrou ele.
— Não é nada, eu fico.
— Não, vai embora.

Tirou seus pés dos ombros do criado, deitou-se de lado, em cima do seu braço, e sentiu pena de si mesmo. Esperou apenas até que Guerássim fosse ao quarto vizinho e, sem se conter mais, ficou chorando como uma criança. Pranteava sua debilidade, sua tétrica solidão, a crueldade das pessoas, a crueldade de Deus, a ausência de Deus.

"Por que é que fizeste tudo isso? Por que me trouxeste até aqui? Por que, por que me torturas tanto, desse modo terrível?..."

Nem esperava pela resposta e, ao mesmo tempo, chorava porque não havia nem podia haver resposta alguma. A dor aumentou de novo, mas ele não se movia mais, não clamava mais. Dizia consigo: "Bate mais, vem! Mas por quê? O que eu fiz contra ti, por quê?".

Depois ele se quietou, parou não apenas de chorar, mas até mesmo de respirar, e transformou-se todo em atenção, como se não estivesse ouvindo a sua voz, que falava por meio de sons e, sim, a voz de sua alma, o decurso dos pensamentos em seu âmago.

– O que é que tu queres? – Essa foi a primeira noção clara, suscetível de ser expressa com palavras, que ele discerniu. – O que queres aí? O que é que tu queres? – repetiu para si mesmo. – O quê?... Não sofrer mais. Viver – respondeu a si mesmo.

E ele se entregou novamente à sua atenção tão intensa que nem sequer sua dor o distraía mais.

– Viver? Mas como viver? – inquiriu a voz de sua alma.

– Sim, viver como vivia antes: viver bem, viver com prazer.

– Como vivias antes, bem e com prazer? – perguntou a voz. E ele começou a esmiuçar, em sua imaginação, os melhores momentos de sua vida agradável. Mas, coisa estranha, todos esses melhores momentos dessa vida agradável pareciam agora bem diferentes daqueles momentos que ele tinha vivido. Todos, à exceção das primeiras recordações de sua infância. Ali, na infância, houvera alguma coisa realmente prazerosa, com que ele poderia viver bem, se porventura tal coisa voltasse. Mas aquele homem que sentira aquele prazer não existia mais, como se suas lembranças se referissem a outra pessoa.

Tão logo entrava em cena aquilo cujo resultado era esse Ivan Ilitch hodierno, todos os aparentes prazeres de então desapareciam agora a olhos vistos e transformavam-se em algo pífio e, muitas vezes, abjeto.

E quanto mais ele se afastava da sua infância, quanto mais se aproximava do seu presente, tanto mais pífios e duvidosos se tornavam esses prazeres. Tudo começara na Escola de Direito. Ainda havia lá umas coisas realmente boas: havia lá alegria, havia lá amizade, havia lá esperança. Contudo, nas séries finais, esses bons momentos surgiam cada vez menos. Depois, ou seja, durante seu primeiro serviço na governadoria, houvera de novo momentos bons: eram suas lembranças de ter amado uma mulher. Depois tudo se confundira, ficando as coisas boas mais escassas ainda. E, quanto mais tarde, tanto menor esse lado bom de sua vida.

O casamento... foi tão fortuito e trouxe decepção e mau hálito de sua esposa e sensualidade e fingimento! E esse serviço morto, e esses afazeres para conseguir mais dinheiro, e assim por um ano, por dois anos, por dez, vinte anos, e sempre a mesma coisa. E, quanto mais tarde, tanto mais morto. Como se eu caminhasse, a passo regular, ladeira abaixo, imaginando seguir ladeira acima. Era isso mesmo. Na opinião pública, eu caminhava ladeira acima, ao passo que minha vida ia, na mesma proporção, embora... E eis que está feito: terei de morrer!

Mas o que é isso? Por quê? Não pode ser. A vida não pode ser tão absurda, tão abjeta assim! E, se minha vida foi mesmo tão abjeta e tão absurda, então para que morrer e morrer sofrendo? Algo está errado.

"Talvez eu não tenha vivido como se deve viver?" – acudia-lhe de repente uma ideia. "Mas então onde foi que errei, já que fiz tudo como se devia fazer?" – dizia ele consigo e apartava, de pronto, essa única solução do grande enigma da vida e da morte, como se fosse algo totalmente impossível.

"O que é, pois, que tu queres agora? Viver? Mas como viver? Viver como vives no tribunal, quando o oficial de justiça proclama: 'Vem a corte!'..." – "Vem a corte, a corte vem" – repetiu ele. "A corte está aqui! Mas eu é que não sou culpado!" – exclamou com fúria. "Por quê?" Então parou de chorar e, virando-se para a parede, ficou pensando no mesmo assunto: por que todo esse horror, para quê?

Todavia, por mais que pensasse, não encontrou nenhuma resposta. E, todas as vezes que lhe acudia – e ela lhe acudia frequentemente – a ideia de que tudo isso acontecia por ele não ter vivido como se devia viver, logo rememorava toda a sua vida correta e apartava de si essa estranha ideia.

X

Passaram-se ainda duas semanas. Ivan Ilitch não se levantava mais do sofá. Não queria ficar na cama e ficava deitado no sofá. E voltando, quase o tempo todo, o rosto para a parede, vivenciava sozinho os mesmos sofrimentos irresolúveis e ruminava sozinho o mesmo enigma sem solução. O que seria isso? A morte estaria realmente chegando? E sua voz interior lhe respondia: sim, realmente. Por que sofria tanto assim? E a voz respondia: assim mesmo, por motivo algum. E não havia, além disso, mais nada.

Desde o início de sua doença, desde aquele dia em que Ivan Ilitch foi consultar, pela primeira vez, um médico, sua vida se dividia em dois sentimentos opostos que se revezavam: ora o desespero na iminência de uma morte incompreensível e pavorosa, ora a esperança na curiosíssima observação das atividades de seu corpo. Ora surgiam, diante dos seus olhos, apenas o rim, ou o intestino, que haviam temporariamente abandonado o correto exercício de suas funções, ora se quedava apenas aquela morte incompreensível e pavorosa que não se podia evitar de modo algum.

Esses dois sentimentos se revezavam desde o início de sua doença; porém, quanto mais avançava a doença, tanto mais duvidosos e fantásticos se tornavam seus argumentos a respeito do rim, e tanto mais real a consciência da morte que vinha.

Bastava-lhe pensar em como ele estivera três meses antes e como estava agora, recordar aquela sua caminhada regular ladeira abaixo, para que ruísse toda e qualquer possibilidade de ter esperanças.

Nos últimos tempos daquela solidão que sentia deitado, voltando seu rosto para o encosto do sofá, daquela solidão em que se encontrava no meio de uma cidade populosa e de seus numerosos conhecidos e familiares – daquela solidão que não poderia ser mais plena e rematada nenhures, nem na terra nem mesmo no fundo do mar –, nos últimos tempos daquela terrível solidão Ivan Ilitch vivia tão só no passado, vivia com sua imaginação. Um por um, apresentavam-se para ele os quadros de seu passado. Começava sempre por se lembrar da época mais recente e terminava por regressar à sua mais remota infância e por se deter nela. Mal se lembrava das ameixas passas que acabavam de lhe servir cozidas, Ivan Ilitch se lembrava das ameixas passas francesas, todas cruas, enrugadinhas, que comia na infância, de seu sabor bem especial e da saliva profusa que lhe surgia na boca enquanto ele chupava o caroço, e essa lembrança do sabor trazia à tona todo um renque de recordações que remontavam àquela época: sua babá, seu irmãozinho, seus brinquedos. "Deixa de pensar nisso... que dói demais" – dizia consigo

Ivan Ilitch e retornava ao seu presente. Um botão sobre o encosto do sofá e as rugas do marroquim. "O marroquim é caro e frágil; houve uma briga por causa dele. Só que o marroquim era outro, e a briga também foi outra, quando nós rasgamos a pasta do pai e ficamos de castigo, e depois a mamãe trouxe pasteizinhos." E, de novo, Ivan Ilitch se detinha em sua infância e sentia dor, e tentava afastar essas lembranças e pensar noutras coisas.

E logo, ao mesmo tempo, paralelo àquele fluxo de suas recordações, desdobrava-se em sua alma outro fluxo de recordações: como crescia e recrudescia a sua doença. Era o mesmo: quanto mais remoto era o passado, tanto mais vida havia ali. Havia mais coisas boas naquela vida, e a própria vida era mais plena. Ambas as partes se juntavam. "Assim como os sofrimentos vão piorando, a vida inteira se tornava cada vez pior" – pensava o enfermo. Havia um só ponto luminoso, lá atrás, em princípios da vida, e depois tudo se tornava mais e mais escuro e corria mais e mais rápido. "Inversamente proporcional ao quadrado da distância até a morte" – pensou Ivan Ilitch. E aquela imagem de uma pedra a cair, com uma velocidade cada vez maior, fincou-se em sua alma. Essa vida, essa sequência de sofrimentos crescentes, voa cada vez mais depressa rumo ao seu fim, ao derradeiro sofrimento atroz. "Estou caindo..." Ele estremecia, movia-se, queria resistir; contudo, já sabia que não se podia resistir e, de novo, cravava seus olhos cansados de tanto olhar, mas incapazes de não olhar para aquilo que estava por vir, no encosto do sofá e esperava, esperava por aquela queda horrível, pelo choque e pela destruição. "Não se pode resistir" – dizia a si mesmo. "Mas se pode, pelo menos, compreender o porquê disso? Também não. Até que se poderia explicar, dizendo que eu não vivi como se deve viver. Só que não seria possível reconhecer isso" – dizia para si mesmo, rememorando toda a legitimidade, a justeza e a decência de sua vida. "Pois não seria mesmo possível admitir isso!" – repetia, sorrindo furtivamente, como se alguém pudesse ver esse seu sorriso e deixar-se enganar com ele. "Nada de explicações! Os sofrimentos, a morte... Por quê?"

XI

Assim se passaram duas semanas. Nesse ínterim, ocorreu um evento a que aspiravam Ivan Ilitch e sua esposa: Petríchtchev pediu sua filha em casamento. Fez isso certa noite. No dia seguinte, Praskóvia Fiódorovna entrou no gabinete do marido, refletindo em como lhe daria notícia desse pedido de Fiódor Petróvitch, porém, na mesma noite, Ivan Ilitch sofrera uma nova piora. Praskóvia Fiódorovna encontrou-o no mesmo sofá, mas numa posição diferente. Estava deitado de costas, gemia e olhava, bem para a frente, com olhos vidrados.

Ela se pôs a falar em seus remédios. O enfermo fixou seu olhar nela. Praskóvia Fiódorovna não terminou a frase que havia encetado: tanta raiva, especialmente por ela, é que se manifestava naquele olhar.

– Por Cristo, deixa-me morrer em paz – disse ele.

A mulher já queria ir embora, mas nesse momento entrou a filha, aproximando-se do pai a fim de cumprimentá-lo. Ele encarou sua filha do mesmo modo que sua esposa e, às suas perguntas sobre a saúde, respondeu secamente que, dentro em pouco, livraria todos de sua presença. Ficaram ambas caladas, sentaram-se por um tempinho e logo saíram.

— Qual é nossa culpa? — disse Lisa à sua mãe. — Como se nós duas tivéssemos feito aquilo! Estou com pena do papai, mas por que é que ele nos tortura?

O médico veio na hora costumeira. Ivan Ilitch respondeu-lhe "sim, não", sem despregar seu olhar enraivecido dele, e acabou dizendo:

— O senhor sabe que não pode ajudar em nada... então me deixe.

— Podemos aliviar os seus sofrimentos — disse o médico.

— Nem isso vocês podem... deixe-me.

O médico foi à sala de estar e comunicou a Praskóvia Fiódorovna que seu marido estava muito mal e que só havia um remédio — o ópio para aliviar os sofrimentos dele, que deviam ser horríveis.

O médico disse que os sofrimentos físicos do enfermo eram horríveis, e disse toda a verdade; no entanto, seus sofrimentos morais eram mais horríveis ainda que as dores físicas, e nisso consistia o maior suplício dele.

Seus sofrimentos morais desencadearam-se quando, na noite passada, olhando para o sonolento rosto de Guerássim, aquele rosto bondoso de zigomas salientes, ele teve de súbito uma ideia: e se toda a sua vida, toda a sua vida consciente, fosse mesmo "um erro"?

Acudiu-lhe a ideia de que aquilo que antes considerava totalmente impossível, o fato de não ter vivido a sua vida conforme lhe cumpria vivê-la, podia ser verdade. Acudiu-lhe a ideia de suas discretas tentativas de se opor ao que as pessoas de alta posição achavam bom, aquelas tentativas quase imperceptíveis que ele não demorava a apartar de si, exatamente aquelas tentativas terem sido certas, enquanto todo o resto teria sido um erro. E seu serviço, e seus afazeres para melhorar de vida, e sua família, e todos aqueles interesses sociais e oficiais — tudo isso podia ser um erro. Ele tentou defender tudo isso de si mesmo. E, de repente, sentiu toda a fraqueza do que estava defendendo. Não havia, aliás, nada a defender.

"E, assim sendo" – disse ele consigo –, "se eu deixar esta vida consciente de ter desperdiçado tudo quanto me foi dado, e se não há meios de consertar isso, então... tudo bem." Deitou-se de costas e começou a recapitular toda a sua vida de forma bem diferente. Quando viu, de manhã, seu lacaio, depois sua esposa, depois sua filha, depois o médico, cada movimento deles, cada palavra deles confirmou para ele aquela terrível verdade que descobrira durante a noite. O enfermo via neles seu próprio vulto, tudo aquilo para que tinha vivido, e percebia claramente que tudo aquilo estava errado, que aquilo tudo não passava de um imenso engodo aterrador, o qual encobria a vida e a morte. Essa consciência aumentou, decuplicou seus sofrimentos físicos. Ele gemia e debatia-se e puxava suas roupas. Parecia-lhe que suas roupas o apertavam e sufocavam. E por isso ele as odiava.

Administraram-lhe uma grande dose de ópio, ele desfaleceu; porém, na hora do almoço, começou o mesmo. Ele enxotava a todos e não parava de se debater.

Sua esposa veio pedir-lhe:

– *Jean*, meu querido, faz isso por mim (por ela?). Isso não pode prejudicar, mas ajuda frequentemente. Não é nada de mais. Até quem estiver saudável, muitas vezes...

Ele arregalou os olhos.

– O quê? Comungar? Para quê? Não é preciso! Aliás...

Ela ficou chorando.

– Sim, meu amiguinho? Vou chamar nosso padre, ele é tão amável.

– Muito bem, ótimo – articulou ele.

Quando o sacerdote veio e recebeu sua confissão, o enfermo se acalmou, sentindo uma espécie de alívio quanto às suas dúvidas e, consequentemente, aos seus sofrimentos, e teve um instante de esperança. Tornou a pensar em seu ceco e na possibilidade de consertá-lo. Comungou, a seguir, com lágrimas nos olhos.

Quando o deitaram após a comunhão, sentiu-se, por um instante, aliviado, e ressurgiu-lhe a esperança de que fosse sobreviver. Começou a pensar na cirurgia que lhe propunham. "Viver, quero viver" – dizia para si mesmo. Sua esposa veio felicitá-lo; pronunciou suas palavras de sempre e acrescentou:

– Estás melhor, não é verdade?

Sem olhar para ela, o enfermo disse: sim.

As roupas de sua mulher, a compleição dela, a expressão de seu rosto e o som de sua voz – tudo lhe disse uma só coisa: "Errado. Tudo aquilo para que tu viveste e vives é uma mentira, um engodo que te oculta a vida e a morte". E, tão logo ele pensou nisso, despertaram seu ódio e, a par de seu ódio, seus horríveis sofrimentos físicos e, com seus sofrimentos, a consciência de sua perdição iminente e próxima. Sobreveio-lhe algo novo: algo a enfiar parafusos, a dar descargas, a premer sua respiração.

A expressão de seu rosto, quando ele balbuciou "sim", era apavorante. Ao dizer aquele "sim", olhou bem no rosto de sua esposa, voltou-se de bruços, com uma rapidez incompatível com sua debilidade, e gritou:

– Fora daqui, saiam, deixem-me só!

XII

Naquele momento começou o grito que não se interromperia por três dias seguidos, um grito tão pavoroso que não se podia ouvi-lo sem horror nem atrás de duas portas fechadas. Naquele momento em que respondeu à sua mulher, Ivan Ilitch compreendeu que estava perdido, que não havia mais volta, que chegara seu fim, seu fim verdadeiro, e que sua dúvida permaneceria sem ser resolvida.

– Uh! Uuh! Uh! – gritava ele com várias entonações. Começara gritando: "Não quero-u-uh!" e continuava a gritar só a sílaba "uh".

Durante aqueles três dias, ao longo dos quais não havia mais tempo para ele, debatia-se naquele saco preto aonde o enfiava uma força invisível e irresistível. Contorcia-se como se contorce um condenado à morte nas mãos do carrasco, sabendo que não poderia salvar-se, e sentia, a cada minuto que passava: apesar de todos os esforços de sua luta, ele se aproximava cada vez mais daquilo que o amedrontava. Percebia que seu suplício consistia tanto em ser enfiado naquele buraco negro quanto, e mais ainda, em não conseguir entrar nele. E o que obstruía a sua entrada era a ciência de que sua vida tinha sido boa. Era tal justificativa de sua vida que não se desgrudava dele, impedindo-o de avançar e torturando-o mais que qualquer outra coisa.

De súbito, uma força ignota empurrou-o no peito, no flanco, premeu-lhe ainda mais a respiração; ele caiu naquele buraco, e lá, no fim do buraco, surgiu uma luz. Aconteceu-lhe o que já lhe tinha acontecido no vagão de um trem de ferro: a gente pensa que vai para a frente, enquanto vai para trás, e de repente fica sabendo qual é a direção certa.

— Sim, esteve tudo errado — disse ele consigo —, mas não faz mal. Ainda se pode consertar, ainda se pode. Consertar... mas como? — perguntou a si mesmo e aquietou-se de supetão.

Era no fim do terceiro dia, uma hora antes de sua morte. Nesse exato momento, o garoto ginasiano entrou à sorrelfa no gabinete do pai e achegou-se à sua cama. O moribundo ainda gritava, desesperado, e agitava os braços. Sua mão roçou a cabeça do pequeno ginasiano. O garoto pegou sua mão, apertou-a aos lábios e ficou chorando.

No mesmo instante Ivan Ilitch caiu naquele buraco e avistou a luz, chegando a entender que sua vida não fora o que deveria ter sido, mas ainda se podia consertá-la. Ele perguntou a si mesmo: "Consertar... mas como?" e aquietou-se, todo atento. Então percebeu que alguém lhe beijava a mão. Abriu os olhos e mirou seu filho. Sentiu pena dele. Sua esposa se aproximou também. Ivan Ilitch olhou para ela. De boca aberta, sem ter enxugado as lágrimas no nariz nem na bochecha, ela fitava o marido com uma expressão desesperada. Ivan Ilitch sentiu pena dela.

"Eu os torturo, sim" — pensou. "Eles têm pena de mim, mas ficarão aliviados quando eu morrer." Queria dizer isso, mas não tinha forças para falar. "Aliás, para que dizer: é preciso fazer" — pensou ele. Apontou, com o olhar, seu filho à sua mulher e disse:

— Leva embora... pena dele... e de ti... — Queria ainda dizer "perdoa", mas disse "pregoa" e, não conseguindo mais corrigir-se, desistiu por saber que seria entendido por quem necessitasse entendê-lo.

E, de repente, ficou claro para ele que tudo quanto não o deixava em paz, tudo quanto o atormentava, saía de vez do seu corpo, saía de ambos os lados, de dez lados, de todos os lados. Tinha pena deles, precisava fazer que não sentissem mais dor. Livrá-los, e livrar a si mesmo, desses sofrimentos. "Como é bom e como é simples" – pensou. "E a dor?" – disse consigo. "O que faço com ela? Pois bem: onde estás, minha dor?"

Prestou bem atenção.

"Ah, sim, aqui está ela. Tudo bem, que seja a dor."

"E a morte? Onde é que ela está?"

Procurava pelo seu antigo e costumeiro medo de morrer e não o encontrava. Onde está ela? Que morte é essa? Não havia nem sombra de medo, porque não havia mais morte.

Fora a luz que tomara o lugar da morte.

– Então é isso! – foi o que disse, de supetão, em voz alta. – Que alegria!

Para ele, tudo isso aconteceu num instante, e o significado desse instante não mudaria mais. E, para os presentes, sua agonia se prolongou ainda por duas horas. Algo borbulhava em seu peito; seu corpo exausto tremelicava. Depois o borbulhar e o estertor passaram a ressoar cada vez mais espaçados.

– Acabou! – disse alguém perto dele.

Ivan Ilitch ouviu essa palavra e repetiu-a em sua alma. "Acabou a morte" – disse para si mesmo. "Ela não existe mais."

Tragou o ar, deteve-se no meio dessa tragada, esticou-se e morreu.

sonata a kreutzer[1]

---

[1] O título faz menção à 9ª sonata para violino e piano de Ludwig van Beethoven (1770-1827), composta em 1802 e dedicada ao violinista e compositor francês Rodolphe Kreutzer (1766-1831).

"Eu, porém, digo-vos: todo aquele que olha para uma mulher e deseja possuí-la já cometeu adultério com ela no coração" (São Mateus, V, 28).

Os discípulos disseram a Jesus: "Se a situação do homem com a mulher é assim, então é melhor não se casar".
Jesus respondeu: "Nem todos entendem isto, a não ser aqueles a quem é concedido.
De fato, há homens castrados, porque nasceram assim; outros, porque os homens os fizeram assim; outros ainda castraram-se por causa do Reino do Céu. Quem puder entender, entenda" (São Mateus, XIX, 10, 11, 12).[2]

---

[2] Texto dos Evangelhos é citado segundo o Cânone Bíblico, a *Bíblia Sagrada*.

Estávamos em princípios da primavera. Nossa viagem durava quase dois dias. Os passageiros que percorriam distâncias pequenas entravam no vagão e saíam volta e meia, mas três pessoas permaneciam nele, iguais a mim, desde a estação de onde o trem partira: uma dama de certa idade, feiinha, fumante, de rosto estafado, vestindo um casaco de corte meio masculino e uma touca; seu conhecido, um homem verboso de uns quarenta anos, com trajes novos e elegantes; e um senhor que se mantinha à parte, de estatura baixa e gestos bruscos, não velho ainda, cujos cabelos crespos haviam embranquecido, obviamente, antes do prazo e cujos olhos brilhavam com força extraordinária, correndo de um objeto para o outro. Ele usava um sobretudo antigo, feito por um alfaiate caro; sua alta *chapka*[3] e a gola do sobretudo eram de pele de carneiro. Debaixo do sobretudo, quando o homem o desabotoava, viam-se uma *poddiovka*[4] e uma camisa bordada à moda russa. Outra peculiaridade desse senhor consistia em soltar, às vezes, sons esquisitos, como se ele tossisse para limpar a garganta ou começasse a rir e logo interrompesse a sua risada.

Ao longo de toda a viagem, esse senhor tratava de evitar qualquer aproximação e conversa com os demais passageiros. Quando estes lhe dirigiam uma palavra, respondia de forma curta e grossa, e ora se punha a ler, ora fumava, olhando pela janela, ou retirava sua comida de um velho saco para tomar chá ou então merendar.

---

[3] Chapéu de peles usado no inverno.
[4] Leve casaco masculino pregueado na cintura.

Parecia-me que o homem estava aflito com essa solidão sua. Fiz umas tentativas de falar com ele, porém, cada vez que nossos olhares se encontravam (o que ocorria amiúde, pois estávamos sentados quase um defronte do outro), ele desviava os olhos e pegava seu livro ou tornava a olhar pela janela.

Quando o trem parou, ao fim da segunda tarde, numa grande estação, esse senhor nervoso foi buscar água férvida e preparou o seu chá. O outro senhor, aquele de roupas novas e elegantes (um advogado, como eu saberia posteriormente), e sua vizinha, a dama fumante de casaco meio masculino, foram tomar chá na estação.

Na ausência do advogado e da mulher, entraram no vagão várias pessoas novas, inclusive um velho alto, de barba feita e rosto coberto de rugas, que aparentava ser um comerciante e usava uma peliça de furão americano e um boné de feltro com uma pala enorme. O comerciante se sentou em frente ao banco da dama e do advogado e logo travou conversa com um jovem, pelo visto, feitor de uma casa comercial, que entrara em nosso vagão na mesma estação.

Eu estava ao lado deles e, como o trem permanecia parado, podia ouvir alguns trechos de sua conversa naqueles momentos em que ninguém passava pelo vagão. De início, o comerciante anunciou que ia para a sua propriedade rural, situada na próxima estação; depois, como de praxe, os dois falaram, primeiro, dos preços e do comércio, a seguir, dos negócios correntes em Moscou e, afinal, da feira de Níjny Nóvgorod. O feitor começou a contar sobre as patuscadas de um negociante rico, que ambos conheciam, naquela feira, mas o velho interrompeu-o, passando a recordar, por sua vez, as farras de que ele próprio participara outrora em Kunávino.[5] Decerto se orgulhava de ter participado desses eventos e, com manifesta alegria, contava sobre uma brincadeirinha que ele mesmo e o referido negociante rico, ambos embriagados, haviam feito, um dia, em Kunávino. A brincadeirinha era de tal espécie que só se podia relatá-la em voz baixa, e que o feitor soltou uma gargalhada repercutida por todo o vagão e o velho também gargalhou, arreganhando dois dentes amarelados.

Sem esperar que ouvisse algo interessante, eu me levantei para caminhar pela plataforma de embarque até a partida do trem. Deparei-me, na saída, com o advogado e a dama que conversavam, voltando para o vagão, de modo bem animado.

– O senhor não tem tempo – disse-me o advogado sociável –, já vem o segundo sinal.

O sinal se ouviu, de fato, mal caminhei até o último dos vagões. Quando voltei, a dama continuava a conversar animadamente com o advogado. Face a face com eles, o velho comerciante estava calado, olhava, severo, para a frente e, vez por outra, movia os maxilares com expressão algo reprovadora.

– Depois ela declarou ao esposo – disse, sorrindo, o advogado, quando eu passava ao seu lado – que não podia nem mesmo queria mais viver com ele, porque...

Ele se pôs a contar algo que não consegui ouvir direito. Outros passageiros vieram atrás de mim, passou um condutor, entrou correndo um operário agrícola, e o barulho se manteve por algum tempo, impedindo-me de escutar a conversa. Quando tudo se aquietou e ouvi de novo a

---

[5] Bairro histórico de Níjny Nóvgorod (atualmente chamado "Kanávino") em que funcionava, de 1817 a 1917, a maior feira da Rússia.

voz do advogado, este já havia passado, aparentemente, de um caso particular para um raciocínio geral.

O advogado dizia que a questão do divórcio preocupava agora a opinião pública na Europa e que semelhantes casos apareciam, cada vez mais frequentes, em nossas plagas. Ao perceber que tão só sua voz se ouvia, o advogado interrompeu o discurso e dirigiu-se ao velho:

— Isso não ocorria em tempos idos, não é verdade? — perguntou com um agradável sorriso.

O velho queria responder algo, mas nesse momento o trem partiu, e ele tirou o boné e começou a benzer-se e a rezar em voz baixa. Desviando os olhos, o advogado esperava polidamente. Ao terminar sua oração e fazer três vezes o sinal da cruz, o velho fincou seu boné na cabeça, endireitou-se e deu a resposta.

— Ocorria, meu senhor, mas nem tanto — disse ele. — E nos dias de hoje não pode deixar de ocorrer. Ficaram todos por demais instruídos.

Aumentando a velocidade, o trem estrondava nas junções dos trilhos; atraído pela conversa que se ouvia a custo, eu me sentei mais perto. Meu vizinho, o senhor nervoso de olhos brilhantes, também parecia interessado e, sem mudar de lugar, escutava com atenção.

— E por que a instrução seria tão má? — indagou a dama com um sorriso quase imperceptível. — Ou seria melhor que a gente se casasse como naqueles tempos em que os noivos nem sequer se viam antes do casamento? — Segundo o hábito de muitas mulheres, não respondia às palavras reais de seu interlocutor, mas àquelas palavras que, na opinião dela, este diria. — Não sabiam se estavam amando, nem se podiam amar, porém desposavam qualquer pessoa e sofriam a vida inteira. O senhor acha que seria melhor assim? — prosseguiu, dirigindo-se, por certo, a mim e ao advogado, mas de maneira alguma ao velho com quem conversava.

— Ficaram instruídos demais — repetiu o comerciante, fitando a dama com desdém e deixando a sua indagação sem resposta.

— Seria desejável saber como o senhor explica a ligação entre a instrução e o desacordo dos cônjuges — disse o advogado, sorrindo de forma indistinta.

O comerciante queria dizer algo, mas a dama interrompeu-o:

— Pois aqueles tempos passaram — anunciou ela.

No entanto, o advogado fê-la parar:

— Não, deixe-o expressar o seu ponto de vista.

— Bobagens por causa da instrução — disse o velho, resoluto.

— Casam aquelas pessoas que não se amam e depois se espantam com o desacordo — dizia a dama apressadamente, olhando para o advogado, para mim e até mesmo para o feitor que se levantara do seu assento e, encostando-se no espaldar do outro, escutava essa conversa a sorrir. — É que só se pode acasalar os animais, conforme o dono quiser, e a gente tem suas inclinações e afetos — insistia, querendo, pelo visto, desafiar o comerciante.

— Está errada, minha senhora — disse o velho. — Os animais são brutos, e a gente tem uma lei.

— Mas como viver juntos, se não houver amor? — A dama se apressava ainda a divulgar suas opiniões que provavelmente lhe pareciam muito inovadoras.

— Antes nem se falava nisso — respondeu o velho num tom imponente —, só agora é que isso se faz. Qualquer coisa que acontecer, ela diz logo: "Vou embora". Os homens não são assim, mas também aceitam a mesma moda. "Pega aí", diz a mulher, "tuas camisas e calças, e eu vou viver com

Vanka,[6] que ele é mais vistoso que tu". A conversa é essa. Mas, em primeiro lugar, a mulher deveria ter medo.

O feitor olhava ora para o advogado e a dama, ora para mim, decerto contendo o sorriso e aprontando-se para escarnecer ou elogiar o discurso do comerciante caso nós todos o escarnecêssemos ou elogiássemos.

— Que medo? — perguntou a dama.

— Aquele mesmo: que tema o seu mariiido! Aquele medo ali.

— Mas aquele tempo passou, meu paizinho — disse a dama, mesmo com certa maldade.

— Não, senhora, aquele tempo não pode ter passado. Como ela foi... Eva, a mulher... criada da costela do homem, assim ficará até o fim deste mundo — respondeu o velho, abanando a cabeça de modo tão severo e vitorioso que o feitor logo decidiu que o comerciante vencera a disputa e riu em voz alta.

— São vocês, os homens, que raciocinam assim — a dama não se rendia, olhando de viés para nós —, já que se atribuíram toda a liberdade e querem manter a mulher reclusa. Mas se permitem, a vocês mesmos, qualquer coisa.

— Ninguém dá tal permissão, só que o homem não traz desgraças para sua casa, e a mulher é um pote ruim — continuava a impor-se o comerciante.

A imponência das suas entonações parecia persuadir os ouvintes; contudo, a dama insistia ainda, se bem que se sentisse acossada.

— Sim, mas eu acho que o senhor vai concordar comigo: a mulher é uma pessoa e tem sentimentos, assim como o homem. O que ela faria, então, se não amasse o seu marido?

---

[6] Forma diminutiva e pejorativa do nome russo Ivan.

— Se não amasse? — repetiu o comerciante, movendo, com ar de ameaça, as sobrancelhas e os lábios. — Pois vai amar!

Esse argumento inesperado agradou em cheio o feitor, que soltou uma interjeição aprobativa.

— Não vai amar, não — retorquiu a dama. — E, se não houver amor, não se pode forçar alguém a senti-lo.

— E o que acontecerá, se a mulher trair seu marido? — questionou o advogado.

— Isso não pode acontecer — disse o velho —, isso deve ser proibido.

— E se acontecer mesmo, fazer o quê? Acontece, de vez em quando...

— Talvez aconteça em outros lugares, mas aqui, conosco, não acontece — disse o velho.

Todos ficaram calados. O feitor fez um gesto, moveu-se de novo e, não querendo, evidentemente, ser pior que os outros, começou a falar, sorridente:

— Pois é: um dos nossos rapazes também teve um escândalo desses. Também é muito difícil compreender. Sua mulher também era, como se diz, uma vagabunda. E foi malinando. E seu marido é um cara tranquilo e entendido. Primeiro com um escriba. O marido pedia por bem. Ela não se quietou. Fez muita sujeira. Passou a roubar o dinheiro dele. O marido batia naquela vadia. Mas ela só piorava. Acabou mexendo, se permitido dizer assim, com um ímpio, com um judeu. O que faria o marido? Abandonou-a de vez. Vive agora sozinho, e ela se esbalda por ali.

— É que o marido é bobo — disse o velho. — Se não lhe desse folga, desde o começo, mas a refreasse para valer, ficaria, por certo, com ele. É desde o começo que se deve botar os freios. Não confies no cavalo em campo nem na mulher em casa.

Nesse meio-tempo, o condutor veio conferir as passagens até a próxima estação. O velho entregou a sua passagem.

— Sim, é preciso refrear esse sexo feminino de antemão, senão tudo se perde.

— Mas o senhor mesmo acaba de contar como os homens casados se divertem na feira em Kunávino! — disse eu, sem me conter.

— É um assunto à parte — respondeu o comerciante e mergulhou em silêncio.

Quando soou o apito, ele se levantou, pegou sua trouxa, que estava embaixo do banco, abotoou a peliça e, soerguendo o boné para saudar-nos, saiu do vagão parado.

II

Tão logo o velho saiu, ouviram-se várias vozes.

— Esse velhote é de têmpera antiga — disse o feitor.

— Eis o *Domostrói*[7] em carne e osso — exclamou a dama. — Que percepção selvagem da mulher e do matrimônio!

— Sim, ainda estamos longe do conceito matrimonial europeu — comentou o advogado.

— E o principal, que tais pessoas não compreendem — disse a dama —, é que o casamento sem amor não é um casamento de verdade, é que apenas o amor consagra o casamento e que o verdadeiro casamento é só aquele consagrado pelo amor.

O feitor escutava e sorria, querendo decorar o máximo dessas falas inteligentes para usá-las no futuro.

---

[7] Código de regras morais, notavelmente patriarcal e machista, conhecido na Rússia desde o século XV e usado, ainda na época de Tolstói, por toda espécie de reacionários.

Em meio àquele discurso da dama, ouviu-se atrás de mim o som de um riso ou um soluço interrompido, e, ao virar a cabeça, nós vimos o meu vizinho, o solitário senhor de cabelos grisalhos e olhos fulgentes, o qual, no decorrer da conversa que certamente o interessava, aproximara-se de maneira discreta. Ele se mantinha em pé, apoiando as mãos no espaldar do assento, e, pelo visto, sentia-se muito emocionado: seu rosto estava vermelho e um músculo estremecia em sua face.

– Que amor... que amor é aquele... que consagra o casamento? – disse ele, gaguejando.

Ao perceber essa emoção do interlocutor, a dama tratou de lhe responder da maneira mais branda e circunstanciada possível.

– Um amor verdadeiro... Se tal amor existe entre homem e mulher, o casamento é viável – disse ela.

– Sim, mas qual amor deve ser tido como verdadeiro? – perguntou o senhor de olhos fulgentes, tímido e sorrindo meio sem graça.

– Qualquer um sabe o que é o amor – respondeu a dama, que, pelo visto, queria dar cabo dessa conversa.

– Pois eu não sei – disse o homem. – É preciso definir o que a senhora subentende...

– Como assim? É bem simples – prosseguiu a dama, embora meditativa. – O amor? O amor é a preferência exclusiva por um homem ou uma mulher em relação a todas as outras pessoas – disse ela.

– E quanto tempo dura essa preferência? Um mês? Dois dias, meia hora? – indagou o senhor grisalho e começou a rir.

– Não é isso, não: decerto o senhor está falando de outra coisa.

– Pois sim, daquela mesma coisa.

— A senhora quer dizer — intrometeu-se o advogado, ao apontar para a dama — que o matrimônio deve resultar, antes de tudo, da afeição ou, se quiser, do amor, e que, só caso tal amor exista, o matrimônio representa algo, digamos assim, sagrado. Ademais, todo matrimônio que não se baseie nas afeições naturais — no amor, se quiser — não pressupõe nenhuma obrigação moral. Minha percepção está correta? — dirigiu-se à dama.

Acenando com a cabeça, a dama aprovou o esclarecimento de sua ideia.

— Além disso... — o advogado ia continuar seu discurso, mas o senhor nervoso, cujos olhos irradiavam agora uma flama, tinha óbvia dificuldade em conter-se e não deixou o advogado falar, insistindo:

— Não, refiro-me àquela mesma coisa, à preferência por um homem ou uma mulher perante todas as outras pessoas, mas questiono apenas: quanto tempo dura essa preferência?

— Quanto tempo? Muito tempo: às vezes, a vida toda — respondeu a dama, dando de ombros.

— Mas isso ocorre só nos romances, e na vida real, nunca. Na vida real essa preferência por certa pessoa dura alguns anos, o que é raro, ou alguns meses, o que é mais frequente, ou então algumas semanas, dias, horas — disse o homem, decerto ciente de que surpreendia a todos com sua opinião e contente com isso.

— Ah, não! O que está dizendo? Não, espere! — Nós três começamos a responder em coro, até o feitor articulou um som reprobatório.

— Eu sei, sim — o senhor grisalho falava mais alto que nós —, os senhores se referem àquilo que é considerado existente, e eu, àquilo que existe de fato. Todo homem sente aquilo que chamam de amor por toda mulher bonita.

— Ah, o que está dizendo é horrível! Não existe, pois, entre pessoas aquele sentimento que se chama amor e que não é dado por alguns meses ou anos, mas, sim, pela vida toda?

— Não existe, não. Mesmo se admitirmos que o homem dê sua preferência a certa mulher ao longo de toda a vida, essa mulher há de preferir, segundo todas as probabilidades, um outro homem, e sempre foi e será assim neste mundo — disse ele, tirou sua cigarreira e acendeu um cigarro.

— Contudo, pode haver uma afeição mútua — argumentou o advogado.

— Não pode haver, não — objetou o homem —, assim como não pode acontecer que, numa carroça cheia de ervilhas, duas ervilhas determinadas fiquem uma ao lado da outra. Além do mais, não se trata apenas da improbabilidade, mas, com certeza, da saciedade também. Amar, durante a vida toda, uma mulher ou um homem é o mesmo que dizer que uma vela arderá toda a vida — disse, tragando avidamente o fumo.

— Mas o senhor fala apenas do amor carnal. Será que não admite um amor baseado na unidade dos ideais, na semelhança espiritual? — perguntou a dama.

— Semelhança espiritual! Unidade dos ideais! — repetiu ele, soltando o seu som peculiar. — Mas, nesse caso, não há por que dormir juntos (desculpe a grosseria). É que, em virtude dessa unidade dos ideais, as pessoas se deitam para dormir uma com a outra — concluiu com uma risada nervosa.

— Espere aí — disse o advogado —, os fatos se opõem ao que o senhor está dizendo. A gente vê que o matrimônio existe, que toda a humanidade, ou a maior parte dela, tem uma vida conjugal, e que muitas pessoas levam, de modo honesto, uma vida conjugal prolongada.

O senhor grisalho voltou a rir.

— Primeiro o senhor diz que o matrimônio se baseia no amor e, quando eu explicito as minhas dúvidas sobre a existência de outros tipos de amor, além do carnal, fundamenta a existência do amor com a existência do matrimônio. Pois o matrimônio, em nossos tempos, não passa de um engodo!

— Não, espere — disse o advogado —, eu digo apenas que o matrimônio existiu e existe.

— Existe, sim. Mas por que ele existe? Ele tem existido para aquelas pessoas que veem no matrimônio algo misterioso, um mistério que as obriga perante Deus. É para aquelas pessoas que o matrimônio existe, e para nós, não. A nossa gente se casa sem ver no casamento nada além do acasalamento, e isso resulta ou numa mentira ou numa violência. A mentira é mais fácil de aturar. O marido e a mulher só ludibriam os outros com sua monogamia, mas são, na realidade, polígamos. Isso é mau, porém aturável... Mas quando, como ocorre na maioria das vezes, o marido e a mulher assumem essa aparente obrigação de viver juntos a vida toda e, desde o segundo mês, já se odeiam mutuamente, desejam separar-se e, não obstante, continuam a viver juntos, então surge aquele inferno terrível por causa do qual afundam na bebida e matam, a tiros ou com veneno, a si mesmos ou um ao outro... — O homem falava cada vez mais rápido, sem deixar que ninguém inserisse uma só palavra, e ficava cada vez mais inquieto. Todos estavam calados; sentiam-se constrangidos.

— Sim, a vida conjugal tem, sem dúvida, episódios críticos — disse o advogado, buscando finalizar a conversa indecentemente acalorada.

— Pelo que vejo, o senhor me reconheceu? — perguntou o homem grisalho com uma voz baixa e aparentemente tranquila.

— Não tive o prazer, não.

— O prazer não é grande. Sou Pózdnychev, aquele com quem aconteceu o episódio crítico a que o senhor alude, o episódio em que matei a minha mulher — disse o homem, olhando rápido para cada um de nós.

Ninguém achou o que responder; todos permaneceram calados.

— Tanto faz, pois — prosseguiu ele, soltando o seu som. — De resto, perdoem-me! Ah, bem... não vou mais apoquentá-los!

— Não, tenha a bondade... — respondeu o advogado, sem saber, ele próprio, de que "bondade" se tratava.

No entanto, Pózdnychev se virou depressa, sem escutá-lo, e retornou ao seu lugar. O advogado se pôs a falar, cochichando, com a dama. Sentado perto de Pózdnychev, eu estava calado, sem poder inventar o que lhe diria. Havia pouca luz para ler, portanto fechei os olhos e fingi-me de sonolento. Assim viajamos, em silêncio, até a estação seguinte.

Nessa estação o advogado e a dama passaram para outro vagão, tendo já conversado a respeito disso com o condutor. O feitor se aboletou num banco e adormeceu. Quanto a Pózdnychev, ele não parava de fumar e bebia o chá preparado ainda na estação precedente.

Quando abri os olhos e dei uma espiada nele, Pózdnychev se dirigiu a mim, de improviso, resoluto e irritado:

— Talvez o senhor esteja incomodado de ficar aqui comigo, sabendo quem sou? Então vou embora.

— Oh, não, sinta-se à vontade.

— Pois não queria um copo? — Ele me ofereceu chá.

— Só que está forte.

— Aquela gente fala... e mente o tempo todo... — disse a seguir.

— O que tem em vista? — perguntei eu.

— Aquele mesmo assunto: aquele amor deles e o que seria aquilo. O senhor não está com sono?

— Nem um pouco.

— Pois quer que lhe conte como aquele amor me levou ao que se deu comigo?

— Sim, a não ser que isso o aflija.

— Não, o que me aflige é o silêncio. Tome, pois, o seu chá. Ou está forte demais?

O chá se parecia, de fato, com cerveja, mas eu tomei um copo. Nesse ínterim o condutor passava pelo vagão. Pózdnychev acompanhou-o, calado, com um olhar ríspido e começou a falar só quando ele se retirou.

III

— Pois vou contar ao senhor... Mas está seguro de que quer isso?

Eu repeti que queria muito. Ele ficou calado por algum tempo, depois esfregou o rosto com as mãos e começou:

— Preciso, nesse caso, contar-lhe tudo, desde o início: preciso contar-lhe como e por que me casei e como era antes do casamento.

"Antes do casamento, eu vivia como vivem todos, quer dizer, todos em nosso meio. Sou fazendeiro e bacharel universitário, já fui o decano da nobreza.[8] Vivia, antes do

---

[8] Presidente das reuniões elitistas, designado, nas cidades interioranas da Rússia antiga, pela fidalguia local; representante da classe nobre junto aos órgãos governamentais.

casamento, igual a todos, ou seja, na libertinagem e, como todos de nosso meio que vivem na libertinagem, tinha a certeza de que vivia como se deve viver. Pensava, com meus botões, que era, além de bonitão, um homem perfeitamente decente. Não era nenhum sedutor, não tinha inclinações antinaturais, não fazia daquilo, como diversos coetâneos meus, o principal objetivo de minha vida, mas me entregava à crápula com ponderação e decoro, por motivos de saúde. Mantinha-me longe daquelas mulheres que poderiam amarrar-me com sua gravidez ou com seu afeto demasiado. De resto, havia, quem sabe, filhos e afetos por ali, mas eu fazia de conta que não havia nada disso. E não apenas considerava essa conduta moral como me orgulhava dela." – O homem se calou, soltando o seu som peculiar, como fazia sempre que uma nova ideia lhe vinha, aparentemente, à cabeça.

– Pois a maior torpeza consiste nisso! – exclamou ele. – A crápula não tem nada de físico, nenhuma nojeira física representa a crápula... É que a crápula verdadeira consiste notadamente em libertar-se de quaisquer relações morais no tocante àquela mulher com que se mantém uma relação física. E era dessa libertação que eu me atribuía o mérito. Lembro como sofri uma vez por não ter pago, de imediato, uma mulher que se deitara comigo, provavelmente apaixonada por mim. Só me acalmei depois de lhe mandar dinheiro e demonstrar, dessa forma, que não me considerava ligado a ela no sentido moral. Deixe de abanar a cabeça, como se estivesse de acordo comigo! – gritou, de súbito, para mim. – Pois eu conheço aquele negócio. Todos vocês – e o senhor também, na melhor das hipóteses, salvo se for uma exceção rara! –, todos vocês têm as mesmas convicções que eu tinha. Mas tanto faz... Perdoe-me – continuou. – É que aquilo ali é horrível, horrível, horrível!

— O que é horrível? — perguntei eu.

— Aquele abismo de erros que a gente vive cometendo em relação às mulheres e ao tratamento a elas dado. Não, não consigo falar naquilo com calma, e não é porque aquele episódio se deu comigo, segundo o senhor advogado disse, mas porque, quando ele se deu comigo, meus olhos se abriram e eu passei a ver tudo de uma maneira bem diferente. Vi tudo às avessas, tudo às avessas!...

Ele acendeu um cigarro e, apoiando os cotovelos em seus joelhos, pôs-se a contar. Sem enxergar o seu rosto na escuridão, eu ouvia apenas a sua voz imponente e agradável que soava através dos retintins do vagão.

IV

— Sim, foi apenas depois dos sofrimentos que tinha passado e tão só graças a eles que compreendi onde estão as raízes de tudo, compreendi o que deve ser e, portanto, vi todo o horror do que é.

"Digne-se a notar: eis como e quando começou aquilo que me levaria ao meu episódio. Começou no momento em que estava para completar dezesseis anos. Aconteceu quando eu estudava ainda no colégio e meu irmão mais velho cursava o primeiro ano da universidade. Ainda não conhecia mulheres; contudo, igual a todas as infelizes crianças de nosso meio, não era mais um menino inocente: já ia para dois anos que, corrompido pelos moleques, sentia-me tentado pela mulher — não a mulher como tal, mas uma mulher tida por algo doce —, ou melhor, pela nudez de qualquer mulher que houvesse. Sozinho, portava-me de maneira impura. Estava sofrendo, como sofrem noventa e nove centésimos de nossos garotos.

Andava horrorizado, sofria, rezava e decaía. Estava já depravado na imaginação e na realidade, porém não fizera ainda o último passo. Eu perecia por mim mesmo, sem ter tocado ainda em outro ser humano. Mas eis que um amigo de meu irmão, um estudante alegre, o dito 'bom sujeito', ou seja, o maior cafajeste que nos ensinara a beber e a jogar baralho, convenceu-nos, após uma farra, a ir a uma daquelas casas. Nós fomos. Meu irmão, que também era inocente, maculou-se na mesma noite. E eu, um garoto de quinze anos, fiquei infamado e contribuí para a infâmia de uma mulher, sem entender patavina do que tinha feito. Não ouvira nenhum dos adultos dizer que as coisas que estava fazendo eram ruins. Aliás, nem agora alguém ouviria isso. É verdade que se trata disso num mandamento cristão, mas os mandamentos são necessários apenas para prestar exames de religião a um padre[9] e, ainda assim, nem de longe tão necessários quanto, por exemplo, o mandamento sobre o uso de *ut*[10] em orações condicionais.

Assim, não ouvira nenhuma das pessoas adultas, cujas opiniões respeitava, dizer que aquilo era ruim. Pelo contrário, ouvira as pessoas que respeitava dizerem que aquilo era bom. Ouvira que minhas lutas e meus sofrimentos se apaziguariam depois daquilo – ouvira e lera isso; ouvira os adultos dizerem que aquilo era bom para a saúde; quanto aos meus colegas, ouvira-os afirmarem que havia naquilo um mérito, uma valentia. Em termos gerais, não se via naquilo nada senão uma coisa boa. O perigo de doenças? Mas ele também é previsto. O governo cuida paternalmente disso. Observa o correto funcionamento

---

[9] O autor se refere às aulas de "Lei divina" ministradas, no ensino médio do Império Russo, por sacerdotes ortodoxos.
[10] Conjunção latina.

das casas de tolerância e assegura a libertinagem dos colegiais. E os doutores recebem seus vencimentos para ficar de olho nisso. Assim é que seguem as coisas. Todos eles declaram que a libertinagem pode ser boa para a saúde, eles mesmos instauram uma libertinagem regular e asseada. Conheço umas mães que se preocupam, nesse sentido, com a saúde de seus filhos. E a ciência manda-os para as casas de tolerância."

– Por que logo a ciência? – perguntei eu.

– E os doutores, sacerdotes da ciência? Quem está corrompendo os jovens, afirmando que necessitam daquilo para a saúde? São eles. E depois tratam da sífilis com tremenda imponência.

– Mas por que é que não tratariam da sífilis?

– Porque, se um centésimo dos esforços relacionados ao tratamento da sífilis tivesse sido empenhado para erradicar a libertinagem, a sífilis já teria desaparecido há tempos. Contudo, os esforços não são feitos para erradicar a libertinagem e, sim, para estimulá-la, para tornar a libertinagem segura. Mas o problema não é esse. O problema é que comigo, a par dos nove décimos, se não for mais, da nossa classe e não apenas dela, mas de todo o povo, até mesmo dos camponeses, aconteceu o horrível fato de que não me maculei por ceder à natural sedução dos dotes de certa mulher. Não, nenhuma mulher me seduziu: maculei-me porque as pessoas que me rodeavam viam nesse meu pecado ora a ação mais legítima e benéfica para a saúde, ora a diversão mais normal de um jovem, uma diversão não só perdoável como inocente. Sem entender que estava praticando um pecado, comecei simplesmente a entregar-me àquilo que era, em parte, um prazer, em parte, uma necessidade própria, segundo me tinham inculcado, de determinada idade, comecei a entregar-me à libertinagem do mesmo modo que comecei a beber e a fumar. Ainda assim, houve naquela primeira perdição algo especial, algo tocante. Lembro como fiquei logo triste, lá mesmo, ainda no quarto, tão triste que quis chorar, prantear a perda de minha pureza e a visão da mulher destruída para sempre. Sim, minhas atitudes simples e naturais em relação à mulher pereceram para todo o sempre. Desde então, não tratava nem mesmo podia tratar uma mulher de maneira pura. Tornei-me o que se chama de libertino. E ser libertino é um estado físico, semelhante ao do viciado em morfina, álcool ou tabaco. Da mesma forma que o viciado em morfina, álcool ou tabaco não é mais uma pessoa normal, o homem que conheceu várias mulheres para o seu prazer não é mais uma pessoa normal, mas, sim, um homem estragado para sempre, um libertino. Da mesma forma que logo podemos reconhecer um alcoólatra ou um morfinômano pelo rosto e pela postura, podemos reconhecer um libertino. O libertino pode abster-se, pode relutar; todavia, jamais tomará uma atitude simples, clara e pura, uma atitude fraterna em relação a uma mulher. Pelo seu modo de olhar, ou melhor, de avaliar uma moça, dá logo para reconhecê-lo. Tornei-me um libertino, fiquei assim para sempre, e foi isso que acabou comigo.

V

– Pois bem. Depois fui mais e mais longe, fiz toda espécie de desvios. Meu Deus do céu! Quando me lembro de todas as torpezas que fiz nesse sentido, fico apavorado! É de mim mesmo, escarnecido pelos meus colegas por causa de minha pretensa inocência, que me lembro assim. E quando ouço falarem daqueles filhinhos de papai, dos oficiais, dos parisienses! Quando todos aqueles senhores, trintões devassos que carregam na consciência centenas de crimes variados e hediondos em relação às mulheres... quando nós, inclusive eu mesmo, vimos — trintões devassos, muito bem lavados, barbeados e perfumados, de camisa limpa e de casaca ou então de túnica militar — a uma recepção ou um baile... Mas que gracinha, que emblema de asseio!

"Pense apenas no que deveria ser e no que é. Vindo um senhor daqueles buscar a companhia de minha irmã ou filha, eu, que conheço bem sua vida, deveria aproximar-me dele, chamá-lo à parte e dizer baixinho: 'Meu caro, eu sei como tu vives, de que maneira e com quem passas as noites. Aqui não é teu lugar. Aqui há moças puras e inocentes. Vai embora!'. Assim é que deveria ser feito, mas o que se faz na realidade é que, quando um senhor daqueles vem e dança abraçado com minha irmã ou filha, a gente se regozija por ele ser rico e apadrinhado: quem sabe se não condescende em reparar, após Rigolboche,[11] em minha filha também. Mesmo se houver rastros, alguma doença, não faz mal, a medicina de hoje é boa. Conheço, a propósito, umas mocinhas da alta sociedade que seus pais casaram, entusiasmados, com sifilíticos. Oh, oh, que nojo! Virá, pois, o tempo em que essa sujeira e essa mentira serão condenadas!"

Ele soltou, várias vezes, seus sons estranhos e pôs-se a beber chá. Esse chá estava terrivelmente forte: não havia água para diluí-lo. Eu me sentia sobremodo ansioso, por

---

[11] Nome artístico da dançarina e cantora francesa Amélie Marguerite Badel (1842-1920), cujo cancã, extremamente popular nos cabarés do Segundo Império francês, era, na visão de um dos contemporâneos, "a coisa mais audaciosa e inventiva do mundo".

causa daqueles dois copos que tinha tomado. Decerto o chá influenciava também o meu interlocutor, que ficava cada vez mais excitado. Sua voz se tornava cada vez mais cantante e expressiva. Ele não parava de mudar de posição, ora tirava a sua *chapka,* ora a punha de volta; seu rosto se alterava estranhamente naquela penumbra em que nós dois estávamos sentados.

– E foi assim que cheguei aos trinta anos, sem deixar, por um minutinho sequer, a intenção de me casar e de construir a mais sublime e casta vida familiar, e procurando para tanto uma moça que conviesse a tal objetivo – prosseguiu ele. – Chafurdava no pus da libertinagem e, ao mesmo tempo, andava de olho nas moças cuja pureza fosse digna de mim. Rejeitei muitas delas exatamente porque não eram puras o suficiente; encontrei, afinal, uma moça que achei digna. Era uma das duas filhas de um fazendeiro de Penza,[12] outrora bem rico, mas depois arruinado.

"Numa noite, após um passeio de barca, quando voltávamos, ao luar, para casa e, sentado ao lado dela, eu admirava seu torso esbelto, moldado pelo jérsei,[13] e seus cachos, veio-me de repente a decisão de que seria ela. Achei, nessa noite, que ela compreendia tudo, tudo quanto eu sentia e pensava, sendo meus sentimentos e pensamentos sublimes ao extremo. E, na verdade, eram apenas o jérsei que lhe ia excepcionalmente bem, assim como os cachos, e a vontade que me surgiu ao cabo daquele dia passado em sua companhia, a de maior aproximação com ela.

---

[12] Grande cidade na parte central da Rússia.
[13] Fino e macio tecido de algodão, lã ou seda.

É espantoso até que ponto se torna completa a ilusão de que a beleza seja um bem. Uma mulher bonita te diz bobagens, tu a escutas e não percebes nada de bobo, ouves somente coisas inteligentes. Ela diz e pratica vilezas, mas tu vês somente algo gracioso. E, quando ela não diz bobagens nem pratica vilezas e, ainda por cima, é bonita, tu ficas logo persuadido de que é uma maravilha da inteligência e da virtude.

Arrebatado, voltei para casa e resolvi que, sendo o cúmulo da perfeição moral, ela seria digna de ser minha esposa. No dia seguinte, pedi-a em casamento.

Que confusão é essa! Não só em nosso meio, mas, infelizmente, no meio do povo também, não há nem sequer um homem, dentre mil noivos, que não tenha sido casado umas dez vezes – se não cem ou mil, como Dom Juan! – antes desse seu casamento. (É verdade que agora existem, pelo que ouço e vejo, alguns jovens puros, cientes e conscientes de que não é uma brincadeira, mas, sim, uma grande façanha. Deus os ajude! Contudo, não havia um só jovem assim, dentre dez mil outros, em minha época). Todos sabem disso e fingem que não sabem. Em todos os romances são descritos, nos mínimos detalhes, os sentimentos do protagonista, os lagos e arbustos junto dos quais ele anda; porém, descrevendo seu grande amor por alguma donzela, os autores não dizem nada sobre o ocorrido com ele, esse protagonista interessante, antes: nem uma palavra a respeito das suas visitas às casas de má fama, das criadas, cozinheiras e mulheres de outrem. E, se houver tais romances indecentes, não caem nas mãos, sobretudo, daquelas pessoas que precisam lê-los mais do que todas as outras, ou seja, das moças. Primeiro fingimos, perante as moças, que não há nem um pingo daquela devassidão que preenche metade da vida de nossas cidades e mesmo aldeias. Depois nos acostumamos tanto a esses fingimentos que passamos, no fim das contas, a acreditar sinceramente, tais e quais os ingleses, que somos todos muito decentes e vivemos num ambiente decente. Quanto às moças, elas acreditam nisso, pobrezinhas, com toda a seriedade. Minha infeliz esposa também acreditava nisso. Lembro como lhe mostrei, já noivo, o meu diário do qual ela pôde tirar, pelo menos, um pouco de informação sobre o meu passado e, principalmente, sobre o último caso que eu tivera: outras pessoas podiam contar-lhe daquele caso, portanto eu me via na necessidade de confessá-lo antes. Lembro seu horror, desespero e desgosto ao saber e compreender aquilo. Percebi que ela queria abandonar-me então. Por que não me abandonou?"

Ele soltou o seu som, ficou calado e tomou mais um gole de chá.

VI

— Aliás, não: assim está melhor, assim está melhor! — exclamou ele. — Bem feito para mim! Mas não se trata disso. Queria dizer que são enganadas tão só aquelas moças coitadas. Quanto às mães, sobretudo às mães instruídas pelos seus maridos, elas o sabem perfeitamente e, fingindo acreditar na pureza dos homens, agem, na realidade, de um modo bem diferente. Elas sabem com que anzol apanhar homens para si mesmas e para suas filhas.

"É que apenas nós, os homens, não o sabemos, e não sabemos porque não queremos sabê-lo, e as mulheres sabem muito bem que o amor mais sublime, o amor que chamamos de poético, não depende das qualidades morais, mas, sim, da proximidade física e, ainda por cima, do penteado, da cor e feitio do vestido. Pergunte a uma coquete experiente, que se fixou a meta de seduzir um homem, a que risco ela se exporia antes: ao de ser acusada, na presença do homem por quem anseia, de mentirosa, cruel e até mesmo devassa ou ao de aparecer em sua frente com um vestido malfeito e feio – e toda coquete sempre preferirá o primeiro desses riscos. Ela sabe que a gente não faz outra coisa senão mentir sobre os altos sentimentos (o homem quer apenas o corpo), destarte vai perdoar quaisquer infâmias, mas nunca perdoará um traje feio, deselegante ou de mau gosto. Uma coquete sabe tudo isso conscientemente, porém cada moça inocente o sabe de modo inconsciente, do mesmo modo que o sabem os animais. Daí esses jérseis abomináveis, esses pufes para avolumar o traseiro, esses ombros desnudos, braços e quase seios. As mulheres, em especial aquelas que passaram pela escola masculina, sabem muito bem que as conversas acerca de altas matérias só são conversas, e que o homem precisa mesmo do corpo e de tudo quanto o apresentar da maneira mais atraente possível, e agem precisamente dessa maneira. Pois, se deixássemos de lado o costume de aturar vilanias, o qual se tornara a nossa segunda natureza, e examinássemos a vida de nossas classes superiores, tal como ela é, com toda a sua sem-vergonhice, veríamos tão somente uma grande casa de tolerância. O senhor não concorda? Permita-me que lhe prove..." – disse ele, interrompendo-me. – "O senhor diz que em nossa sociedade as mulheres têm interesses distintos daqueles que existem em casas de tolerância, e eu digo que não e vou provar isso. Se as pessoas são diferentes entre si, conforme os objetivos e o conteúdo interno de sua vida, essa diferença há de se refletir também no aspecto externo: sua aparência será diferente. Mas olhe para aquelas coitadas e desprezadas, e para as senhoras da mais alta sociedade: as mesmas roupas, os mesmos modelos, o mesmo perfume, a mesma nudez dos braços, ombros e seios, além do traseiro empinado e moldado pelo vestido, a mesma paixão por pedrinhas, por coisas brilhantes e caras, os mesmos divertimentos, danças, músicas e canções. Tanto estas quanto aquelas usam de todos os meios para atrair homens. Nenhuma diferença. Definindo-as de forma exata, devemos dizer apenas que as prostitutas a curto prazo são, de ordinário, desprezadas, e as prostitutas a longo prazo são respeitadas."

VII

— Assim, pois, foram aqueles jérseis e cachos e pufes que me apanharam. Foi fácil apanhar-me, porque eu tinha sido criado naquelas condições em que os jovens namoradeiros crescem como os pepinos numa estufa. É que nossa comida excitante e excessiva, a par da completa ociosidade física, nada mais é que um sistemático atiçamento da luxúria. Quer o senhor se surpreenda, quer não, mas é assim mesmo. Nem eu vi nada disso até os últimos tempos. Agora o vejo. E isso me atormenta, já que ninguém o sabe, mas todos dizem bobagens, como aquela senhora ali.

"Pois bem... Ao lado de onde eu moro, os mujiques trabalhavam, nesta primavera, no aterro da estrada de ferro. Os pratos cotidianos de um rapagão camponês são pão, *kvas*[14] e cebola; ele está vivo, desperto, saudável e faz

---

[14] Bebida fermentada, semelhante à cerveja.

um simples trabalho no campo. Mandam-no trabalhar na estrada de ferro e dão-lhe *kacha*[15] e uma libra de carne vermelha. Em compensação, ele queima toda aquela carne empurrando, por dezesseis horas de trabalho, um carrinho de trinta *puds*.[16] E anda contente com isso. E nós que comemos duas libras de carne vermelha e branca, de uma só vez, e tomamos diversas iguarias e bebidas fortes, para onde é que vai tudo isso? Para o sustento dos nossos excessos sensuais. Se a comida for lá e a válvula de escape estiver aberta, então tudo bem; mas feche um pouco a válvula, como eu a fechava por algum tempo, e logo surge aquela excitação que, passando através do prisma de nossa vida artificial, engendra uma paixão das mais puras, às vezes até platônica. E eu me apaixonei como todos se apaixonam. E tudo estava presente: arroubo, enternecimento e poesia. Mas, na realidade, o meu amor era obra, por um lado, das atividades da mãezinha e das costureiras e, por outro lado, daquela comida que eu consumia em excesso enquanto levava uma vida ociosa. Se não houvesse, por um lado, passeios de barca nem costureiras com talhes, etc.; se minha mulher usasse um roupão canhestro e ficasse o tempo todo em casa; se, por outro lado, eu mesmo consumisse normalmente tanta comida quanta me fosse necessária para trabalhar e tivesse a minha válvula de escape aberta (pois ela se entrefechara, por acaso, nesse meio-tempo), não me teria apaixonado, e nada de mau me teria acontecido."

---

[15] Espécie de mingau de trigo sarraceno, muito popular na Rússia antiga e moderna.
[16] Antiga medida de peso russa, equivalente a 16,38 kg.

VIII

— Mas ali convergiu tudo: meu estado de espírito e o vestido bonito e o passeio de barca que deu certo. Tinha falhado vinte vezes e, de repente, acertei o alvo. Foi uma espécie de armadilha. Não estou rindo. É que agora os casamentos são arranjados iguais às armadilhas. Pois o que é natural? A moça está madura, então é preciso que se case. Parece bem simples, se a moça não for feianchona e se houver homens dispostos a desposá-la. Assim se fazia antigamente. A moça alcançava a idade matrimonial, e seus pais arranjavam o casamento. Assim fazia e faz toda a humanidade: chineses, hindus, maometanos e nosso povo; assim fazem, ao menos, noventa e nove centésimos do gênero humano. Apenas um centésimo, ou menos ainda, composto de nós, quer dizer, de libertinos, achou isso ruim e inventou uma novidade. Que novidade é essa? A novidade é que as moças ficam sentadas e os homens andam, como numa feira, e escolhem. E as moças esperam e pensam, embora não ousem dizer: "Escolhe a mim, queridinho; não, a mim! Não escolhas aquela outra, escolhe a mim: olha só que ombros eu tenho e outros dotes". E nós cá, os homens, andamos, olhamos e estamos muito contentes: "Já sei, não vou cair como um pato". Andamos, olhamos, estamos muito contentes de que tudo isso se faça em nosso favor. E quem não tomar cuidado – catrapus! – fica preso.

— O que fazer, pois? – disse eu. – É à mulher que cumpre pedir o homem em casamento?

— Não sei o que fazer, mas a igualdade deve ser verdadeira. Se reconhecem o casamento arranjado como humilhante, que reconheçam aquela escolha como mil vezes pior. Lá os direitos e as chances são iguais, e aqui a mulher é uma escrava vendida na feira ou o chamariz numa armadilha. Diga a verdade à própria moça ou à sua mãezinha, diga que elas não fazem outra coisa senão caçar noivos. Meu Deus, que ofensa! Mas elas todas só fazem isso e não têm mais o que fazer. E o que é horrível é ver, por vezes, as moças novinhas, pobres e inocentes fazerem isso. Se, pelo menos, isso se fizesse às escâncaras... Mas é tudo um engodo. "Ah, a origem das espécies, como isso é interessante! Ah, Lisa se interessa muito pela pintura! E o senhor vai à exposição? Que evento edificante! E o passeio de trenó, o espetáculo, a sinfonia? Ah, como isso é admirável! Minha Lisa está louquinha por música. E por que o senhor não compartilha dessas convicções? Ah, o passeio de barca!..." E a ideia é sempre a mesma: "Toma-me, toma minha Lisa! Não, escolhe a mim! Prova-me, pelo menos!..." Oh, nojo, mentira! — concluiu Pózdnychev e, acabando de tomar seu chá, pôs-se a recolher as chávenas e outras louças.

IX

— Pois o senhor sabe — recomeçou ele, colocando o chá e o açúcar em seu saco — que tudo acontece por causa daquele império das mulheres com o qual sofre o mundo.

— Que império das mulheres? — perguntei eu. — Na verdade, a vantagem dos direitos está do lado dos homens.

— Sim, sim, aquele mesmo império — interrompeu-me ele. — Aquilo mesmo, aquilo que quero dizer ao senhor, precisamente aquilo explica o fenômeno extraordinário de que, por um lado, a mulher se acha, por justa causa, levada ao mais alto grau de humilhação e, por outro lado, está imperando. Assim como os judeus, que se vingam da opressão com seu poder financeiro, as mulheres se vingam também. "Ah, vocês querem que sejamos tão só mascates? Pois bem: nós, os mascates, tomaremos conta de vocês" – dizem os judeus. "Ah, vocês querem que sejamos tão só o objeto de sua sensualidade? Pois bem: nós, tidas como o objeto de sua sensualidade, escravizaremos vocês" – dizem as mulheres. Os direitos da mulher não são restritos porque ela não pode votar nem ser juíza – fazer isso não constitui direito nenhum –, mas, sim, porque não se iguala ao homem nas relações sexuais, não tem o direito de gozar do homem e de se abster dele conforme o seu desejo, de escolher o homem, como lhe aprouver a ela, em vez de ser escolhida. O senhor diz que isso é repugnante. Está bem. Então que o homem tampouco possua tais direitos. Agora a mulher se vê privada daquele direito que tem o homem. E eis que ela incita a sensualidade do homem, a fim de compensar a ausência daquele direito, e domina-o tanto, por meio da sensualidade, que ele passa a escolher só formalmente, enquanto quem escolhe, na realidade, é ela. E, uma vez em posse do dito meio, a mulher vai abusando dele e adquire um poderio assombroso sobre os homens.

– Onde se encontra, pois, esse poderio especial? – perguntei eu.

– Onde se encontra o poderio? Por toda a parte, em tudo. Visite as lojas de qualquer grande cidade. Há milhões lá, nem daria para estimar o trabalho humano que foi investido nelas, mas veja se em nove décimos dessas lojas há, pelo menos, alguma coisa para uso masculino. Todo o luxo da vida é reclamado e sustentado pelas mulheres. Conte todas as fábricas. Uma parte imensa delas produz inúteis adornos, carruagens, móveis, brinquedos para mulheres. Milhões de pessoas, gerações inteiras de escravos perecem, de trabalho penoso, naquelas fábricas, tão somente por capricho das mulheres. Como rainhas, as mulheres mantêm sob o jugo da escravidão e do labor nove décimos do gênero humano. E tudo por serem humilhadas, por não terem direitos iguais aos dos homens. E eis que elas se vingam, incitando a nossa sensualidade e atraindo-nos para as suas armadilhas. Sim, tudo ocorre por esse motivo. As mulheres fizeram de si próprias um meio tão poderoso de incitar nossa sensualidade que um homem não pode mais lidar tranquilamente com uma mulher. Tão logo um homem se aproxima de uma mulher, fica enfeitiçado por ela e perde a razão. Mesmo antes eu me sentia sempre acanhado e como que assustado de ver uma mulher garbosa, com trajes de baile, e agora me sinto realmente apavorado, percebo nela algo perigoso para os homens e contrário à lei, e quero chamar um policial, clamar pela proteção contra esse perigo, exigir que o objeto perigoso seja afastado, eliminado.

"Sim, o senhor está rindo!" – gritou ele para mim. – "Mas isso não é brincadeira nenhuma. Estou seguro de que virá o tempo – quem sabe, dentro em pouco – em que as pessoas entenderão isso e ficarão espantadas de ter existido uma sociedade que admitia tais ações contra a ordem pública como aqueles enfeites para o corpo, diretamente destinados a incitar a sensualidade e admitidos para mulheres nesta sociedade nossa. Não é o mesmo que colocar naqueles lugares por onde os homens passeiam diversas armadilhas, ou coisas piores ainda? Por que os jogos de azar são proibidos, e as mulheres com essas roupas de prostituta, que incitam a sensualidade, não são proibidas? Elas são mil vezes mais perigosas!"

X

— E foi assim que me apanharam, por minha vez. Eu estava, digamos, apaixonado. Não apenas imaginava a minha noiva como o cúmulo de perfeição, mas também imaginava a mim mesmo, naqueles tempos de meu noivado, como o cúmulo de perfeição. Pois não há cafajeste que, procurando bem, não encontre outros canalhas, de algum modo piores que ele, e não obtenha, portanto, um pretexto para se orgulhar e se contentar consigo mesmo. Assim fui eu: não me casei com o dinheiro — a ganância não tinha nada a ver com o meu casamento, ao contrário dos da maioria de meus conhecidos, que se casaram por causa do dinheiro ou apadrinhamento —, já que eu era rico, e ela pobre. É o primeiro ponto. E o segundo ponto, de que me orgulhava, era o fato de os outros se casarem com o intento de continuar vivendo na mesma poligamia em que haviam vivido antes do casamento, enquanto eu tinha a firme intenção de praticar, uma vez casado, a monogamia, e meu orgulho íntimo estava, em razão disso, ilimitado. Sim, era um porco horrível, mas imaginava que fosse um anjo.

"O período de meu noivado durou pouco tempo. Não consigo agora relembrar, sem vergonha, aquele noivado meu! Que torpeza! É que se tratava de um amor espiritual e não sensual. Pois bem: se tivesse sido um amor espiritual, uma relação espiritual, então as palavras, falas, conversas teriam exprimido aquela relação espiritual. Contudo, não houve nada disso. Quando ficávamos a sós, tínhamos muita dificuldade em conversar. Era um trabalho de Sísifo:[17] mal a

---

[17] O autor tem em vista um trabalho árduo e desprovido de qualquer utilidade, aludindo ao rei Sísifo, personagem da mitologia grega que, por ter

gente inventa o que dizer e diz isso, tem de se calar outra vez e de inventar. Não tínhamos sobre o que conversar. Tudo quanto podíamos dizer a respeito da vida que nos esperava, do nosso lar, dos planos, foi dito... e depois? Se nós fôssemos animais, saberíamos naturalmente que não nos cumpria falar, mas nós, ao contrário, precisávamos conversar e não tínhamos temas, porquanto aquilo que se resolve por meio de conversas não nos interessava. Havia, ainda por cima, aquele costume abjeto de comer bombons, de encher a barriga de doces, e todos aqueles abomináveis preparativos do casamento, lero-lero sobre o apartamento, o quarto de dormir, as camas, os roupões e chambres, as roupas de baixo e toaletes. Veja se o senhor entende: quando se casam conforme o *Domostrói*, como disse aquele velho, todos os edredons e roupas de cama são apenas detalhes que acompanham o mistério. Todavia em nosso meio, onde nem sequer um em cada dez noivos acredita nesse mistério ou, pelo menos, vislumbra no que está fazendo certa obrigação moral, onde nem sequer um em cada cem homens não foi antes casado, onde nem sequer um em cada cinquenta homens não se prepara, de antemão, para trair a sua esposa em toda ocasião favorável, onde a maioria toma sua ida à igreja apenas por uma especial condição de posse de dada mulher... pense que significado terrível adquirem, em nosso meio, todos aqueles detalhes. Então, o negócio consiste só nisso. Então, é uma espécie de venda. Uma moça inocente é vendida a um libertino, e essa venda é acompanhada de certas formalidades."

---

enganado os deuses, foi condenado a um eterno suplício póstumo: carregar uma enorme pedra até o cume de uma montanha, sendo que, cada vez que ele se aproximava deste, a pedra rolava de volta até o sopé da montanha.

XI

— Casei-me como todo mundo se casa, e começou a famigerada lua de mel. O nome, por si só, já é uma vileza! — murmurou ele com raiva. — Um dia estava andando, em Paris, de espetáculo em espetáculo e fui ver, atraído pelo cartaz, uma mulher barbuda e um cachorro aquático. De fato, não era nada além de um homem de vestido decotado e um cachorro enfiado numa pele de morsa que nadava numa banheira. Era tudo muito sem graça, mas, quando eu saía, o demonstrador me acompanhava respeitosamente e, dirigindo-se ao público que estava à entrada, dizia a apontar para mim: "Perguntem a esse senhor se vale a pena verem. Entrem, entrem: um franco por pessoa!". Eu ficaria envergonhado, se dissesse que não valia a pena ver aquilo, e o demonstrador contava, sem dúvida, com isso. É provável que o mesmo aconteça a quem vivenciou toda a abominação da lua de mel e não decepciona os outros. Eu tampouco decepcionei a quem quer que fosse, mas agora não vejo motivos para ocultar a verdade. Até mesmo acho que é necessário dizer a verdade sobre aquilo. Foi algo desastrado, vergonhoso, asqueroso, lamentável e, o principal, enfadonho, insuportavelmente enfadonho! Foi algo parecido àquilo que eu tinha experimentado enquanto aprendia a fumar, sentindo ânsias de vômito e soltando a baba que engolia a fingir que estava bem à vontade. O prazer de fumar, assim como o prazer daquilo, vem depois, se vier: é preciso que os cônjuges desenvolvam aquele vício para ele se tornar prazeroso.

— Como assim: vício? — perguntei eu. — Pois o senhor está falando da mais natural qualidade humana.

— Natural? — disse ele. — Natural? Não, digo-lhe o contrário: cheguei à conclusão de que aquilo não é...

natural. Não é... natural em absoluto. Pergunte às crianças, pergunte a uma moça não corrompida. Minha irmã se casou, muito nova ainda, com um homem duas vezes mais velho e depravado. Lembro como ficamos perplexos, na noite de núpcias, quando ela, toda pálida e chorosa, fugiu do marido e disse, tremendo-lhe todo o corpo, que em caso algum, de maneira nenhuma, conseguiria nem mesmo dizer o que ele queria dela. O senhor diz que é natural! É natural comer. Comer é prazenteiro, fácil, agradável e, desde o começo, não causa vergonha, enquanto aquilo ali é asqueroso e vergonhoso e doloroso. Não é natural, não! Fiquei convencido de que uma moça cândida sempre detesta aquilo.

– Mas como... – comecei eu –, como continuaria o gênero humano?

– Ah, sim, tomara que não pereça o gênero humano! – respondeu ele com uma ironia maldosa, como se estivesse esperando por essa objeção bem conhecida e falsa. – Pregar a abstenção da procriação para que os lordes ingleses sempre possam empanturrar suas panças, isso se pode. Pregar a abstenção da procriação para que haja mais prazer, isso também se pode, mas aludir tão somente à abstenção da procriação em nome da moral... Gente do céu, quanta gritaria: o gênero humano vai acabar porque umas dezenas de homens querem deixar de ser porcos!. De resto, perdoe-me. Aquela luz me incomoda, podemos tapá-la? – perguntou ele, apontando para a lanterna.

Eu disse que não me importava com isso; então ele se postou, às pressas como costumava fazer qualquer coisa, em cima do seu assento e tapou a lanterna com uma cortina de lã.

– Ainda assim – disse eu –, se todos reconhecessem isso como uma lei, o gênero humano pereceria.

Ele demorou a responder.

– O senhor questiona como vai continuar o gênero humano? – indagou, sentando-se outra vez em minha frente, afastando muito as pernas e apoiando nelas seus cotovelos. – E para que continuaria esse gênero humano? – acrescentou, curvado.

– Como assim: para quê? Nesse caso, nós dois não existiríamos.

– E para que nós existiríamos?

– Mas como assim? Para viver.

– E viveríamos para quê? Se não houver nenhum objetivo, se a vida nos é dada apenas para existirmos, então não há para que viver. E, se for assim, então Schopenhauers, Hartmanns[18] e todos aqueles budistas têm toda a razão. E se houver, nesta vida, algum objetivo, está bem claro que a vida deve acabar quando o tal objetivo for alcançado. Isso mesmo é que acontece – ele falava com uma emoção perceptível, decerto valorizando muito a sua ideia. – Isso mesmo é que acontece. Preste atenção: se o objetivo da humanidade consiste em alcançar a felicidade, o bem, o amor... como o senhor preferir; se o objetivo da humanidade é aquele expresso nas profecias, o de todos os humanos se unirem pelo amor, de fazerem foices das lanças[19] e assim por diante, então o que é que impede de alcançar esse objetivo? São as paixões que impedem. A mais forte e malvada e obstinada dessas paixões é o amor

---

[18] O autor se refere a Arthur Schopenhauer (1788-1860) e Karl Robert Eduard von Hartmann (1842-1906), filósofos alemães cujas doutrinas se caracterizam pelo seu profundo pessimismo e pela descrença na possibilidade de os humanos serem felizes.

[19] Alusão à passagem bíblica: "Então Ele julgará as nações e será o árbitro de povos numerosos. Das espadas fabricarão enxadas, e das lanças farão foices. Nenhuma nação pegará em armas contra outra, e ninguém mais vai treinar-se para a guerra" (Isaías, 2: 4).

sensual, carnal, e portanto, se as paixões forem extintas, inclusive a última dentre elas e a mais forte – o amor carnal, a profecia será cumprida, os humanos se unirão, o objetivo da humanidade será alcançado, e ela não terá mais para que viver. Todavia, enquanto a humanidade continuar vivendo, terá o seu ideal e, bem entendido, não aquele ideal dos coelhos ou porcos, o de procriar na maior proporção possível, nem aquele dos macacos ou parisienses, o de aproveitar os prazeres da paixão sexual da maneira mais requintada que houver, mas o ideal do bem que se alcança com a abstinência e a pureza. Os humanos sempre visaram e visam esse ideal. E veja só o que acontece.

"Acontece que o amor carnal é uma válvula de escape. Se a geração atual da humanidade não alcançou o objetivo, ela não o alcançou apenas por ter várias paixões, inclusive a mais forte de todas, a sexual. E, desde que existam a paixão sexual e a nova geração da humanidade, existe a possibilidade de alcançar o objetivo nessa próxima geração. Se ela tampouco o alcançar, haverá outra geração e assim por diante, até que o objetivo seja alcançado, até que a profecia seja cumprida e os humanos cheguem à sua união. Senão aconteceria o quê? Admitamos que Deus tenha criado os humanos para alcançarem certo objetivo e que os tenha criado ou mortais, sem essa paixão sexual, ou eternos. Se eles fossem mortais, mas sem a paixão sexual, aconteceria o quê? Eles teriam vivido um tanto e morrido sem ter alcançado o seu objetivo; então, para alcançá-lo, Deus precisaria criar novos humanos. E, se eles fossem eternos, suponhamos (embora seja mais difícil as mesmas pessoas corrigirem seus erros e aproximarem-se da perfeição do que as gerações novas)... suponhamos que venham a alcançar, ao cabo de muitos milênios, o objetivo, mas para que eles próprios servirão em tal caso? Onde se meterão? A situação existente é, assim sendo, a melhor de todas... Talvez o senhor não goste dessa forma de expressão, talvez seja evolucionista? Pois nesse caso acontece o mesmo. A raça superior dos animais é a raça humana, e, para suportar a luta com outros animais, ela não deveria procriar infinitamente, mas, sim, adensar-se como uma colmeia, deveria criar, a exemplo das abelhas, seres assexuados, ou seja, aspirar, de igual modo, à abstinência e, em hipótese alguma, àquele atiçamento da luxúria para o qual se volta toda a estrutura de nossa vida." – Ele se calou por um tempo. – "O gênero humano vai perecer? Será que alguém, seja qual for a sua visão de mundo, pode duvidar disso? Pois isso é tão indubitável como a morte. Pois, de acordo com todas as doutrinas religiosas, o mundo acabará, e todas as doutrinas científicas também afirmam que não se pode evitá-lo. E, se a doutrina moral sustenta o mesmo, o que há de estranho nisso?"

Ditas essas palavras, ele ficou calado por muito tempo, bebeu mais chá, terminou de fumar seu cigarro e, tirando do saco outros cigarros, colocou-os em sua cigarreira velha e suja.

– Eu compreendo a sua ideia – disse eu. – Os *shakers*[20] afirmam algo semelhante.

– Sim, sim, e eles têm razão – respondeu ele. – A paixão sexual, seja qual for seu disfarce, é um mal, um tétrico mal que precisamos combater, em vez de estimulá-lo como fazemos. As palavras do Evangelho de que "todo aquele que olha para uma mulher e deseja possuí-la já cometeu adultério com ela no coração" não se referem

---

[20] Seita religiosa norte-americana, cujos membros pregavam o celibato alegando que "Cristo não se casou e não pode haver Cristo casado".

apenas às mulheres de outrem, mas justamente — e antes de tudo — à nossa mulher.

XII

— Mas em nosso mundo ocorre exatamente o contrário: se a gente ainda pensa na abstinência antes que se case, após o casamento qualquer um acha que não precisa mais dela. Pois aquelas viagens dos recém-casados, retiros aonde eles vão com a permissão de seus pais, aquilo nada mais é que uma licença para a libertinagem. No entanto, a lei moral, quando infringida, vinga-se *per se*. Por mais esforços que eu fizesse para melhorar a minha lua de mel, não conseguia nada: sentia, o tempo todo, asco, vergonha e tédio. E, pouco depois, passei a sentir também uma aflição dolorosa. Aquilo começou logo. Foi no terceiro ou no quarto dia, parece, que encontrei minha mulher triste e fui perguntando pelos motivos, abracei-a, o que seria, a meu ver, tudo quanto ela pudesse desejar, mas ela afastou a minha mão e desandou a chorar. Por quê? Ela não soube responder. Contudo, estava entristecida, aflita. Seus nervos extenuados lhe teriam insinuado a verdade sobre a torpeza de nossas relações, mas ela não sabia expressar isso. Comecei a interrogá-la; ela respondeu algo, disse que sentia saudades da sua mãe. Achei que não era verdade. Tentei consolá-la, sem falar a respeito da mãe. Não entendera que minha mulher estava simplesmente aflita e que sua mãe não passava de um pretexto. E ela ficou magoada, de imediato, como se eu não falasse de sua mãe por não acreditar em suas falas. Disse-me perceber que eu não a amava. Acusei-a de birrenta e, num rompante, seu rosto se alterou por completo, exprimindo irritação em vez de tristeza, e ela se pôs a tachar-me, nos termos mais virulentos, de egoísta e cruel. Olhei para ela. Todo o seu rosto exprimia frieza e hostilidade absolutas, quase ódio por mim. Lembro como me assustei ao vê-lo. "Como? O que é isso?" – pensei. "O amor é uma união das almas, mas eis o que acontece em vez disso! Não pode ser, não é ela!" Procurei abrandá-la, porém me deparei com um muro tão insuperável de hostilidade fria e virulenta que fiquei, num piscar de olhos, possuído pela mesma irritação, de sorte que nós nos dissemos então montes de coisas desagradáveis. A impressão dessa primeira briga foi horrível. Chamei aquilo de briga, mas não era uma briga e, sim, o descobrimento daquele abismo que se encontrava, na realidade, entre nós dois. A paixão foi exaurida com a satisfação da sensualidade, e nós nos vimos, um defronte do outro, em nossa verídica relação mútua, ou seja, como dois egoístas totalmente alheios um ao outro que desejavam extrair um do outro o maior prazer possível. Chamei de briga aquilo que ocorrera entre nós; todavia, não fora nenhuma briga, mas tão somente a nossa verídica relação mútua que se revelara com a cessação da sensualidade. Não entendia ainda que aquela relação fria e hostil era nossa relação normal, não entendia porque, a princípio, a hostilidade ficara logo dissimulada pela sensualidade destilatória que viera outra vez à tona, quer dizer, pela paixão.

"Pensei que tínhamos brigado e feito as pazes, e que aquilo não voltaria a acontecer. Entretanto, no decorrer da nossa lua de mel, veio sem demora um novo período de saciação, e nós deixamos novamente de ser necessários um ao outro e tivemos outra briga. Essa segunda briga me causou ainda mais dor que a primeira. Pois a primeira não era uma casualidade, pensei eu, mas devia acontecer mesmo e havia de se repetir no futuro. A segunda briga doeu-me ainda mais por ter surgido pelo motivo mais incrível. Foi algo relacionado ao dinheiro que nunca recusara e, de maneira alguma, poderia recusar à minha mulher. Lembro apenas que ela transformou o assunto de modo que uma objeção minha se tornou a expressão de minha vontade de dominá-la por meio do dinheiro em que eu fundamentava o meu suposto direito exclusivo: algo impossível, estúpido, baixo, algo que não era próprio de mim nem dela mesma. Fiquei irritado, comecei a acusá-la de indelicada, ela foi revidando, e tudo aconteceu de novo. Tanto nas palavras, quanto na expressão do semblante e dos olhos dela, eu vi a mesma hostilidade cruel e fria que tanto me impressionara antes. Lembro-me de ter brigado com meu irmão, com meus amigos, com meu pai, mas nunca surgira entre nós aquela fúria peculiar, venenosa, que surgiu lá. Contudo, passou-se mais algum tempo e nosso ódio mútuo se escondeu novamente sob a paixão, quer dizer, sob a sensualidade, e eu ainda me consolei em pensar que ambas as brigas teriam sido erros passíveis de correção. Mas eis que sucedeu a terceira, depois a quarta briga; eu compreendi que não era uma casualidade, que devia ser e seria assim, e fiquei apavorado com o que estava por vir. Atormentava-me, outrossim, o pensamento horrendo de que só eu vivia com minha mulher desse modo perverso, contrário às minhas expectativas, enquanto nada disso ocorria aos outros casais. Ainda não sabia que era o destino de todos, mas que todos pensavam, iguais a mim, ser a sua desgraça particular e ocultavam essa desgraça exclusiva e vergonhosa não apenas dos outros como também de si mesmos, não a reconheciam no íntimo.

Aquilo começou logo nos primeiros dias, durante o tempo todo, crescendo e exacerbando-se sem parar. Desde as primeiras semanas, eu sentia, cá no fundo da alma, que me *tinham apanhado*, que não se realizara aquilo que se esperava, que o casamento não só não trazia felicidade, mas, pelo contrário, era algo muito penoso, porém não queria, igual a todos, reconhecê-lo (não o reconheceria nem hoje, se o fim não tivesse sido tão trágico) e ocultava-o não apenas dos outros como também de mim mesmo. Fico pasmado agora de não me ter dado conta da minha situação real. Poderia divisá-la, com toda a clareza, somente porque nossas brigas começavam por tais motivos que não se podia depois, quando elas terminavam, recordar por que haviam começado. O juízo não tinha tempo de forjar argumentos que fossem suficientes para sustentar a nossa contínua hostilidade mútua. Todavia, a precariedade dos pretextos que usávamos para a reconciliação era mais pasmosa ainda. Vinham, por vezes, palavras, explicações, até mesmo choros, mas outras vezes... Oh, sinto asco em relembrá-lo ainda hoje!... Após as palavras mais cruas que dirigíamos um ao outro, surgiam, de súbito, aqueles olhares, sorrisos, beijos, abraços silenciosos... Arre, que nojo! Como podia desperceber então essa vilania?"

XIII

Dois passageiros entraram e foram sentar-se num banco distante. Pózdnychev estava calado, enquanto eles se acomodavam, mas, tão logo ficaram quietos, voltou a contar, decerto sem ter perdido, nem por um só minuto, o fio da meada:

– E o principal, o que dá mais asco? – começou ele. – Supõe-se, em teoria, que o amor seja algo ideal, sublime, mas, em prática, o amor é algo nojento, uma porcaria da qual é asqueroso e vergonhoso falar e lembrar-se. Por certo, não foi à toa que a natureza o tornou asqueroso e vergonhoso. E, sendo ele asqueroso e vergonhoso, deve ser entendido como tal. Mas os humanos, pelo contrário, fazem de conta que o asqueroso e vergonhoso é belo e sublime. Como foram os primeiros indícios do meu amor? Entregar-me aos excessos animalescos e não apenas não me envergonhar deles, mas me orgulhar, por alguma razão, da factibilidade desses excessos físicos, sem me preocupar, nem sequer um pouco, não só com a vida espiritual, mas até mesmo com a vida física de minha mulher. Pensava, espantado, nas origens de nossa raiva recíproca; todavia, elas estavam bem claras: aquela raiva nada mais era que o protesto da natureza humana contra o princípio animalesco que a oprimia.

"Andava espantado com nosso ódio recíproco. Entretanto, não havia outra maneira de convivermos. Aquele ódio nada mais era que o ódio recíproco dos cúmplices de um crime, fossem eles instigadores ou participantes. E como não seria um crime, se ela, coitada, engravidou logo no primeiro mês e nossa relação de porcos seguiu adiante? O senhor acha que faço uma digressão? De jeito nenhum! Conto-lhe tão somente como assassinei a minha mulher. Perguntaram-me no tribunal com que arma e de que modo a tinha assassinado. Bobalhões! Eles pensam que a matei então com uma faca, no dia 5 de outubro. Não foi então que a matei, foi bem antes. Do mesmo modo que eles todos matam agora, todos, todos..."

– Mas de que modo? – perguntei eu.

– Isso é que espantoso, é que ninguém quer saber o que está tão claro e evidente, o que os doutores devem saber e divulgar, em vez de ocultar como eles fazem. É que tudo está simplicíssimo. O homem e a mulher são feitos como animais, de modo que, após o amor carnal, começa a gravidez e depois a amamentação, os estados em que o amor carnal está nocivo tanto para a mulher quanto para o seu bebê. A quantidade de mulheres equivale à de homens. O que se deduz disso? Parece bem claro. E não precisamos de muita sabedoria para chegar à mesma conclusão que fazem os animais, ou seja, à abstinência. Mas não. A ciência acabou descobrindo os chamados leucócitos que correm no sangue e várias bobagens inúteis, mas não conseguiu entender isso. Ao menos, não a ouvimos falar a respeito.

"A mulher só tem, pois, duas opções: uma delas consiste em mutilar a si mesma, em destruir, de uma vez ou aos poucos, na medida do necessário, a sua capacidade de ser mulher, isto é, mãe, para que o homem possa deliciar-se tranquila e constantemente; a outra opção é aquela simples, bruta e direta infração das leis naturais, perpetrada em todas as ditas famílias honestas, que nem sequer uma opção é, quando a mulher deve ser, em detrimento da sua natureza, genitora e ama de leite e amante ao mesmo tempo, deve ser aquilo que nenhum animal aguentaria ser. Aliás, nem teria forças para isso, portanto há, em nosso meio, tantas mulheres histéricas e nervosas, e no meio do povo, tantas possessas. Note-se que as moças imaculadas não sofrem de possessão, mas tão só as mulheres, notadamente aquelas que vivem com seus maridos. Isso se dá em nosso país. O mesmo se dá na Europa. Todos os hospitais estão cheios de mulheres histéricas que infringem a lei natural. Pois as possessas e pacientes de Charcot[21]

---

[21] Jean-Martin Charcot (1825-1893): médico e pesquisador francês, um dos fundadores da neurologia moderna e precursores da psicopatologia, cujos estudos da histeria e outras moléstias nervosas são considerados clássicos.

são totalmente doentes, e todas aquelas adoentadas transbordam o mundo. Pensemos apenas que grande processo se efetua numa mulher que acaba de engravidar ou está amamentando um recém-nascido: cresce aquilo que nos dará continuação, que nos substituirá. E o que é que infringe essa causa sagrada? É terrível até pensar nisso! E ainda se fala da liberdade, dos direitos femininos. Seria a mesma coisa se os canibais alimentassem seus prisioneiros para comê-los e assegurassem, ao mesmo tempo, que cuidam dos seus direitos e da sua liberdade."

Tudo isso era bem novo e deixou-me perplexo.

— O que fazer, pois? Se for assim — disse eu —, só se pode amar a mulher uma vez a cada dois anos, e o homem...

— O homem está precisando — terminou ele. — Foram outra vez os queridos sacerdotes da ciência que convenceram a todos. Eu cá obrigaria aqueles magos a cumprir o ofício das mulheres que, na opinião deles, são necessárias aos homens. O que eles diriam então? Convença um homem de que ele precisa de vodca, tabaco, ópio, e ele vai precisar disso tudo. Deus, pois, não entendia o que era preciso e, portanto, sem ter consultado os magos, fez uma obra de fancaria. Digne-se só a ver como o negócio está malfeito. O homem precisa e necessita, conforme eles decidiram, satisfazer a sua luxúria, porém se meteram no meio a procriação e a amamentação dos filhos, que atrapalham a satisfação dessa necessidade básica. O que fazer, hein? Recorrer aos magos para que arrumem tudo. E eles arrumaram. Oh, quando é que serão desmascarados aqueles magos com suas mentiras? Está na hora! Eis aonde chegamos: a gente enlouquece e dá tiro na testa, e tudo por causa daquilo. E como não seria assim? Os animais como que sabem que a prole continua seu gênero e seguem, nesse sentido, determinada lei. Apenas o homem não sabe nem quer saber disso. Só se preocupa em receber o maior prazer possível. E quem é ele? O rei da natureza, o homem. Note-se que os animais se acasalam apenas quando podem gerar filhotes, e esse nojento rei da natureza, em qualquer momento, contanto que tenha prazer. E, ainda por cima, transforma tal ocupação de macaco no ápice da criação, no amor. E destrói, em nome desse amor, quer dizer, dessa sua torpeza, o quê? Metade do gênero humano. De todas as mulheres, que deveriam ser suas ajudantes no caminhar dos humanos rumo à verdade e ao bem, ele faz, em nome de seu prazer, inimigas e não ajudantes. Veja quem freia, por toda a parte, o progresso da humanidade. As mulheres. E por que elas são assim? Apenas por causa daquilo. Sim, siim – repetiu ele diversas vezes e começou a remexer-se, a tirar seus cigarros e a fumar, decerto querendo acalmar-se um pouco.

XIV

– Vivia, então, como um porco daqueles – retomou ele o seu tom de antes. – Mas o pior é que, levando aquela vida asquerosa, eu imaginava que, porquanto não me engraçava com outras mulheres, levava uma honesta vida conjugal, era um homem decente e não tinha culpa de nada, e que, se havia brigas em nossa família, a culpa era de minha mulher e da sua índole.

"Quem tinha culpa não era, bem entendido, ela. Minha mulher era igual a todas as outras, à maioria. Fora educada segundo exige a condição feminina em nossa sociedade, ou seja, como são educadas, sem exceção, todas as mulheres das classes abastadas e como elas não podem deixar de ser educadas. Fala-se por aí de uma nova educação para mulheres. Mas tudo isso é uma falácia: a educação feminina é justamente como deve ser em virtude da existente — não falsa, mas verdadeira — visão geral da mulher.

E a educação da mulher sempre corresponderá à sua imagem aos olhos do homem. É que nós todos sabemos como o homem vê a mulher: *Wein, Weib und Gesang*,[22] e assim os poetas dizem em seus versos. Tome como exemplo toda a poesia, toda a pintura e escultura, a começar pelos poemas de amor e por aquelas Vênus e Frineia nuas, e logo verá que a mulher é um instrumento do prazer: ela é a mesma 'na Trubá e na Gratchiovka'[23] e num baile da corte. E note a astúcia do diabo: pois bem, o prazer, a delícia... Então deveriam vê-la apenas como uma delícia, saber que a mulher é um naco doce. Mas não: a princípio, os cavalheiros asseveravam que veneravam a mulher (veneravam, sim, mas, não obstante, consideravam-na um instrumento do prazer). Agora já asseveram que respeitam a mulher. Uns lhe cedem o assento, apanham seus lenços do chão; os outros reconhecem o seu direito de exercer quaisquer cargos, de participar do governo, etc. Fazem tudo isso, mas a imagem dela continua a mesma. Ela é um instrumento do prazer. Seu corpo é um meio do prazer. E ela sabe disso. É a mesma coisa que a escravidão. Pois a escravidão nada mais é que o uso por umas pessoas do trabalho forçado das outras. Portanto, para que não haja mais escravidão, é preciso que as pessoas deixem de querer usar o trabalho forçado de outrem, que passem a considerar isso como um pecado ou um vexame. Entretanto, elas

---

[22] *Vinho, mulher e canção* (em alemão), alusão ao título de uma valsa de Johann Strauss (1825-1899), bem popular na época descrita.
[23] O autor tem em vista os numerosos bordéis situados, na época de Tolstói, na praça Trúbnaia (vulgo "Trubá") e na rua Gratchiovka, em Moscou.

suprimem a forma externa da escravidão, fazendo que não se possa mais legalizar a compra de escravos, e imaginam e asseguram a si mesmas que a escravidão já não existe, porém não percebem nem querem perceber que a escravidão persiste, porque as pessoas gostam, como dantes, de usufruir do trabalho de outrem e acham que isso é bom e justo. E, como se acha que isso é bom, sempre há pessoas mais fortes ou mais astutas que as outras, capazes de fazer isso. O mesmo se refere à emancipação da mulher. Pois a escravidão da mulher consiste apenas em os homens desejarem usá-la como um instrumento do prazer e acharem que isso é muito bom. Libertam, então, a mulher, concedem-lhe vários direitos, iguais aos do homem, mas continuam a considerá-la um instrumento do prazer e educam-na, dessa forma, na infância e por meio da opinião pública. E ela continua sendo a mesma escrava humilhada e corrompida, e o homem continua sendo o mesmo escravocrata depravado.

Libertam a mulher nos cursos e nas câmaras,[24] porém a consideram um objeto do prazer. Ensinem-na, como se ensina em nossas plagas, a ver desse modo a si mesma, e ela sempre será uma criatura inferior. Ou vai prevenir a concepção com a ajuda dos doutores canalhas, transformando-se plenamente numa prostituta que não desce mais ao nível de um animal e, sim, ao nível de um objeto, ou então será aquilo que é na maior parte dos casos: uma criatura mentalmente doente, histérica, infeliz, como as mulheres o são de fato, e sem a possibilidade de desenvolvimento espiritual.

---

[24] Trata-se do sistema de instrução pública para mulheres, implantado, em forma de diversos cursos superiores, em São Petersburgo, Moscou, Kiev e outras grandes cidades do Império Russo a partir de 1869.

Os ginásios e cursos não podem mudar isso. Só pode mudar isso a mudança de visão das mulheres por parte dos homens e daquela visão que as mulheres têm delas mesmas. Isso mudará apenas quando a mulher passar a considerar a situação da virgem como uma situação suprema, deixando de ver, como hoje, na situação suprema do ser humano uma vergonha, um opróbrio. Enquanto não houver nada disso, o ideal de qualquer moça, seja qual for a educação dela, consistirá, todavia, em atrair o maior número possível de homens, a maior quantidade possível de machos, para ter a possibilidade de escolha.

E, se uma moça entende mais de matemática e outra moça sabe tocar harpa, isso não mudará nada. A mulher fica feliz e consegue tudo o que possa desejar quando seduz um homem. Portanto, a principal tarefa da mulher é saber seduzi-lo. Assim foi e será. Assim se faz na vida da moça solteira, em nosso mundo, assim continua na vida da mulher casada. A moça solteira precisa disso para escolher o marido; a mulher casada, para dominá-lo.

A única coisa que faz isso cessar ou, ao menos, parar por um tempo são os filhos, contanto que a mulher não seja mutilada, ou seja, que amamente seu filho. Mas aí vêm de novo os doutores. Minha esposa, que queria amamentar e amamentaria os cinco filhos posteriores, ficou indisposta com o nascimento de nosso primogênito. Aqueles doutores que a despiam, cinicamente, e a apalpavam por toda parte, e a quem me cumpria agradecer e pagar o serviço... Aqueles queridos doutores acharam que ela não devia amamentar, e minha esposa ficou, nos primeiros tempos, privada do único meio que poderia livrá-la do coquetismo. Quem amamentou foi uma ama de leite, quer dizer, nós aproveitamos a pobreza, a penúria e a ignorância daquela mulher, afastamo-la do seu bebê para que alimentasse o nosso e demos-lhe, por isso, um *kokóchnik*[25] com galões. Aliás, o problema não é esse. O problema é que, nesse exato momento de sua libertação da gravidez e da amamentação, a coquetice feminina, antes adormecida, revelou-se em minha esposa com força particular. E, consequentemente, revelou-se em mim mesmo, também com força particular, o sofrimento de ciúmes que me afligia, sem parar, ao longo de toda a minha vida conjugal, pois ele não pode deixar de afligir todos aqueles maridos que vivem com as suas mulheres como eu vivia com a minha, isto é, de modo amoral."

XV

— Durante toda a minha vida conjugal, nunca deixei de sentir esse sofrimento de ciúmes. Contudo, havia períodos em que padecia sobremaneira dele. E um de tais períodos foi aquele em que, nascido o primeiro filho, os doutores proibiram minha mulher de amamentá-lo. Eu andava especialmente ciumento naquela ocasião: primeiro, porque ela experimentava a ansiedade própria das mães, que deve provocar a violação imotivada do curso normal da vida; segundo, porque, vendo com quanta facilidade ela rechaçara a obrigação moral de mãe, concluí — de modo correto, embora inconsciente — que rechaçaria a obrigação de esposa com a mesma facilidade, ainda mais que ela estava perfeitamente saudável e, apesar da proibição dos queridos doutores, ia amamentar os filhos posteriores e amamentá-los muito bem.

---

[25] Enfeite para a cabeça, espécie de diadema arredondado, que as mulheres russas usavam em tempos antigos.

— Mas o senhor não gosta de doutores — disse eu, percebendo que sua voz se tornava notavelmente maldosa cada vez que ele apenas os mencionava.

— Aqui não se trata de gostar ou não gostar de doutores. Eles destruíram a minha vida, assim como têm destruído a vida de milhares, de centenas de milhares de pessoas, e eu cá não posso deixar de ligar as consequências à causa. Entendo que eles querem, bem como os advogados e outros, ganhar dinheiro, e eu lhes entregaria, com todo o gosto, metade da minha renda, e qualquer um lhes entregaria com todo o gosto, se entendesse o que estão fazendo, metade dos seus bens, apenas para que não se metessem em nossa vida familiar, para que nunca se aproximassem da gente. Não procurei pelos dados, mas conheço dezenas de casos (eles são muitíssimos) em que os doutores mataram um bebê na barriga da mãe, alegando que ela não podia dar à luz (e mais tarde a mãe daria, otimamente, à luz outro filho), ou então a própria mãe a pretexto de alguma intervenção cirúrgica. Pois ninguém conta esses assassinatos, como ninguém contava os assassinatos da inquisição, supondo-se que eles servissem para o bem da humanidade. Não se calculam os crimes cometidos pelos doutores. Mas todos aqueles crimes não são nada, se comparados à corrupção moral do materialismo que eles trazem ao mundo e, sobretudo, por meio das mulheres.

"Nem digo que, se a gente seguisse seus conselhos, os humanos não deveriam tender, por causa das infecções presentes por toda a parte e em tudo, à união, mas, sim, à desunião: todos deveriam, conforme a sua doutrina, ficar longe um do outro e não tirar da boca aquela seringa de borracha com ácido carbólico (aliás, descobriram que nem ela presta). Mas isso também é suportável. O veneno maior é a corrupção das pessoas, em especial das mulheres.

Não se pode mais dizer hoje: 'Tu vives mal, vive melhor', não se pode dizê-lo a si próprio nem a outra pessoa. E, se vives mal, a causa reside na anormalidade das tuas funções nervosas, etc. Cumpre-te ir aos médicos, e eles te prescreverão um remédio, que custa trinta e cinco copeques[26] na farmácia, e digna-te a tomá-lo. Então te sentirás pior ainda, daí mais remédios e mais doutores. Que coisa boa!

Mas não se trata disso. Acabei de dizer que minha esposa amamentava perfeitamente os filhos e que apenas a gravidez e a amamentação me salvavam do meu sofrimento de ciúmes. Não fossem elas, tudo teria acontecido mais cedo. Os filhos nos salvavam, a mim e a ela. Em oito anos ela deu à luz cinco filhos. E alimentou-os, a todos, pessoalmente."

— Onde estão eles agora, seus filhos? — perguntei eu.

— Meus filhos? — replicou ele com susto.

— Desculpe-me, talvez o senhor sinta dor em lembrar?

— Não, nada. Foram a minha cunhada e seu irmão que levaram meus filhos. Não os entregaram a mim. Dei-lhes a minha fortuna, e eles não me entregaram meus filhos. É que sou uma espécie de louco. Volto agora da casa deles. Vi meus filhos, mas não os entregarão a mim. Senão os educarei de maneira que eles não sejam iguais aos seus pais. E cumpre-lhes ser iguais. Pois bem, fazer o quê? Está claro que não os entregarão a mim nem me darão confiança. De resto, nem eu mesmo sei se teria forças para educá-los. Creio que não. Sou uma ruína, um aleijado. Há só uma coisa cá dentro. Eu sei. Sim, o certo é que eu sei o que todo o mundo demorará a saber.

"Sim, meus filhos são vivos e crescem, os mesmos bárbaros que todos ao seu redor. Vi-os, vi-os três vezes.

---

[26] Moeda russa, uma centésima parte do rublo.

Não posso fazer nada por eles. Nada. Vou agora à minha casa, lá no Sul. Tenho uma casinha e um pequeno pomar lá.

Sim, os humanos demorarão a saber o que eu sei. Se há muito ferro e de que metais se compõem o sol e as estrelas, chega-se rápido a saber isso, mas o que condena a nossa infâmia, é difícil, extremamente difícil sabê-lo...

O senhor me escuta, ao menos, por isso lhe fico grato."

XVI

— O senhor me lembrou, pois, dos filhos. Que horríveis mentiras surgem, por sua vez, a respeito dos filhos. Eles são a bênção divina, eles são nossa alegria. Mas tudo isso é mentira. Tudo isso existiu em tempos idos, mas agora não há nada disso. Os filhos são um sofrimento e nada mais. A maioria das mães percebe isso e, vez por outra, fala nisso abertamente, embora sem querer. Pergunte à maioria das mães de nosso meio da gente abastada, e elas dirão ao senhor que não querem ter filhos por medo de que eles adoeçam e morram, que não querem amamentá-los, desde que nascidos, para não se apegar a eles e não sofrer depois. A alegria que lhes proporciona a graça de uma criança, daqueles bracinhos, perninhas e todo o corpinho, o prazer que lhes dá uma criança, são menores que o sofrimento por elas aturado, sem falarmos na doença ou perda do filho e não apenas no medo da possível doença e morte. Ao ponderar as vantagens e desvantagens, fica claro que não é vantajoso e, portanto, não é desejável ter filhos. As mulheres dizem isso aberta e corajosamente, imaginando que tais sentimentos são gerados por seu amor pelos filhos, pela emoção boa e louvável de que elas se orgulham. Não percebem que com esse raciocínio negam diretamente o amor e afirmam apenas o seu egoísmo. Menos se alegram com a graça de uma criança do que sofrem com medo por ela e, por conseguinte, não querem ter aquele filho que vão amar. Não se sacrificam pela criatura amada, mas sacrificam aquele que venha a sê-la por elas mesmas.

"Está claro que não é o amor e, sim, o egoísmo. Contudo, a gente não se atreve a condenar esse egoísmo das mães de famílias abastadas, só por lembrar tudo o que elas sofrem, graças àqueles mesmos doutores em nossa vida senhoril, pela saúde dos filhos. Tão logo me lembro, mesmo agora, da vida e do estado de minha mulher nos primeiros tempos, quando tínhamos três, quatro filhos, e ela se dedicava inteiramente a eles, sinto-me apavorado. Não era uma vida conjugal. Era um constante perigo, depois uma salvação, a seguir um novo perigo e, outra vez, nossos esforços desesperados e, novamente, a salvação – era, o tempo todo, a situação de um navio prestes a naufragar. Parecia-me, às vezes, que aquilo se fazia de propósito, que ela fingia cuidar dos filhos para me vencer a mim. Assim, de maneira simples e atraente, é que aquilo resolvia todas as questões em favor dela. Parecia-me, às vezes, que tudo quanto ela fazia e dizia em tais ocasiões era feito e dito adrede. Mas não: ela mesma se afligia e se torturava, constante e terrivelmente, por causa dos filhos, de sua saúde e de suas doenças. Era um suplício para ela e para mim também. E ela não podia deixar de sofrer. É que possuía, igual à maioria das mulheres, o apego aos filhos, a necessidade animal de alimentá-los, mimá-los, protegê-los, porém não tinha aquilo que têm os animais: não lhe faltavam imaginação nem raciocínio. Uma galinha não tem medo daquilo que pode acontecer ao seu pintinho, desconhece todas aquelas doenças que podem acometê-lo, bem como todos aqueles meios que os humanos pretendem capazes de salvar das doenças e da morte. E para ela, para a galinha, os filhos não são um suplício. Ela faz por seus pintinhos o que lhe é peculiar e prazeroso fazer; os filhos são uma alegria para ela. E quando um dos pintinhos adoece, os cuidados da galinha são muito concretos: ela o aquece, dá-lhe comida. Fazendo isso, a galinha sabe que faz todo o necessário. Quando o pintinho morre, ela não se pergunta por que seu filho morreu, para onde foi, mas apenas cacareja um pouco, depois se aquieta e continua vivendo como dantes. Mas, para nossas infelizes mulheres e para minha esposa, era outra coisa. Sem falar em doenças e em como tratá-las, ela ouvia, de todos os lados, e lia sem parar as mais diversas e sempre modificadas regras da puericultura. Alimentar assim, com tal comida; não, com outra comida, e não assim, mas assado... Roupa, bebida, banho, sono, passeio, ar — para tudo isso nós dois, sobretudo ela, descobríamos, toda semana, regras inéditas. Como se os filhos tivessem começado a nascer só ontem! E, se não alimentar direito, se der banho errado, fora de hora, então a criança adoece, e quem tem culpa disso é a mãe, porque não fez o que precisava fazer.

Por enquanto, é tão só a saúde que já traz sofrimentos. Mas, se a criança adoece, aí está tudo acabado. Um inferno completo. Supõe-se que a doença possa ser tratada e que haja tal ciência e tais pessoas, os doutores, que sabem como tratá-la. Nem todos, mas os melhores sabem mesmo. E eis que a criança está doente, e cumpre-nos achar o melhor dos doutores, aquele que salva, então a criança escapa da morte; porém, se não acharmos o doutor certo, ou se morarmos num lugar errado, onde não mora o dito doutor, a criança acaba morrendo. E não era a crença exclusiva de minha esposa, mas a de todas as mulheres de nosso meio, ouvindo ela, de todos os lados, a mesma coisa: dois filhos de Yekaterina Semiônovna morreram, porque não chamaram, a tempo, Ivan Zakhárytch; contudo, Ivan Zakhárytch salvou a menina mais velha de Maria Ivânovna; e os Petrov, por exemplo, seguiram o conselho do doutor, levando seus filhos aos hotéis, e seus filhos sobreviveram, mas, se os tivessem deixado em casa, então os filhos teriam morrido; e a Fulana, que tinha um filho doentio, mudou-se, seguindo o conselho do doutor, para o Sul, e salvou o filho. Como a minha esposa não se afligiria nem se inquietaria, a vida inteira, se a vida dos filhos, a quem estava apegada de modo animal, dependia de ela saber, a tempo, o que Ivan Zakhárytch diria a respeito de tal ou tal doença? E ninguém sabia o que diria Ivan Zakhárytch, e ele próprio menos que qualquer um, porquanto sabia muito bem que não sabia de nada nem podia tratar de doença alguma, e não fazia, pois, outra coisa senão aqueles rodeios todos para os pacientes não deixarem de acreditar que ele sabia alguma coisa. Se ela fosse um animal de verdade, então não se afligiria tanto e, se fosse um ser humano de verdade, teria fé em Deus, diria e pensaria o que diz o mulherio crente: 'Deus deu e Deus tomou, não se escapa de Deus'. Pensaria que a vida e a morte de todas as pessoas, inclusive dos seus filhos, estão fora do poder humano, mas pertencem tão só a Deus, e não se afligiria por ter podido prevenir as doenças e a morte dos filhos e não o ter feito. De fato, a situação dela era a seguinte: havia criaturas bem frágeis, débeis e sujeitas a inúmeras calamidades; ela sentia um apego ardente, animal, em relação a essas criaturas, que eram, ademais, confiadas aos seus cuidados; ao mesmo tempo, os meios de preservar essas criaturas permaneciam ocultos para nós, mas familiares para algumas pessoas totalmente estranhas, cujos serviços e conselhos podiam ser adquiridos apenas com muito dinheiro e, ainda assim, nem sempre.

Toda a vida com essas crianças não era, pois, para minha mulher e, consequentemente, para mim, uma alegria e, sim, uma tortura. E como não nos veríamos torturados? Ela se afligia o tempo todo. Tão logo nos acalmamos, por vezes, após um excesso de ciúmes ou uma simples desavença e pensamos em viver um pouquinho, em ler ou refletir, tão logo passamos a fazer algo, de súbito vem a notícia de que Vássia está vomitando ou Macha tem sangue nas fezes ou Andriucha tem erupção pelo corpo, e eis que a vida acaba. Para onde correr, que doutores chamar, onde isolar as crianças? Aí começam os enemas, as febres, as poções e os doutores. Mal isso termina, vem outra coisa. Não tínhamos vida conjugal que fosse firme e regular. Tínhamos, como lhe dissera, aquela salvação permanente dos perigos imaginários e reais. Isso acontece agora na maior parte das famílias, e na minha família acontecia com força singular: minha esposa chegava aos extremos em seu amor pelos filhos e era por demais crédula.

Dessa forma, a presença dos filhos não apenas não melhorava a nossa vida conjugal como a estragava. Além disso, os filhos nos davam um novo pretexto para a discórdia. Desde que tínhamos filhos, e à medida que eles cresciam, os próprios filhos se tornavam, cada vez mais frequentemente, objeto e meio de nossas brigas. Os filhos eram não só o objeto das brigas, mas também uma arma em nossas lutas, como se nós digladiássemos com nossos filhos nas mãos. Tínhamos, cada um, seu filho preferido, arma de nossas pelejas. Eu golpeava mais com Vássia, o filho mais velho, e ela, com Lisa. Além disso, quando os filhos cresceram um pouco e seus caracteres se definiram, eles foram participando de nossas lutas, tomando, como aliados, o partido de um dos pais. Sofriam horrivelmente com isso, coitados, mas nós não tínhamos tempo, em nossa guerra constante, para pensar neles. A menina era minha aliada, e o menino mais velho e parecido com minha mulher, o queridinho dela, amiúde me suscitava ódio."

XVII

— Pois bem, vivíamos dessa maneira. Nossas relações se tornavam cada vez mais hostis. Acabamos chegando ao ponto em que não era mais o desacordo que gerava a hostilidade, mas a hostilidade gerava o desacordo: dissesse ela o que dissesse, eu discordava de antemão, e ela fazia o mesmo.

"No quarto ano da vida conjugal, ficou decidido por ambas as partes, de modo algo espontâneo, que não podíamos entender-nos nem concordar um com o outro. Já deixáramos de tentar atingir um acordo. Tínhamos, cada um, sua opinião particular e inalterável no tocante aos assuntos mais simples, em especial aos nossos filhos. Conforme me lembro agora, as opiniões que eu defendia não me eram tão caras que não podia abrir mão delas; todavia, ela tinha opiniões diferentes, e fazer uma concessão significaria dar razão a ela. Eu não podia fazê-lo, ela tampouco. Decerto minha esposa sempre se achara irreprochável diante de mim, e eu sempre fora um santo aos meus próprios olhos. Ficando a sós, estávamos quase fadados ao silêncio ou àquelas conversas que, tenho plena certeza, os animais poderiam travar entre si: 'Que horas são? Está na hora de dormir. O que temos para o almoço? Aonde vamos? O que está escrito no jornal? Manda chamar um doutor: Macha está com dor de garganta: Bastava nos afastarmos um dedo daquele círculo de conversas, que se estreitara até o impossível, para que nossa irritação estourasse. Havia rixas e expressões de ódio por causa do café, da toalha, da carruagem, de uma cartada errônea... de todas aquelas coisas que não podiam ter nenhuma importância nem para um nem para o outro cônjuge. Em mim, pelo menos, um ódio terrível por ela fervia amiúde! Via-a, certas vezes, pôr chá em sua chávena, balançar a perna ou levar uma colher à boca e chiar, puxando o líquido, e odiava-a justamente por isso, como se fosse a pior das suas ações. Não percebia, àquela altura, que os períodos de raiva me surgiam de modo bem regular e uniforme, consoantes aos períodos daquilo que nós chamávamos de amor: período de amor — período de raiva; período enérgico de amor — período longo de raiva; manifestação mais fraca de amor — período mais curto de raiva. Não compreendíamos então que nossos amor e raiva eram a mesma emoção animal, apenas vista dos lados opostos. Seria horrível vivermos dessa maneira, se compreendêssemos a nossa situação; porém, não a compreendíamos nem a enxergávamos. Nisso consistem a salvação e o martírio do homem: levando uma vida errada, ele pode enganar a si próprio para não enxergar o sinistro da sua situação. Assim procedíamos nós também. Ela procurava entregar-se completamente às suas preocupações, ansiosas e sempre apressadas, com a casa, os móveis, as roupas dela mesma e dos filhos, os estudos e a saúde deles. E eu tinha outra embriaguez, a do meu serviço, da caça, das cartas. Estávamos ambos constantemente atarefados. Percebíamos ambos que, quanto mais estávamos atarefados, tanto mais raiva podíamos sentir um pelo outro. 'Tens prazer em fazer essas caretas aí — pensava eu a respeito dela —, 'mas me torturaste, com teus chiliques, a noite toda, e eu tenho uma reunião de manhã'. 'Estás à vontade aí' – não apenas pensava como dizia ela –, 'e eu não dormi, a noite toda, por causa do filho'.

Assim é que nós vivíamos, sem enxergar, naquela constante neblina, a situação em que nos encontrávamos. E, se não tivesse acontecido aquilo que aconteceu, eu viveria assim até a velhice e pensaria, no leito de morte, que tinha vivido uma vida boa, talvez não muito boa, mas tampouco má, a mesma vida de todos; não compreenderia aquele abismo de infelicidade, aquela torpe mentira em que chafurdara.

Éramos dois grilhetas[27] que, odiando-se mutuamente, estão aferrados com a mesma corrente, envenenam um a vida do outro e buscam não enxergar isso. Eu não sabia ainda que noventa e nove centésimos dos casais vivem no mesmo inferno e que não podem viver de outra maneira. Ainda não o sabia, nem sobre os outros nem sobre mim mesmo.

São espantosas as coincidências que ocorrem na vida certa e mesmo errada! Naquele exato momento em que os pais não conseguem mais viver juntos, tornam-se necessárias as condições urbanas para criarem os filhos. E eis que se faz necessária a mudança para a cidade."

Pózdnychev se calou e soltou, umas duas vezes, seus sons esquisitos, bem semelhantes agora a soluços contidos. O trem se aproximava de uma estação.

– Que horas são? – perguntou ele.

Consultei o meu relógio: eram duas horas.

– O senhor não está cansado? – perguntou ele de novo.

---

[27] Criminosos condenados a trabalhos forçados e presos com grilhões.

– Não, mas o senhor está cansado.
– Estou sufocado. Permita-me que saia e beba água.

Cambaleando, ele foi através do vagão. Fiquei sozinho, rememorando tudo o que ele me tinha dito, e tão pensativo que não o avistei retornar pela outra porta.

XVIII

– Pois é... estou divagando – recomeçou ele. – Tenho pensado em muitas coisas, vejo muitas coisas de outra maneira e quero dizer tudo isso. Passamos, então, a morar na cidade. A gente infeliz vive melhor na cidade. A gente pode viver na cidade cem anos e nem perceber que morreu há tempos e apodreceu. Falta lazer para perscrutar a si mesmo, está tudo ocupado. Negócios, relações sociais, saúde, artes, saúde e educação dos filhos. Ora se deve receber Fulano e Beltrano, ir ver Fulano e Sicrano; ora se deve assistir a tal espetáculo, ouvir tal ou tal ópera. É que na cidade se apresenta, em todo momento, uma celebridade, se não duas ou três de uma vez só, e a gente não pode deixar de vê-las, de jeito nenhum. Ora se deve tratar de suas próprias doenças, ora das de outrem, ou então mexer com aqueles mestres-escolas, preceptores, governantas... e a vida está totalmente vazia. Vivíamos, pois, desse modo e sentíamos menos a dor de nosso convívio. Tínhamos, ademais, nos primeiros tempos uma ocupação milagrosa, a de nos instalarmos naquela nova cidade, naquele novo apartamento, e outra ocupação, a das andanças da cidade para o campo e do campo para a cidade.

"Vivemos assim um inverno, e no inverno seguinte surgiu uma outra circunstância, por todos despercebida e aparentemente ínfima, que levou, não obstante, àquilo que havia de ocorrer. Minha esposa estava adoentada, e os canalhas mandaram que não engravidasse mais e ensinaram, para tanto, um artifício. Para mim, era um horror. Lutei contra isso, mas ela, com sua leviana teimosia, acabou insistindo, e eu concordei; a última justificativa da nossa vida de porcos — os filhos — foi-nos arrebatada, e a vida se tornou mais execrável ainda.

Um mujique, um trabalhador precisa de filhos: embora lhe seja difícil alimentá-los, precisa deles, portanto suas relações conjugais possuem uma justificativa. Quanto a nós, pessoas que já têm filhos, não precisamos de mais filhos por nos trazerem novas preocupações e despesas, por serem coerdeiros, por nos onerarem. Assim sendo, a nossa vida de porcos não tem mais justificativa alguma. Ou nos livramos, por meio de artifícios, desses filhos, ou consideramos a prole uma desgraça, uma consequência de nosso descuido, o que é mais nojento ainda. Não temos justificativas. Mas já decaímos tanto que nem sequer enxergamos a necessidade de tê-las. A maior parte do mundo civilizado de hoje entrega-se a essa devassidão sem o menor remorso.

Não há nenhum remorso, porque não há sombra de consciência em nosso dia a dia, senão a da opinião pública, se é que se pode chamá-la assim, e a da lei criminal. E, nesse caso, nem uma nem a outra são contrariadas: por que nos envergonharíamos ante a sociedade, se *todos* fazem aquilo, e Maria Pávlovna e Ivan Zakhárytch? Para que encheríamos este mundo de miseráveis ou privaríamos a nós mesmos da possibilidade da vida social? Envergonhar-nos perante a lei criminal ou ter medo dela tampouco nos é necessário. São aquelas raparigas feiosas e as viúvas da soldadesca que jogam seus filhos em tanques e poços, é claro que devem ir para a cadeia, mas aqui, em nosso meio, tudo se faz no momento certo e de modo limpo.

Vivemos assim mais dois anos. O artifício daqueles canalhas começava, obviamente, a dar frutos: minha esposa ficou mais carnuda e mais bonita, como a derradeira graça do verão. Dava-se conta disso e cuidava bem de si mesma. Ostentava certa beleza desafiadora, inquietante para os homens. Estava em plena força de uma mulher de trinta anos, que não engravida mais, cevada e assanhada. Sua aparência física era perturbadora. Passando por entre os homens, ela atraía os seus olhares. Assemelhava-se a um cavalo de sela bem alimentado que ficou muito tempo coibido e de repente se viu livre dos freios. Não tinha mais freio nenhum, como não o têm noventa e nove centésimos das nossas mulheres. Eu percebia isso e sentia medo."

XIX

Ele se soergueu, de improviso, e sentou-se bem perto da janela.

— Desculpe-me — disse a custo e, fixando os olhos nessa janela, passou uns três minutos silencioso. Soltou, a seguir, um suspiro profundo e voltou a sentar-se em minha frente. Seu rosto mudara por completo: os olhos estavam tristes e um sorriso quase estranho enrugava-lhe os lábios. — Estou um pouco cansado, mas vou contar. Ainda temos muito tempo, ainda nem começou a amanhecer. Pois bem — tornou a falar, acendendo um cigarro. — Ela engordou, desde que tinha cessado de dar à luz, e aquela doença, sua eterna tortura por causa dos filhos, foi passando. Aliás, não é que a tal doença passasse, mas ela como que acordou de uma embriaguez, recobrou o ânimo e viu todo um mundo divino com suas alegrias, do qual se esquecera e onde não sabia viver, o mundo divino que não compreendia nem um pouco. "Tomara que ele não vá embora! Se perder tempo, perderei tudo!" Parecia-me que ela pensava, ou melhor, sentia assim; de resto, não poderia pensar e sentir de outra maneira, porquanto lhe tinham inculcado, desde criança, que só uma coisa no mundo merecia atenção: o amor. Ela se casara, obtivera algo por conta desse amor, mas nem de longe aquilo que se prometia, que se esperava, e, ainda por cima, muitas decepções, muitas penas e, para completar, um suplício inesperado − os filhos! Esse suplício a extenuara. E eis que ela soube, graças aos prestativos doutores, que poderia não ter mais filhos. Ficou alegre ao perceber isso e revigorou-se para a única coisa que conhecia, para o amor. Contudo, o amor com o seu marido emporcalhado com ciúmes e toda espécie de maldade não era aquilo que ela queria. Passou a sonhar com um amor diferente, limpinho, novinho em folha... ao menos, dessa forma é que eu pensava a respeito dela. E eis que se pôs a olhar em redor, como se esperasse por algo. Eu via isso e não podia deixar de me inquietar. A cada passo, falando comigo, como sempre, por intermédio dos outros, ou seja, conversando com outras pessoas, mas dirigindo seu discurso a mim, ela começou a dizer, num tom ousado e meio sério, sem se preocupar com aquele oposto que dissera uma hora antes, que os cuidados maternos eram um engodo e que não valia a pena entregar sua vida aos filhos, pois se podia, enquanto jovem, aproveitar a vida. Dedicava-se menos aos filhos, tratava-os sem o desespero de antes, porém cuidava cada vez mais, embora às ocultas, de si própria, de sua aparência, de seus prazeres e até mesmo de seu autoaperfeiçoamento. Entusiasmou-se de novo com o piano que tinha completamente abandonado. E foi ali que começou tudo.

Ele virou novamente seus olhos, que pareciam cansados, para a janela, mas logo tornou a contar, forçando visivelmente a si próprio:

— Pois sim, apareceu um homem... — Ele se confundiu e fez, umas duas vezes, seus sons esquisitos com o nariz.

Eu percebia que Pózdnychev sentia muito desgosto em mencionar aquele homem, em recordá-lo e falar dele. Contudo, fazendo um esforço e como que rompendo um obstáculo que o detinha, ele continuou, resoluto:

— Era uma drogazinha de homem aos meus olhos, em minha opinião. E não por ter aquele significado na minha vida, mas porque era realmente assim. De resto, o fato de ser um homem imprestável apenas comprova quão louca estava minha mulher. Se não fosse ele, seria um outro: aquilo devia acontecer. — Pózdnychev se calou de novo. — Sim, era um músico, um violinista; não um músico profissional, mas um sujeito, digamos, meio desclassificado.

"O pai dele, um fazendeiro, era vizinho de meu pai. Acabou arruinado, e seus filhos — ele tinha três meninos — ficaram todos mais ou menos acomodados; apenas ele, o caçula, foi entregue à sua madrinha, que morava em Paris. Lá foi matriculado no conservatório, pois tinha o dom da música, e saiu dali um violinista, tocando depois em concertos. Era um homem..." — Queria, pelo visto, dizer algo ruim sobre aquele homem, mas se conteve e disse rapidamente: — "Não sei, na verdade, como ele tinha vivido; sei apenas que naquele ano voltou para a Rússia e apareceu em minha casa.

Olhos amendoados e úmidos, lábios vermelhos e sorridentes, bigodinho fixado com gel, penteado da última moda, rosto vulgarmente bonitinho, daquele tipo que as mulheres chamam de 'nada mau', compleição fraca, se bem que não feia, com um traseiro sobremaneira desenvolvido, igual ao de uma mulher ou, pelo que dizem, de um *hottentot*.[28] Dizem, aliás, que eles também têm jeito para a música. Descontraído o quanto lhe fosse possível, mas suscetível e sempre pronto a parar com a mínima reação, mantendo a sua dignidade aparente e ostentando aquele especial colorido parisiense dos sapatos com botõezinhos, aquelas cores vivas da gravata e todo o mais que os estrangeiros assimilam em Paris e que sempre impressiona as mulheres por ser singular e novo. Forjada, superficial alegria nas atitudes. E, sabe, aquele costume de falar sobre qualquer coisa com alusões, de forma entrecortada, como se você estivesse a par daquilo tudo, pudesse relembrá-lo e completar suas frases.

Foi ele, com sua música, o estopim de tudo. É que, durante o processo, foi tudo apresentado como um crime passional. Nada disso... Quer dizer, não é que nada disso tivesse acontecido, mas foi e não foi. Durante o processo ficou mesmo estabelecido que eu era um esposo traído e matara em defesa da minha 'honra vexada' (assim é que isso se chama no jargão deles). Portanto, fui absolvido. Tentei esclarecer, perante o tribunal, o sentido do ocorrido, mas eles só entenderam que buscava reabilitar a honra de minha mulher.

As relações dela com aquele músico, fossem quais fossem, não fazem sentido para mim, tampouco para ela. O que faz sentido é o que contei ao senhor, ou seja, a minha torpeza. Tudo aconteceu porque havia entre nós

---

[28] Representante da etnia nômade "khoikhoi" que habita o sul e o sudoeste da África.

aquele terrível abismo de que lhe falei, aquela horrenda tensão de nosso ódio recíproco, quando o primeiro ensejo basta para desencadear uma crise. Nossas brigas redundavam, nos últimos tempos, em algo medonho e eram sobremodo assombrosas por revezarem com uma paixão animal, igualmente tensa.

Se ele não tivesse aparecido, teria aparecido outro homem. Se não tivesse surgido o pretexto de meus ciúmes, teria surgido outro pretexto. Insisto em dizer que todos os maridos que vivem como eu vivia devem cair na devassidão ou separar-se das suas mulheres, ou suicidar-se, ou então matar suas esposas como eu fiz. Se nada disso se deu com alguém, é uma exceção raríssima. Pois, antes de terminar como terminei, eu ficara diversas vezes à beira do suicídio, e minha mulher também tomara veneno."

XX

– Aconteceu mesmo, sim, e pouco antes daquilo.

"Vivenciávamos, aparentemente, um armistício, e não havia nenhuma razão de quebrá-lo. De súbito, vem a conversa de que tal cachorro recebeu a medalha de uma exposição, digo eu. Ela responde: 'Não foi a medalha e, sim, uma menção especial'. Começa a discussão. Começa aquele pula-pula de um assunto para o outro, reprimendas mútuas: 'Pois isso se sabe há muito tempo, é sempre assim: tu disseste...' – 'Não foi isso que disse, não' – 'Queres dizer que estou mentindo?...' Sente-se que logo estourará aquela briga medonha, quando se quer matar a mulher ou então a si próprio. Sabe-se que estourará em breve, a gente a teme que nem o fogo, portanto gostaria de se conter, mas a raiva domina a gente de todo em todo. Ela se encontra na mesma situação, ou pior ainda, e interpreta, propositalmente, cada palavra minha de modo a dar-lhe um significado falso; cada palavra dela está impregnada de veneno: ela sabe onde me dói mais e punge-me nesse exato ponto. E por aí vai. Eu grito: 'Cala a boca!' ou algo desse gênero. Ela se arroja para fora do nosso quarto e vai correndo ao dos filhos. Eu tento segurá-la, a fim de terminar a discussão com devidas provas, e pego-a pelo braço. Ela finge que lhe causei dor e grita: 'Filhos, seu pai me bate!'. Eu grito: 'Não mintas!' – 'Pois esta não é a primeira vez!' – vocifera ela, ou algo parecido. Os filhos acorrem à mãe. Ela acalma-os. Eu digo: 'Deixa de fingir!'. Ela retruca: 'Tudo é fingimento para ti: matarias uma pessoa e dirias que ela está fingindo. Agora te compreendo. Queres fazer isso mesmo!' – 'Oh, tomara que tu morras!' – grito eu. Lembro como essas palavras terríveis me apavoraram. Nem imaginava, de modo algum, que pudesse dizer tais palavras brutas, horripilantes, e fiquei pasmado de elas me terem escapado. Grito, pois, essas palavras terríveis e vou correndo ao meu gabinete, sento-me lá e fumo. Ouço minha esposa ir à antessala e aprontar-se para sair. Pergunto aonde vai. Ela não responde. 'Que o diabo a carregue' – digo a mim mesmo, volto ao gabinete, fico outra vez sentado e continuo a fumar. Milhares de planos diversos de me vingar dela, de me livrar dela, de consertar aquilo tudo e de fazer de conta que nada aconteceu vêm-me à mente. Penso naquilo tudo fumando, fumando, fumando. Penso em fugir dela, em esconder-me, em partir para a América. Chego a sonhar em como me livrarei dela e como isso será excelente, e como me juntarei a outra mulher, linda e absolutamente nova. Hei de me livrar da minha esposa, porque ela morrerá ou eu me separarei dela, e fico inventando um meio de conseguir isso. Percebo que estou confuso, que não penso como me cumpre pensar e, para não perceber que não penso como me cumpre pensar, continuo fumando. E a vida, em minha casa, continua. Vem a governanta, pergunta: 'Onde está a madame? Quando voltará?'. O lacaio pergunta se deve servir chá. Vou à sala de jantar; os filhos, sobretudo Lisa, a filha mais velha que já entende das coisas, olham para mim de maneira interrogativa e hostil. Tomamos chá em silêncio. Minha esposa demora a voltar. A tarde transcorre inteira, ela não volta, e dois sentimentos se revezam em minha alma: raiva por ela atormentar-nos, a mim e a todos os filhos, com sua ausência, que acabará, entretanto, com sua chegada, e medo de ela não voltar e causar algum dano a si mesma. Iria buscá-la, mas onde ela está, na casa de sua irmã? Seria bobo ir lá e perguntar por ela. Deus seja seu árbitro: se quer afligir a outrem, que se aflija também. É isso mesmo que ela quer. E, da próxima vez, fará coisas piores. E se ela não está na casa de sua irmã, mas está fazendo ou já fez alguma bobagem?... Onze da noite, meia-noite, uma da madrugada. Não vou para o quarto: é bobo ficar ali deitado, sozinho, e esperar; deito-me a seguir. Quero achar alguma ocupação, escrever umas cartas, ler, mas nada consigo. Fico sozinho no gabinete, aflito e enraivecido, todo ouvidos. Três horas, quatro horas... ela não chega. Adormeço ao amanhecer. Quando acordo, ela não está ainda em casa.

Tudo se segue de modo habitual, mas todos andam perplexos e olham para mim com indagação e reproche, supondo que tudo ocorra por minha causa. E, dentro de mim, continua a mesma luta entre a raiva, porque minha mulher me atormenta, e a inquietação por ela.

Sua irmã vem, em seu nome, lá pelas onze horas. Começa a cantiga de sempre: 'Ela está numa situação horrível. O que é isso?' – 'Mas não aconteceu nada.' Falo sobre o seu caráter insuportável, alegando que não fiz nada.

– Pois isso não pode continuar assim – redargui a irmã.

– O problema é todo dela, não meu – digo eu. – Não darei o primeiro passo. Mas, se ela quiser a separação, então nos separaremos.

Minha cunhada vai embora com as mãos abanando. Enquanto conversávamos, disse-lhe corajosamente que não daria o primeiro passo, mas, logo que ela se retirou e eu saí do meu gabinete e vi meus filhos tão tristes e assustados, senti-me pronto a dá-lo. Ficaria feliz em dar o primeiro passo, mas não sabia de que maneira.

Torno, pois, a andar, a fumar; bebo, pela manhã, vinho e vodca, e afinal consigo aquilo que desejo inconscientemente: não enxergo mais a tolice nem a baixeza de minha situação. Ela aparece por volta das três horas. Vendo-me, não diz nada. Imagino que ela se tenha conformado, começo a dizer que me provocou com suas censuras. De semblante severo e todo exausto, ela responde que não veio para se explicar comigo e, sim, para buscar os filhos, e que não podemos mais viver juntos. Digo-lhe que a culpa não é minha, que ela me tirou do meu compasso. Minha mulher me encara de modo sério e mesmo solene, depois pronuncia:

– Não digas mais nada, senão te arrependerás.

Respondo que não aguento comédias. Então ela exclama algo que não entendo direito e vai correndo para o seu quarto. Tilinta a chave: ela se trancou. Venho puxar a porta e, sem receber nenhuma resposta, afasto-me furioso. Meia hora mais tarde acorre, chorando, Lisa.

– O que foi? Aconteceu alguma coisa?

– Mamãe está caladinha.

Vamos ao quarto. Puxo a porta com todas as forças. A tranca está mal encaixada, e ambos os batentes se abrem.

Aproximo-me da cama. De saias e altos botins, ela está prostrada na cama, numa posição incômoda, sem sentidos. Há um frasco de ópio, vazio, na mesinha de cabeceira. Fazemos que recupere a consciência. Mais choro e, finalmente, a reconciliação. Nem uma reconciliação é: permanece, na alma de cada um de nós, a mesma fúria recíproca, enraizada e acrescida da irritação por aquela dor que a nossa briga gerou e que cada um põe inteira na conta do outro. Era, porém, necessário terminar isso de algum jeito, e nossa vida entrou nos eixos. As brigas como essa, e piores ainda, surgiam o tempo todo, ora uma vez por semana, ora uma vez por mês ou então a cada dia, e eram sempre as mesmas. Um dia peguei, inclusive, o meu passaporte – a briga durava já havia dois dias –, mas veio, de novo, aquela metade explicação, metade conciliação, e desisti de partir para o estrangeiro."

XXI

– Pois bem: nossas relações estavam assim quando apareceu aquele homem. Chegou a Moscou aquele sujeito – seu sobrenome é Trukhatchêvski – e veio à minha casa. Veio pela manhã. Recebi-o. Antigamente nos tratávamos por "tu". Ele tentou, com aquelas frases medianas entre "tu" e "senhor", manter-se no nível de "tu", mas eu fiz questão de tratá-lo por "senhor", e ele me obedeceu de imediato. À primeira vista não gostei nada dele. Mas, coisa estranha: uma força singular me atraía fatalmente a ele, não me incitando a repeli-lo, a afastá-lo, mas, pelo contrário, fazendo que o aproximasse. Não haveria, de fato, nada mais simples do que conversar, num tom frio, com o visitante e despedir-me logo, sem o apresentar à minha mulher. Mas não: comecei a falar, como que de propósito, sobre a sua carreira musical, disse ter ouvido rumores de que ele havia abandonado o violino. Ele respondeu que, bem ao contrário, tocava agora mais do que antes. Lembrou, ademais, que eu mesmo tocava outrora. Então comentei que deixara de tocar, mas que minha esposa tocava muito bem.

"Que coisa surpreendente! Minhas relações com ele, no primeiro dia e mesmo na primeira hora de nosso encontro, eram como só poderiam ser depois do que aconteceria conosco. Havia certa tensão nessas minhas relações com ele: eu reparava em cada palavra ou expressão que nós dois usávamos e atribuía-lhes importância.

Apresentei-o à minha mulher. Surgiu logo uma conversa sobre música, e Trukhatchêvski se ofereceu para tocar com ela. Minha mulher estava, como de praxe nesses últimos tempos, muito elegante e atraente, bonita de modo perturbador. Decerto havia gostado dele à primeira vista. Ficou alegre, outrossim, de ter o prazer de tocar com um violino – algo que adorava a ponto de convidar, para tanto, um violinista do teatro –, e tal alegria se expressou em seu rosto. No entanto, mudou logo de expressão, assim que me viu e compreendeu o meu sentimento; ali é que começou nosso jogo de ludíbrios mútuos. Eu sorria agradavelmente, fazendo de conta que estava bem à vontade. Ele fitava minha mulher, como todos os libertinos fitam mulheres bonitas, fazendo de conta que se interessava tão só pelo tema de nossa conversa, ou seja, exatamente por aquilo que menos o interessava. Ela buscava parecer indiferente, mas a minha fisionomia falsamente risonha, a de um homem enciumado que bem conhecia, e o lascivo olhar dele deixavam-na perceptivelmente excitada. Eu via que, desde o primeiro encontro, seus olhos irradiavam um brilho particular, e foi, com certeza, em decorrência de meus ciúmes que uma espécie de corrente elétrica se estabeleceu logo entre eles, gerando, de ambas as partes, iguais expressões, olhares e sorrisos. Ela corava e ele corava; ela sorria e ele sorria. Falamos um pouco de música, de Paris, de várias ninharias. Ele se levantou para ir embora e ficou assim, com o chapéu sobre a coxa tremelicante, sorrindo e olhando ora para minha esposa, ora para mim, como se esperasse pelo que faríamos. Lembro-me desse momento em especial, porque nesse momento teria podido deixar de convidá-lo, e nada teria acontecido. Contudo, olhei para ele, depois para ela. 'Nem penses que tenho ciúmes de ti' – disse, mentalmente, à minha mulher – 'ou medo de ti' – disse, também mentalmente, ao músico e convidei-o a trazer, uma noite dessas, seu violino para tocar com minha esposa. Ela me lançou uma olhada cheia de pasmo, enrubesceu toda e, como que assustada, foi recusando, dizendo que não tocava tão bem assim. Suas recusas me irritaram ainda mais; insisti mais ainda. Recordo-me daquela estranha sensação com que mirava a nuca do violinista, seu pescoço branco, que se destacava dos seus cabelos pretos e divididos por uma raia, quando ele saía da nossa casa com um andar saltitante, algo parecido ao de um pássaro. Não podia deixar de reconhecer, cá dentro, que a presença daquele homem me afligia. 'Depende de mim' – pensava – 'fazer que nunca mais o vejamos.' Mas agir assim significaria reconhecer que tinha medo dele. Não tinha medo, não! Isso seria humilhante demais, dizia comigo. E ali mesmo, na antessala, sabendo que minha mulher me ouvia, insisti para que ele viesse, na mesma noite, com seu violino. Ele prometeu que viria e retirou-se.

De noite, ele veio com seu violino, e eles tocaram juntos. Todavia, seu duo levou muito tempo para se harmonizar: não havia as partituras de que eles precisavam e, quanto àquelas que estavam disponíveis, minha esposa não conseguia tocá-las sem preparações. Gostando muito de música, eu os ajudava a ambos, arrumava-lhes o atril, virava as páginas da partitura. Eles acabaram tocando alguma coisa: umas canções sem letra e uma sonatinha de Mozart. Ele tocava perfeitamente e demonstrava, no mais alto grau, aquilo que se chama de ouvido musical. Possuía, além do mais, um gosto fino e nobre, de modo algum compatível com seu caráter.

Ele era, bem entendido, muito mais hábil que minha mulher, auxiliava-a e, ao mesmo tempo, elogiava cortesmente o toque dela. Sua postura era excelente. Minha esposa parecia interessada apenas na música e portava-se de maneira simples e natural. Quanto a mim, passei toda a noite atormentado pelos ciúmes, embora fingisse que me interessava tão só pela música.

Desde o primeiro momento em que o olhar dele se cruzara com o de minha mulher, eu percebia que a fera, escondida, apesar de todas as convenções sociais e mundanas, neles dois, perguntava: 'Posso?' e respondia: 'Oh, sim, claro'. Percebia que ele nem imaginara que minha esposa, essa dama moscovita, pudesse ser tão atraente assim, e que andava muito contente com isso, porquanto não tinha a mínima dúvida de que ela concordaria. Todo o problema consistia em evitar a intervenção do insuportável marido. Se eu mesmo fosse casto, não o entenderia, mas, tal e qual a maioria dos homens, havia pensado em mulheres daquele modo, enquanto solteiro, e lia, por conseguinte, a alma dele como um livro. O que mais me atormentava era a minha percepção bem clara de que ela não tinha outros sentimentos por mim senão uma irritação permanente, apenas de vez em quando interrompida pela costumeira sensualidade, e que aquele homem – graças à sua aparente elegância e novidade, e, principalmente, ao seu talento musical, grande e incontestável, à intimidade que lhes resultava de tocarem juntos, à influência que a música e, sobretudo, o violino exerce sobre as pessoas sensíveis –, que aquele homem não só devia atrair minha esposa, mas com certeza, sem a menor hesitação, havia de vencê-la, esmagá-la, retorcê-la como uma corda, fazer dela tudo quanto lhe apetecesse. Não podia deixar de perceber isso e sofria terrivelmente. Todavia, apesar disso ou, sabe-se lá, em razão disso, uma força me obrigava, contra a minha vontade, a tratá-lo de maneira não só muito cortês como carinhosa. Não sei se fazia isso por minha mulher ou por ele, a fim de mostrar que não o temia, ou por mim mesmo, para me iludir, mas, desde os primeiros encontros com aquele homem, não podia ser sincero com ele. Devia afagá-lo, para não ceder à tentação de matá-lo na hora. Servia-lhe, ao jantar, vinho caro, exaltava a sua arte, falava-lhe com um sorriso especialmente amável e acabei por convidá-lo a almoçar conosco, no próximo domingo, e a tocar de novo com minha mulher. Disse que chamaria também alguns conhecidos, amantes da música, para ouvi-lo. Assim é que foi o desfecho."

Todo emocionado, Pózdnychev mudou de posição e soltou o seu som peculiar.

– Coisa estranha: como me impressionava a presença daquele homem! – recomeçou ele, fazendo um esforço visível para se manter calmo.

"Volto de uma exposição, dois ou três dias depois, entro na antessala e, de repente, sinto algo pesado, como uma pedra, apertar o meu coração e não consigo entender o que é isso. Passando pela antessala, avistara algo que me lembrara daquele homem, eis o que era tal peso. Foi apenas no gabinete que me dei conta disso; retornei, pois, à antessala para averiguar o palpite. Não me enganara, não: era o capote dele. Sabe, um capote na moda. (Reparava em tudo o que lhe dissesse respeito com uma atenção extraordinária, embora não tivesse a consciência disso!) Pergunto e fico sabendo que sim, ele está ali. Passo então para o salão, mas não pela sala de estar e, sim, através da saleta de estudos. Lisa, minha filha, está sentada lá com um livro na mão, e a babá, com a filhinha mais nova, mexe com uma tampa em cima da mesa. A porta do salão está fechada, e ouve-se lá um *arpeggio*[29] monótono, a voz dele e a dela. Presto ouvidos, mas não consigo entender nada. Decerto os sons do piano se destinam a encobrir suas falas ou, talvez, seus beijos. Meu Deus, o que aconteceu cá dentro! Tão logo me lembro do bicho que vivia em mim àquela altura, fico apavorado. Meu coração se comprimiu de improviso, parou e depois começou a bater que nem um martelo. E a principal sensação foi, como sempre em momentos de fúria, a pena de mim mesmo. 'Na frente dos filhos e da babá!' – pensei eu. Estava, sem dúvida, pavoroso, já que Lisa passou a fitar-me de modo estranho. 'O que fazer, pois?' – perguntei-me. 'Entrar? Não posso: só Deus sabe o que farei'. Tampouco me convinha ir embora. A babá me encarava também, como se compreendesse a minha situação. 'Não posso deixar de entrar' – disse comigo mesmo e rapidamente abri a porta. Sentado ao piano, ele fazia esse *arpeggio* com seus compridos dedos brancos, curvados para cima. Ela estava em pé, rente ao canto do piano, sobre uma partitura aberta. Foi a primeira a ver, ou a ouvir, e olhou para mim. Assustada de fato, mas fingindo

---

[29] Arpejo (em italiano): acorde cujas notas são executadas rápida e sucessivamente.

não se ter assustado, ou então sem ter tido susto algum, ela não estremeceu nem mesmo se moveu, apenas ficou corada, e não foi logo a seguir.

— Como estou contente de teres vindo: não decidimos ainda o que vamos tocar no domingo — disse ela, naquele tom que não usaria se nós estivéssemos sós. Fiquei revoltado, além do próprio tom, de ela dizer 'nós' sobre si mesma e ele. Cumprimentei-o calado.

Ele me apertou a mão e logo, com um sorriso que me pareceu francamente escarninho, começou a explicar que trouxera as partituras para ambos se prepararem para o concerto de domingo, mas que havia uma divergência entre eles: o que tocariam, uma peça mais difícil e clássica, a saber, uma sonata para violino, de Beethoven, ou várias peças miúdas e fáceis? Era tudo tão natural e simples que nada poderia ser questionado, mas, ao mesmo tempo, eu estava convicto de ser tudo mentira, de que eles se tinham entendido para me enganar.

Uma das condições mais dolorosas para as pessoas ciumentas (e todas as pessoas são ciumentas em nosso meio social) são dadas convenções mundanas que admitem a maior e a mais perigosa aproximação entre homem e mulher. Torna-se um verdadeiro palhaço quem impedir essa aproximação nos bailes, a dos doutores com suas pacientes, a que ocorre na prática das artes, da pintura e, sobretudo, da música. Duas pessoas se entregam à mais nobre das artes, à música, e para tanto precisam de certa proximidade, a qual não apresenta nada de condenável, e tão somente um bobo marido ciumento pode enxergar nela algo indesejável. Todos sabem, porém, que justamente em decorrência dessas práticas, em especial dos ensaios musicais, acontece a maior parte dos adultérios em nossa sociedade. Decerto os deixei constrangidos com aquele embaraço que patenteava: por muito tempo não consegui dizer nada. Assemelhava-me, talvez, a uma garrafa emborcada da qual a água não sai porque ela está cheia demais. Queria injuriá-lo, expulsá-lo da minha casa, mas me sentia obrigado a tratá-lo, outra vez, com amabilidade e carinho. Foi isso mesmo que fiz. Fingi que aprovava tudo e, novamente impelido por aquela estranha sensação que me forçava a ser tanto mais afável com ele quanto mais me amargurava a sua presença, disse-lhe que confiava em seu gosto e aconselhava que minha mulher também lhe desse crédito. Ele passou conosco aquele exato tempo de que precisava para atenuar a impressão desagradável, surgida quando eu irrompera, com uma expressão de temor, na sala e ficara calado, e foi embora, fingindo termos decidido, enfim, o que eles tocariam no dia seguinte. Quanto a mim, tinha plena certeza de que, comparada àquilo que os interessava a ambos, a escolha da obra a ser interpretada era totalmente indiferente para eles.

Acompanhei-o, com especial cortesia, até a antessala (e como não acompanharia o homem que viera a fim de perturbar a paz e destruir a felicidade de toda uma família?). Apertei, com especial afeto, a sua mão branca e macia."

XXII

— Durante todo aquele dia não conversei com minha esposa... não pude. Sua proximidade me suscitava tamanho ódio por ela que eu chegava a sentir medo de mim mesmo. Na hora do almoço ela me perguntou, na presença dos filhos, quando eu ia viajar. Cumpria-me participar, na semana seguinte, de uma reunião em nosso distrito. Eu disse quando viajaria. Ela perguntou se não precisava de alguma coisa para a minha viagem. Não respondi nada, permaneci calado à mesa e dirigi-me, ainda calado, ao meu gabinete. Minha esposa nunca entrava ali, nos últimos tempos, sobretudo se me via nessas condições. Estou, pois, deitado no gabinete e sinto raiva. De súbito, ouço os passos familiares. E surge em minha cabeça o pensamento medonho e feio de que ela, igual à mulher de Urias,[30] quer ocultar seu pecado já consumado e vem, portanto, ver-me nessa hora imprópria. "Será que vem aqui mesmo?" – pensei então, ouvindo os seus passos que se aproximavam. Se for assim, estou com a razão. E cresce, em minha alma, um ódio inexprimível por ela. Os passos ressoam cada vez mais perto. Será que não vai passar direto para a sala? Não, a porta rangeu, aparecendo seu vulto alto e lindo: há uma timidez meio servil em seu rosto, nos olhos, algo que ela quer esconder, mas que estou percebendo e cujo significado já sei. Prendi a respiração por tanto tempo que quase me sufoquei e, continuando a olhar para ela, peguei a minha cigarreira e acendi um cigarro.

"– O que é isso: venho ficar um tempinho contigo, e tu acendes esse cigarro – e ela se sentou no sofá, ao meu lado, encostando-se em mim.

Eu me afastei para não roçar nela.

– Vejo que estás descontente de que eu queira tocar no domingo – disse minha mulher.

– Não estou nem um pouco descontente – respondi eu.

– Será que não o percebo?

---

[30] De acordo com a tradição bíblica (II Samuel, 11), a mulher do guerreiro Urias, chamada Betsabá, foi seduzida pelo rei David na ausência do marido.

— Meus parabéns, então, por teres percebido. E eu cá não percebo nada além de te comportares como uma rameira...

— Se quiseres xingar, feito um cocheiro, irei embora.

— Vai, mas fica sabendo que, se tu não dás valor à honra de nossa família, eu não te dou valor a ti (que o diabo te carregue), mas à honra de nossa família, sim!

— O que tens, o quê?

— Fora daqui, pelo amor de Deus, fora daqui!

Fingisse ela não entender de que se tratava ou não o entendesse realmente, ficou sentida e zangada comigo. Levantou-se, mas não foi embora, parando no meio do cômodo.

— Estás decididamente insuportável — começou a falar. — Tens um caráter tão difícil que nem um anjo te aguentaria. — E, como sempre, buscando causar-me a maior mágoa possível, lembrou-me de como tratara a minha irmã (houvera um caso em que me zangara com minha irmã e dissera várias grosserias a ela; ciente de que aquilo me afligia, minha esposa me pungiu justamente naquele ponto). — Depois disso nada me espantaria da tua parte — disse ela.

'Sim, ela me deixará ofendido, humilhado, envergonhado e, ainda por cima, culpado de tudo' — disse eu a mim mesmo e, de repente, senti-me possuído de uma fúria horrível, jamais experimentada antes, focada nela.

Pela primeira vez, quis exprimir essa fúria fisicamente. Pulei fora do sofá, indo em sua direção; porém, no mesmo instante em que fiquei de pé, dei-me conta da minha fúria. Lembro como me perguntei se seria bom ceder àquele meu sentimento e logo me respondi que seria bom, sim, que aquilo a deixaria intimidada, e logo me pus a atiçar mais ainda a minha fúria, em vez de me opor a ela, todo alegre de ela se tornar, a cada minuto, mais ardente.

— Fora daqui, senão te mato! — gritei, aproximando-me da minha mulher e pegando-a pelo braço. Dizendo isso, reforcei, de propósito, as entonações raivosas da minha voz. Decerto estava medonho, pois ela ficou tão tímida que nem sequer tinha forças para ir embora, dizendo apenas:

— O que há, Vássia, o que tens?

— Fora! — berrei mais forte ainda. — Só tu podes enraivecer-me tanto. Não me responsabilizo por mim!

Dando largas ao meu furor, deliciava-me com ele e queria fazer mais alguma coisa extraordinária que demonstrasse o cúmulo desse meu furor. Sentia imensa vontade de espancá-la, de matá-la, mas sabia que não podia fazer isso e, portanto, para explicitar, ainda assim, a minha cólera, peguei o pesa-papéis, que estava em cima da minha escrivaninha, bradei mais uma vez: 'Fora daqui!' e joguei-o no chão, de modo que não a atingisse. Esforcei-me muito para não a machucar. Então ela foi embora do gabinete, mas se deteve às portas. Ali, enquanto me via ainda (fiz aquilo para que ela visse), comecei a pegar os objetos que estavam sobre a escrivaninha, os candelabros, o meu tinteiro, e a jogá-los todos no chão, gritando sem parar:

— Fora daqui, fora! Não me responsabilizo por mim!

Ela saiu, e eu deixei logo de esbravejar.

Uma hora mais tarde, veio a babá e disse que minha mulher estava histérica. Fui vê-la: minha mulher soluçava, ria, não conseguia dizer nada e tinha tremores por todo o corpo. Não se fingia mais; estava, de fato, doente.

Pela manhã, ela se acalmou, e nós fizemos as pazes sob o influxo daquele sentimento que chamávamos de amor.

Na manhã seguinte, quando, após a reconciliação, eu confessei que sentia ciúmes por causa de Trukhatchêvski, ela não se embaraçou nem um pouco e riu do modo mais natural, tanto a possibilidade de se envolver com um homem daqueles parecia estranha, segundo me disse, mesmo a ela própria.

– Será que uma mulher decente poderia sentir algo por um homem desse tipo, além do prazer proporcionado pela música? Pois, se quiseres, estou pronta a nunca mais o ver. Nem mesmo no domingo, se bem que todos tenham sido convidados. Escreve para ele que estou indisposta, e ponto-final. A única coisa desagradável é que alguém – sobretudo, ele próprio – pode pensar que esse homem seja perigoso. E sou orgulhosa demais para deixar alguém pensar assim.

E ela não mentia, mas acreditava no que me dizia; esperava que suscitasse, com tais palavras, desprezo por ele em si mesma e protegesse, dessa maneira, a si mesma dele, mas não conseguiu nada disso. Estava tudo direcionado contra ela, principalmente aquela maldita música. Assim terminou a nossa briga, e no domingo reuniram-se os convidados, e eles dois voltaram a tocar juntos."

XXIII

– Acho prescindível dizer que eu era muito vaidoso: quem não for vaidoso, em nossa vida cotidiana, não tem para que viver. E foi por isso que me encarreguei (aliás, com todo o prazer) da organização do almoço e do sarau musical naquele domingo. Comprei, pessoalmente, quitutes para o almoço e chamei nossos convidados.

"Os convidados se reuniram por volta das seis horas, e ele também veio, de casaca e abotoaduras diamantadas de péssimo gosto. Portava-se com desenvoltura, respondia a todas as perguntas depressa, com um sorrisinho de consentimento e compreensão... sabe, com aquela expressão particular de que tudo quanto se faz ou se diz é exatamente aquilo que ele já esperava. Tudo o que ele tinha de indecoroso, eu reparava naquilo tudo então com um deleite especial, porque tudo aquilo devia acalmar-me e mostrar que, para minha esposa, ele estava num patamar tão baixo que ela não poderia, como me tinha dito, descer até lá. Não me permitia mais sentir ciúmes. Primeiro, já conhecera aquela tortura e precisava descansar dela; segundo, queria acreditar nas asseverações de minha mulher e acreditava nelas. No entanto, apesar de não sentir mais ciúmes, não os tratava com naturalidade, nem a ele nem a ela, ao longo do almoço e da primeira metade daquele nosso sarau, antes de começar a parte musical. Ainda observava os gestos e os olhares de ambos.

O almoço foi como qualquer outro, enfadonho e afetado. A parte musical começou bastante cedo. Ah, como me recordo de todos os pormenores daquela noite! Recordo-me de ele trazer o seu violino, de abrir o estojo, retirar a cobertura bordada por uma dama, pegar o instrumento e começar a afiná-lo. Recordo-me de minha esposa se sentar, com ares de falsa indiferença destinados a dissimular, pelo que eu percebia, sua grande timidez provocada, em especial, pela sua habilidade artística, e daqueles costumeiros lás do piano, pizicatos do violino e arranjos da partitura que se iniciaram depois de ela se sentar, com aquele ar falso, ao piano. Recordo-me, a seguir, de eles se entreolharem, mirarem o público que se acomodava, dizerem alguma coisa um ao outro e passarem a tocar. Ele executou o primeiro acorde. Seu rosto se tornou sério, até severo, mas simpático; prestando atenção aos seus sons, ele puxou as cordas com seus dedos delicados, e o piano lhe respondeu. Foram tocando..."

Pózdnychev se calou e soltou, várias vezes seguidas, aquele seu som esquisito. Queria voltar a falar, mas se calou novamente, fungando com o nariz.

– Eles tocavam a *Sonata a Kreutzer*, de Beethoven. O senhor conhece o primeiro *presto* dela? Conhece?! – exclamou ele. – Bah!... Essa sonata é uma coisa tétrica. Notadamente esse trecho. E, de modo geral, a música é uma coisa tétrica. O que é isso? Eu não entendo. O que é a música? O que ela faz? E por que faz o que faz? Dizem que a música produz uma influência enobrecedora sobre a alma, mas isso é uma bobagem, uma mentira! Ela produz uma influência tremenda – estou falando de mim –, porém não enobrece a alma de maneira alguma. Ela não enobrece nem avilta, mas apenas irrita a alma. Como é que diria ao senhor? A música faz que me esqueça de mim mesmo, da minha situação verdadeira, transpõe-me para outra situação que não é minha: parece-me, sob a influência da música, que estou sentindo o que não estou sentindo na realidade, que compreendo o que não compreendo, que sou capaz do que não sou capaz. Explico isso pelo fato de a música agir como o bocejo ou como o riso: não estou com sono, mas fico bocejando ao olhar para quem boceja; não tenho motivos para rir, mas fico rindo ao ouvir quem ri.

"Ela, a música, transpõe-me, direta e imediatamente, para aquele estado de espírito que vivenciou quem compôs a música em questão. Minha alma se junta à dele e, com ele, passo de um estado para o outro; contudo, não sei para que faço isso. Pois quem escreveu, por exemplo, essa *Sonata a Kreutzer*, Beethoven, ele sabia por que se encontrava em tal estado: esse estado o levou a certas ações e, assim sendo, teve certo significado para ele, enquanto para mim, nenhum. Portanto, a música erudita só irrita, mas nunca alcança a sua finalidade. Vejamos: toca-se uma marcha bélica, os soldados passam sob esse acompanhamento e a música chega ao fim; toca-se uma dança, eu fico dançando e a música chega ao fim; canta-se uma missa, eu faço a minha comunhão e a música também chega ao fim... Mas aqui só se sente uma irritação, mas não há o que fazer nessa irritação. Por isso é que a música age, por vezes, tão horrível, tão formidavelmente. Na China a música é um negócio estatal. E deve mesmo ser assim. Pode-se admitir que qualquer um hipnotize, a seu bel-prazer, uma ou mesmo várias pessoas e depois faça delas o que quiser? Em especial, se tal hipnotizador for o primeiro amoral que aparecer?

E essa arma terrível cai nas mãos do primeiro vindo. Tomemos como exemplo a própria *Sonata a Kreutzer*, seu primeiro *presto*. Será que se pode tocar esse *presto* num salão, no meio das damas de vestidos decotados? Tocá-lo, depois aplaudir, e depois tomar sorvetes e discutir o último boato? Essas coisas podem ser tocadas apenas em dadas circunstâncias graves e significativas, e quando for preciso efetuar dadas ações importantes que correspondam a essa música. Tocar e fazer aquilo que a música sugerir. Senão, a produção de energia que não corresponde nem ao lugar nem à hora, e de sentimento não expresso de forma alguma, não pode deixar de ter consequências funestas. Sobre mim, pelo menos, aquela peça exerceu uma influência terrificante: era como se me tivessem advindo novas sensações e, pelo que parecia, novas possibilidades, antes desconhecidas. 'Pois é bem assim e não como tu pensavas e vivias antes; é bem assim, pois'– era isso que eu intuía cá na alma. Não conseguia compreender o que era o novo estado que acabava de descobrir, mas a consciência desse novo estado trazia-me muita alegria. Os mesmos vultos, inclusive os de minha mulher e dele, apresentavam-se para mim sob uma ótica bem diferente.

Após aquele *presto*, eles tocaram o *andante*, belo, mas ordinário, sem novidade, acompanhado de banais variações, e o *finale* completamente insosso. Depois tocavam ainda, para atender aos pedidos do público, ora a *Elegia*, de Ernst,[31] ora diversas obras miúdas. Aquilo tudo era bom, mas não me produziu nem um centésimo da impressão gerada pela primeira peça, existindo já, como pano de fundo, aquela primeira impressão. Eu sentia alívio e alegria ao longo de toda a noite. Quanto à minha mulher, nunca a vira tal como ela estava naquela ocasião. Seus olhos brilhantes, sua expressão severa e significativa, enquanto ela tocava, e todo aquele derretimento total, um fraco sorriso de lástima e bem-aventurança que lhe surgiu, uma vez finalizado o concerto. Eu via aquilo tudo, porém não atribuía àquilo nenhum outro sentido senão a suposição de que ela estivesse experimentando o mesmo que eu, acabando de descobrir as mesmas sensações novas e antes desconhecidas, como se as tivesse rememorado. O sarau terminou bem, e todos foram embora.

Sabendo que, dois dias depois, eu deveria ir à minha reunião, Trukhatchêvski disse, quando da despedida, que esperava renovar, vindo da próxima vez, o prazer daquela noite. Assim pude deduzir que ele não achava possível vir durante a minha ausência, e isso me agradou em cheio. Concluía-se que, como eu não retornaria antes de sua partida, não nos veríamos mais.

---

[31] Ernst, Heinrich Wilhelm (1814-1865): violinista e compositor austríaco.

Foi pela primeira vez que apertei sua mão com uma sincera satisfação e agradeci o prazer que ele nos proporcionara. Ele se despediu também de minha esposa. Sua despedida me pareceu a mais natural e decente possível. Corria tudo às mil maravilhas. Nós dois, eu e minha mulher, estávamos muito contentes com nosso sarau."

XXIV

— Dois dias depois eu fui ao interior do distrito; estava de ótimo humor e todo tranquilo, quando me despedia da minha esposa. Havia sempre montes de negócios, lá no interior, existia uma vida peculiar, um mundinho à parte. Ao longo de dois dias, passava dez horas a fio na repartição pública. Trouxeram-me, no segundo dia, uma carta de minha mulher. Li-a de imediato. Ela escrevia sobre os filhos, o tio e a babá, sobre as compras, e, entre outros assuntos, como se fosse a coisa mais trivial, frisava que Trukhatchêvski passara ali, deixando a partitura que tinha prometido, e prometera voltar a tocar com ela, mas ela recusara essa proposta. Não me lembrava de ele ter prometido trazer uma partitura: parecia-me que se despedira de nós até sempre, naquela hora, e isso me impressionou, portanto, de modo desagradável. Contudo, estava tão atarefado que não me sobrava tempo para pensar nisso; apenas de noite, retornando ao meu apartamento, reli a carta. Além de Trukhatchêvski ter visitado a minha casa de novo, em minha ausência, todo o estilo da carta me pareceu meio artificial. A fera enraivecida de meus ciúmes tornou a bramir em seu covil, querendo saltar para fora, mas eu temia aquela fera e apressei-me a trancafiá-la. "Que sentimento abjeto são esses ciúmes!" — disse a mim mesmo. "O que poderia ser mais natural que uma carta dela?"

"Deitei-me e comecei a pensar nos negócios que me esperavam no dia seguinte. Sempre demorava a adormecer, quando estava fora de casa, num lugar novo, mas dessa vez adormeci logo. E ocorreu-me o que ocorre às vezes, sabe... Vem, de improviso, uma descarga elétrica e a gente acorda. Assim acordei, e acordei pensando em minha esposa, em meu amor carnal por ela, em Trukhatchêvski e no suposto envolvimento deles que teria acabado. O pavor e a cólera apertaram-me o coração. Mas eu me pus a apelar ao juízo. 'Que bobagem é essa?' – dizia comigo. 'Não há nenhum fundamento, não há nem houve nada. Como é que posso humilhar, desse jeito, a minha mulher e a mim, imaginando tais horrores? Uma espécie de violinista de aluguel, tido como um homem imprestável, e, de repente, uma mulher digna, uma respeitável mãe de família, a *minha* mulher! Que disparate é esse?' – vinha-me à cabeça, por um lado. 'E como poderia ser outra coisa?' – acudia-me, por outro lado. Como poderia não ser aquela coisa bem simples e compreensível, em virtude da qual eu me casara com ela, aquilo mesmo que me fazia viver com ela, a única coisa que nela buscávamos eu mesmo e, por igual razão, quaisquer outros homens, inclusive aquele músico. Era um homem solteiro, saudável (lembro como ele mastigava uma cartilagem crepitante numa costeleta e pegava, avidamente, um copo de vinho com seus lábios vermelhos), bem nutrido e rechonchudo; não é que não seguisse nenhuma regra, mas, evidentemente, seguia aquela exata regra de desfrutar os prazeres que se oferecessem. E o que os ligava era a música, a mais requintada volúpia dos sentimentos. O que poderia, pois, contê-lo? Nada. Pelo contrário, tudo o atraía. Ela? Mas quem era ela? Era um mistério, como dantes. Eu não a conhecia, ou melhor, conhecia-a somente como um animal. E nada podia nem devia conter um animal.

Só então é que me recordei dos seus rostos naquela noite, quando, ao terminar a *Sonata a Kreutzer*, eles tocaram uma peça fogosa, não lembro mais qual — uma peça voluptuosa até a indecência. 'Como pude partir?' — dizia a mim mesmo, recordando seus rostos. 'Não estava bem claro que tudo acontecera entre eles naquela noite? Não dava para ver que, naquela noite, já não havia nenhuma barreira entre eles e, mais ainda, que ambos, principalmente ela, sentiam certa vergonha após o que lhes acontecera?' Lembrei-me do fraco sorriso de lástima e bem-aventurança que esboçava minha mulher, enxugando o suor do semblante avermelhado, quando me acercara do seu piano. Já então eles evitavam olhar um para o outro e, apenas ao jantar, vertendo ele água no copo dela, entreolharam-se com um sorriso quase imperceptível. Foi com pavor que me recordei daquele olhar que tinha interceptado, daquele indistinto sorriso. 'Sim, está tudo acabado' — dizia-me uma voz, e logo a outra me dizia o contrário. 'Andas possesso, aquilo é impossível' — dizia essa outra voz. Senti muito medo de estar deitado assim, nas trevas, acendi um fósforo e voltei a sentir medo ao ver aquele quartinho com seu papel de parede amarelo. Acendi um cigarro e, como sempre ocorre quando se gira, fumando, no mesmo círculo das contradições irresolúveis, rompi a fumar cigarro sobre cigarro para me entorpecer e deixar de enxergar essas contradições. Não preguei olho durante a noite toda e, às cinco da manhã, decidindo que não podia mais permanecer nessa tensão e iria, de pronto, embora, levantei-me, acordei o vigia que me servia e mandei-o buscar os cavalos. Enviei à repartição pública o bilhete de que, devido a um negócio urgente, fora chamado para Moscou, pedindo, por esse motivo, que um dos membros do conselho local me substituísse. Às oito horas peguei uma charrete e fui embora."

XXV

O condutor entrou e, notando que nossa vela se consumira, apagou-a sem colocar outra. Já começava a amanhecer. Pózdnychev estava calado, suspirando profundamente, enquanto o condutor se encontrava em nosso vagão. Continuou seu relato assim que o condutor saiu e passamos a ouvir, na penumbra do vagão em movimento, apenas o leve tilintar de suas vidraças e o monótono ronco do feitor. Eu não conseguia mais enxergar Pózdnychev na meia-luz matinal, ouvia somente a sua voz, cada vez mais emocionada, que denotava sofrimento:

— Precisava percorrer trinta e cinco verstas de charrete e viajar, por mais oito horas, pela estrada de ferro. Ir de charrete era agradabilíssimo. Fazia frio, naqueles dias de outono, mas o sol fulgurava. Sabe, a estação em que as rodas imprimem seu rastro na estrada brilhosa que nem o óleo. As estradas estão bem lisas, a luz rutila e o ar vivifica. Tive prazer em viajar de charrete. Quando amanheceu e eu fui embora de lá, senti um alívio. Olhando para os cavalos, os campos e as pessoas que encontrava pelo caminho, chegava a esquecer para onde ia. Parecia-me, vez por outra, que estava simplesmente a passeio e que nada daquilo que me incitara a viajar, nada daquilo acontecera. Sentia-me sobremodo alegre em ficar assim esquecido. E, quando lembrava para onde ia, dizia comigo: "Aí veremos, não penses". Além disso, surpreendeu-me, no meio do caminho, um acidente que me deteve e me distraiu mais ainda: aquela minha charrete quebrou, precisando-se, pois, consertá-la. Tal acidente foi muito significativo, fazendo que eu não chegasse a Moscou às cinco horas, conforme tinha planejado, mas à meia-noite e, à minha casa, por volta de uma da madrugada, visto que perdera o trem expresso e tivera de pegar o convencional. Buscar uma carroça, consertar a charrete, pagar pelo conserto, tomar chá numa estalagem, conversar com o hospedeiro – tudo isso me deixou ainda mais distraído. Ao anoitecer, estava tudo em ordem; eu continuei a minha viagem, e viajar de noite era melhor que de dia. A lua crescente, um leve frio, uma estrada excelente e, ainda por cima, cavalos com seu cocheiro risonho... E deleitava-me com o percurso, quase sem refletir naquilo que me esperava, ou talvez me deleitasse tanto exatamente por saber o que me esperava e despedir-me, pelo caminho, das alegrias da vida. Mas esse meu estado tranquilo, essa possibilidade de reprimir minhas emoções, limitaram-se à viagem de charrete. Tão logo entrei no vagão, adveio-me outra coisa. Aquelas oito horas de travessia de trem foram, para mim, algo terrível, algo que não esquecerei em toda a minha vida. Fosse porque, ao entrar no vagão, eu imaginara vivamente que já teria chegado ou porque a estrada de ferro impõe aos seus passageiros uma impressão tão excitante, mas, desde que estava no vagão, não conseguia mais dominar minha imaginação, a qual não cessava de pintar, com uma força extraordinária, quadros a atiçarem os meus ciúmes, um após o outro e um mais cínico que o outro, todos relativos àquilo que se passava ali em minha ausência, quando ela me traía. Estava ardendo de indignação, de fúria e de certa sensação peculiar que consistia em extasiar-me com minha humilhação, ao contemplar esses quadros sem poder mais tirar os olhos deles: não conseguia parar de contemplá-los, não conseguia apagá-los, não conseguia deixar de evocá-los. E não só isso: quanto mais contemplava esses quadros imaginários, tanto mais acreditava em sua veracidade. A força com que minha imaginação os representava parecia fornecer provas de que aquilo que eu imaginava era real. Um demônio inventava e insuflava-me, contra a minha vontade, as conjeturas mais horripilantes. Veio-me à memória uma antiga conversa com o irmão de Trukhatchêvski, e comecei a dilacerar o meu coração com aquela conversa, sentindo uma espécie de exaltação ao referi-la a Trukhatchêvski e à minha esposa.

"Aquilo se dera havia muito tempo, mas eu me lembrei de tudo. Lembrei como o irmão de Trukhatchêvski respondera, um dia, à pergunta se visitava bordéis, que um homem decente não iria àqueles lugares onde podia contrair uma doença, além de serem sujos e repulsivos, já que sempre conseguiria arranjar uma mulher decente. E eis que o irmão dele arranjou a minha mulher. 'É verdade que ela não é mais tão nova assim, perdeu um dente de lado e está meio gordinha' – pensava eu por ele –, 'mas fazer o quê? Devemos aproveitar o que temos.' – 'Sim, ele fará um favor se a tomar como amante' – dizia a mim mesmo. – 'Ademais, ela é segura.' – 'Não, isso é impossível! O que é que estou pensando?' – dizia comigo, terrificado. 'Não há nada, mas nada disso. Não há nem sequer motivos para supor algo parecido. Ela não me disse que a própria ideia de que eu pudesse sentir ciúmes por causa daquele homem era humilhante para ela? Disse, sim, mas é mentira, é tudo mentira' – exclamava eu e começava de novo... Havia apenas dois passageiros naquele vagão, uma velhinha com seu marido, ambos de poucas palavras, mas até eles saíram numa das estações, e eu fiquei só. Estava como uma fera enjaulada: ora me levantava depressa e aproximava-me das janelas, ora me punha a andar, balançando de um lado para o outro, como se procurasse acelerar o vagão, mas este não parava de sacolejar, com todos os seus bancos e vidros, igual ao nosso..."

Pózdnychev se levantou num pulo, fez alguns passos e voltou a sentar-se.

– Oh, que medo, que medo eu tenho desses vagões da estrada de ferro, um terror se apossa de mim.

"Sim, um terror!" – prosseguiu ele. "Dizia-me: 'Vou pensar em outras coisas, por exemplo, no dono da estalagem onde tomei o meu chá'. Então me surgiam, aos olhos da imaginação, o hospedeiro com sua barba comprida e o seu neto, um garoto da mesma idade que meu Vássia. Meu Vássia! Ele veria o músico beijar a mãe dele. O que aconteceria em sua pobre alma? E que diferença faria para ela? Ela amava... E começava a mesma coisa. Não, não... Iria pensar em minha visita ao hospital, em como um paciente se queixava, no dia anterior, do doutor. E o bigode do doutor era como o de Trukhatchêvski. E com quanta insolência ele... Os dois me enganavam, quando ele dizia que ia embora. E começava a mesma coisa. Tudo o que eu pensava tinha a ver com eles. Sofria horrivelmente. E o maior sofrimento consistia em ignorar, em duvidar, em desdobrar-me, em não saber se devia amá-la ou odiá-la. Meus sofrimentos eram tão atrozes que me veio, pelo que lembro, uma ideia de que gostei muito, a de ir até a via férrea, deitar-me nos trilhos, sob o vagão, e terminar tudo de vez. Então, pelo menos, deixaria de hesitar e de duvidar. A única razão que me impedia de fazê-lo era a pena de mim mesmo, que acarretava, de imediato, o ódio por ela. Havia também uma estranha sensação mista de rancor e consciência de minha humilhação e da vitória dele, acompanhada de um ódio terrível.

'Não posso matar-me e deixá-la como está; é preciso que ela sofra, ao menos, um pouco, que compreenda como eu sofria' – dizia comigo. Saía do vagão em todas as estações para me distrair. No refeitório de uma estação vi algumas pessoas beberem e logo bebi, eu mesmo, um copo de vodca. Um judeu, que também bebia, estava ao meu lado. Ele puxou conversa, e eu, apenas para não ficar só naquele meu vagão, fui atrás dele ao seu vagão de terceira classe, sujo, cheio de fumo e salpicado de cascas de sementes de girassol. Ali me sentei perto dele, e o judeu tagarelou muito e contou várias anedotas. Escutava-o, mas não chegava a entender o que ele dizia, pois continuava a pensar em minhas mágoas. Ele reparou nisso e passou a exigir mais atenção; então me levantei e retornei ao meu vagão. 'É preciso analisar' – dizia a mim mesmo – 'se é verdade o que estou pensando e se há fundamentos para me afligir tanto'. Sentei-me, querendo analisar isso com tranquilidade, mas, em lugar da tal análise tranquila, ressurgiu logo o mesmo tormento, em vez das reflexões vieram os mesmos quadros e conjeturas. 'Quantas vezes me afligi desse modo' – dizia-me, relembrando semelhantes crises de ciúmes que me tinham sobrevindo antes –, 'e depois não houve coisa nenhuma. Agora também a encontrarei, talvez, ou melhor, com certeza, dormindo sossegadamente; ela acordará, ficará alegre com a minha chegada e, pelas suas palavras, pelo seu olhar, eu sentirei que nada aconteceu e que tudo isso é uma bobagem. Oh, como seria bom!' – 'Mas não, isso já aconteceu uma porção de vezes e não se repetirá agora' – dizia-me uma voz interior, e tudo começava de novo. Sim, aquele ali era um suplício! Não levaria um jovem ao hospital de sifilíticos, para lhe tirar toda a vontade de se envolver com mulheres, mas, sim, à minha alma, para lhe mostrar os demônios que a dilaceravam! O que era terrível é que reconhecia o meu indubitável e pleno direito de possuir o corpo dela, como se fosse meu próprio corpo, e ao mesmo tempo sentia que não podia possuí-lo, que esse corpo não me pertencia e que ela podia usá-lo como quisesse, mas não queria usá-lo como me apetecia. E eu não conseguiria fazer nada, nem com ele e nem com ela. O violinista, como o capataz Vanka ao pé da forca, entoaria uma cantiga de como beijara a boca saborosa e assim por diante, e a vantagem seria dele. Quanto à minha mulher, menos ainda poderia prejudicá-la. Se ela não pecara até lá, mas pretendia pecar, sabendo eu que pretendia, pior para mim: seria melhor se já tivesse pecado, para eu saber, para não haver mais indecisão. Não poderia dizer o que queria então. Queria que ela não desejasse o que devia desejar. Era uma loucura completa!"

XXVI

– Na penúltima estação, quando o condutor veio recolher as passagens, eu arrumei os meus pertences e saí do vagão, tendo a consciência de que o desfecho estava bem próximo aumentado a minha inquietude. Sentia frio, as maxilas tremiam-me tanto que passei a bater os dentes. Maquinalmente, atravessei a gare com toda a multidão, peguei uma caleche,[32] acomodei-me nela e fui para casa. Ia olhando para os transeuntes, bem poucos, para os garis e as sombras que os postes de luz e aquela minha caleche lançavam ora na frente, ora por trás, sem refletir em nada. Ao percorrer cerca de meia versta, senti frio nos pés e pensei que tirara, ainda no vagão, minhas meias de lã, colocando-as na minha maleta. Onde estaria a maleta? Estava comigo. E a cesta? Lembrei-me de ter esquecido,

---

[32] Tipo de carruagem com dois assentos e quatro rodas, muito comum na Rússia e outros países europeus no século XIX.

completamente, minhas bagagens, mas, conferindo o recibo, decidi que não valia a pena voltar por esse motivo e fui adiante.

"Por mais que me esforce agora, não consigo, de modo algum, recordar o meu estado de então. Em que pensava, o que queria – não me lembro de nada. Lembro-me tão somente de ter a consciência de que algo terrível e muito importante estava para acontecer em minha vida. Não sei se o importante aconteceu porque eu pensava assim ou porque o pressentia. Também pode ser que, após o acontecido, todos os momentos antecedentes tenham adquirido, em minha memória, um matiz soturno. A caleche se aproximou da entrada de nosso prédio. Era, mais ou menos, uma hora da madrugada. Algumas carruagens estavam junto da escadaria de entrada, esperando por passageiros sob as janelas iluminadas (as janelas de nosso apartamento estavam iluminadas: a do salão e a da sala de estar). Sem compreender por que, nessas altas horas, ainda havia luz em nossas janelas, subi os degraus, no mesmo estado de espera por algo terrível, e toquei a campainha. O lacaio Yegor, bondoso, zeloso e muito bobo, abriu a porta. A primeira coisa que me saltou aos olhos era o capote do músico, pendurado no cabideiro da antessala, ao lado de outras roupas. Eu deveria ficar surpreso, mas não me surpreendi, como se já esperasse por isso. 'Bem que pensava' – disse comigo. Quando perguntei a Yegor quem estava em nossa casa e ele mencionou Trukhatchêvski, inquiri se havia mais alguém. Ele respondeu:

– Ninguém mais.

Recordo-me de ele ter dito aquilo com uma entonação singular, como que procurando agradar-me e dissipar minhas dúvidas sobre a presença de pessoas estranhas. 'Ninguém mais. Pois bem, pois bem...' – disse a mim mesmo.

– E as crianças?
– Graças a Deus, estão com saúde. Faz tempo que dormem.

Eu não conseguia retomar fôlego nem segurar as maxilas trementes. 'Não, pois, não é assim como eu pensava: antes pensava que era uma desgraça, mas, na verdade, só punha a carroça na frente dos bois. Agora é que a hora chegou, e ei-lo, tudo aquilo que imaginava e ruminava, aquilo que imaginava apenas, ei-lo aqui em carne e osso. Ei-lo, aquilo tudo...'

Quase fiquei soluçando, porém o diabo me sugeriu logo: 'Chora, sentimental, e eles se separarão com calma, não haverá provas, e passarás toda a vida em dúvidas e tormentos.' E logo desapareceu o dó de mim mesmo, e veio-me uma sensação esquisita – o senhor não vai acreditar –, a alegria de que meu suplício acabaria em breve, podendo eu castigá-la, livrar-me dela, dar largas à minha raiva. Então dei largas à minha raiva: tornei-me um bicho, um bicho feroz e astuto.

– Não precisas, não – disse a Yegor, que queria ir comigo à sala de estar. – É o seguinte: desce rápido, pega uma caleche e vai à estação ferroviária. Eis aqui o recibo: traz minhas bagagens. Vai.

Indo buscar o casaco, ele seguiu pelo corredor. Receando que pudesse assustá-los, acompanhei-o até o seu cubículo e fiquei aguardando, enquanto ele se vestia. No salão, detrás do outro cômodo, ouviam-se falas e sons de facas e pratos. Eles comiam, sem terem ouvido a campainha tocar. 'Tomara que não saiam agora' – pensei eu. Yegor pôs o seu casaco, com gola de pele de carneiro de Astrakhan,[33] e partiu. Deixei-o sair e tranquei a porta;

---

[33] Grande cidade russa, situada na foz do rio Volga, perto do mar Cáspio.

quando senti que estava só e precisava agir, um pavor se apoderou de mim. Ainda não sabia como agiria. Sabia apenas que estava tudo acabado, que não havia mais sombra de dúvidas sobre a culpa de minha mulher e que logo a puniria e romperia minhas relações com ela.

Antes me dizia, quando estava hesitando: 'Talvez não seja verdade; talvez eu esteja enganado', mas agora não sentia mais nada disso. Estava tudo resolvido de uma vez por todas. Em segredo de mim, sozinha com ele, à noite! Era o esquecimento total de tudo. Ou algo pior ainda: uma coragem premeditada, audácia de quem comete um crime, para que essa audácia constituísse a prova de sua inocência. Tudo estava claro. Eu não tinha mais dúvidas. Temia unicamente que eles se retirassem, inventassem um novo engodo e assim me arrebatassem tanto a evidência do flagrante delito quanto a possibilidade de castigá-los. E, para flagrá-los o mais depressa possível, eu fui, nas pontas dos pés, ao salão onde eles estavam, e fui pelo corredor, rente aos quartos de nossos filhos, e não pela sala de estar.

No primeiro desses quartos dormiam os meninos. No segundo, a babá se moveu, querendo acordar, e eu imaginei o que ela pensaria ao saber de tudo, e essa ideia me fez sentir tanta pena de mim mesmo que não pude conter as lágrimas e, para não despertar os filhos, corri, nas pontas dos pés, pelo corredor, entrei no meu gabinete, desabei no sofá e rompi em prantos.

'Eu, homem honesto; eu, filho de meus pais; eu que sonhei, toda a minha vida, com a felicidade do matrimônio; eu, homem, que jamais a traí... E eis o que ela faz! Tem cinco filhos e abraça aquele músico, porque seus lábios são vermelhos! Não é uma mulher, não! É uma cadela, uma cadela sarnenta! Ao lado do quarto de seus filhos que fingiu amar a vida inteira. Escreveu-me o que escreveu e jogou-se, com tanta sem-vergonhice, ao pescoço dele! Mas o que é que sei? Talvez tenha sido sempre assim. Talvez ela tenha gerado, com nossos lacaios, todos os filhos que se consideram meus. E eu viria amanhã, e ela, com aquele seu penteado, com aquela sua cintura e seus movimentos indolentes e graciosos (vi, nesse exato momento, todo o seu rosto atraente e odiado), ela me encontraria, e o bicho dos ciúmes ficaria dilacerando o meu coração para todo o sempre. O que vão pensar a babá e Yegor? E a coitada de Lísotchka?[34] Pois ela já compreende alguma coisa. E essa desfaçatez, e essa mentira, e essa sensualidade animalesca que conheço tão bem...' – dizia a mim mesmo.

Queria levantar-me, porém não pude. Meu coração batia com tanta força que eu não conseguia manter-me em pé. Sim, morreria de um ataque. Ela me mataria. Estava ansiando por isso. Deixaria, então, que ela me matasse? Não, isso seria por demais proveitoso para ela, e eu não lhe proporcionaria esse prazer. Sim, eu estava parado, e eles comiam ali, riam e... Não, apesar de ela não ser mais tão nova assim, ele não a menosprezara: de qualquer modo, era bonita e, o principal, não apresentava, ao menos, ameaças para a preciosa saúde dele. 'Por que não a esganei da última vez?' – perguntei-me, lembrando aquele momento em que, uma semana antes, empurrara minha mulher para fora do gabinete e depois quebrara um bocado de coisas. Recordei-me vivamente daquele estado em que me encontrava naquela ocasião, e não apenas me recordei dele, mas senti a mesma necessidade de quebrar, de destruir, que já havia sentido. Lembro como quis agir, e todas as reflexões, senão aquelas de que necessitava

---

[34] Forma diminutiva e carinhosa do nome Lisa (Lisaveta ou Yelisaveta) que o autor emprega concomitante à forma "Lísonka".

para agir, saíram-me da cabeça. Entrei naquele estado do animal, ou do homem influenciado pela excitação física que provém da sua exposição ao perigo, quando se age com precisão, sem se apressar nem perder, todavia, um só minuto, apenas com um objetivo bem definido."

XXVII

— A primeira coisa que fiz foi tirar minhas botas; uma vez de meias, aproximei-me da parede em que pendiam, acima do sofá, espingardas e punhais, e peguei um curvo punhal de aço de Damasco, extremamente agudo, que não usara nenhuma vez. Retirei-o da bainha. Lembro como a bainha caiu detrás do sofá; lembro também como me disse: "Preciso achá-la depois, senão vai sumir". Despi, a seguir, o meu sobretudo, que portara esse tempo todo, e, apenas de meias, fui, pé ante pé, ao salão.

"Vim sorrateiramente e, de súbito, abri a porta. Lembro a expressão de seus rostos. Lembro aquela expressão por ela me ter trazido uma alegria pungente. Era uma expressão de pavor, justamente daquilo que eu almejava. Nunca me esquecerei daquela expressão de desesperado pavor que apareceu, no primeiro segundo, em ambos os rostos, quando eles me avistaram. O músico estava sentado, ao que parece, à mesa, mas, vendo-me ou então me ouvindo entrar, levantou-se num pulo e ficou de costas para o armário. Seu rosto exprimia somente um terror indubitável. O rosto de minha mulher exprimia igual terror, mas, ao mesmo tempo, havia nele também uma expressão diferente. Se sua expressão fosse uma só, aquilo que sucedeu não teria, talvez, sucedido, mas, pelo que me parecera, ao menos, naquele primeiro segundo, a expressão de seu rosto manifestava ainda desgosto, descontentamento de seu enlevo amoroso e sua felicidade com o amante terem sido frustrados, como se ela só desejasse que não a impedissem, naquele momento, de ser feliz. Ambas as expressões se vislumbraram em seus rostos por um instante apenas. No rosto dele, a expressão de pavor ficou logo substituída por uma expressão interrogativa: poderia mentir ou não? Se pudesse, devia já começar. Se não, aconteceria outra coisa, mas qual? O músico olhou para minha mulher de maneira indagativa. No rosto dela, a expressão de desgosto e mágoa ficou substituída, como me pareceu quando ela fitou o amante, pela preocupação com ele.

Parei, por um instante, à porta, segurando o punhal atrás das costas. No mesmo instante, ele sorriu e começou a falar num tom indiferente até o ridículo:

– É que tocamos um pouco aqui...

– Não esperava por ti – começou, simultaneamente, minha mulher, rendendo-se ao tom dele.

Contudo, nenhum deles dois terminou sua frase: a mesma raiva, que tinha experimentado uma semana antes, apoderou-se de mim. Senti, outra vez, a mesma necessidade de destruição, violência e êxtase furioso, e entreguei-me àquele êxtase.

Nenhum deles dois terminou sua frase... Começou aquela outra coisa que Trukhatchêvski temia e que arrebentaria, de pronto, tudo quanto eles dissessem. Arrojei-me em direção à minha mulher, ainda escondendo o punhal para que não me impedisse de dar um murro no flanco dela, embaixo do peito. Tinha escolhido esse ponto desde o começo. Porém, no momento em que parti para cima dela, o músico percebeu a minha intenção e fez algo que eu nem sequer esperava dele, pegando-me na mão e gritando:

— Acalmem-se, gente, o que estão fazendo!

Arrebatei-lhe a mão e, sem uma palavra, joguei-me para cima dele. Seu olhar se cruzou com o meu; o músico ficou, de repente, branco que nem um lenço, até os seus lábios empalideceram, seus olhos lançaram um brilho singular, e — algo que eu tampouco esperava — ele se esgueirou, por baixo do piano, até a porta. Queria persegui-lo, mas um peso ficou suspenso em meu braço esquerdo. Era minha mulher. Fiz um gesto brutal para afastá-la. Mais pesada ainda, ela se agarrou em mim e não me soltava. Esse estorvo inopinado, seu peso e seu execrável contato enfureceram-me mais ainda. Sentia que estava completamente louco e devia parecer terrível, e isso me alegrava. Movi, com todas as forças, o braço esquerdo e acertei-a, bem no rosto, com o cotovelo. Ela gritou e largou o meu braço. Queria correr atrás dele, mas recordei que seria ridículo correr, apenas de meias, atrás do amante de minha esposa, e não me apetecia ser ridículo, mas, ao contrário, medonho. Apesar da horrível cólera a que me entregara, tinha em mente, o tempo todo, a impressão que fazia aos outros, e até mesmo me via guiado, em parte, por essa impressão. Virei-me para minha mulher. Ela tinha caído num canapé e, apertando a mão aos seus olhos, que eu machucara, olhava para mim. Seu rosto exprimia medo e ódio por mim, seu inimigo, igual ao focinho da ratazana quando a gente levanta a ratoeira que a prendeu. Eu, pelo menos, não enxergava nela mais nada senão aqueles medo e ódio. Eram aqueles medo e ódio por mim que deviam ter suscitado seu amor pelo outro. Ter-me-ia contido, talvez, não teria feito o que fiz, se ela estivesse calada. Mas, de repente, ela se pôs a falar e a pegar-me na mão que segurava o punhal.

— Calma! O que tens? O que há? Não aconteceu nada, nada, nada... Eu juro!

Teria ainda demorado, mas essas últimas palavras, das quais deduzi que, bem ao contrário, acontecera tudo, provocaram uma resposta. E essa resposta havia de corresponder àquele estado a que eu me levara, em que tudo ia *crescendo*[35] e devia continuar nesse mesmo ritmo. A fúria também possui suas leis.

— Não mintas, safada! — bradei e peguei, com a mão esquerda, em seu braço, mas ela se livrou. Então, sem largar o punhal, segurei-lhe, com a mão esquerda, o pescoço, fi-la cair de costas e comecei a estrangulá-la. Como o pescoço dela estava duro... Com ambas as mãos, ela tentou retirar meus dedos do seu pescoço, e eu, como se esperasse exatamente por isso, enfiei-lhe, com todas as forças, o meu punhal no flanco esquerdo, sob as costelas.

Quando as pessoas dizem que, num acesso de fúria, não se dão conta de suas ações, é uma bobagem, uma mentira. Eu me dava conta de tudo, não perdi a cabeça nem por um segundo. Quanto mais atiçava as chamas de minha raiva, tanto mais viva se tornava, dentro de mim, a luz da consciência sob a qual não podia deixar de enxergar tudo aquilo que estava fazendo. A cada instante, sabia o que fazia. Não posso dizer que sabia de antemão o que ia fazer, mas naquele exato momento em que fazia aquilo, ou mesmo, parece-me, um pouco antes, sabia o que estava fazendo, como se arranjasse a possibilidade de me arrepender, de dizer depois a mim mesmo que teria podido parar. Sabia que enfiava o punhal sob as costelas e que ele entraria. Naquele momento em que fazia aquilo, sabia que estava fazendo algo terrível, algo que nunca fizera antes e

---

[35] Termo musical que significa (em italiano) a elevação gradual do som.

que teria consequências terríveis. Porém, a compreensão daquilo surgiu como um relâmpago e, logo em seguida, veio a ação. E tal ação foi compreendida com uma clareza extraordinária. Lembro-me de ter percebido a instantânea resistência do espartilho e de mais alguma coisa, e depois a imersão do punhal na maciez da carne. Ela se agarrou ao punhal, cortou as mãos, mas não conseguiu segurá-lo. E por muito tempo, já na prisão, após a reviravolta moral que se operara em mim, eu pensaria naquele momento, rememorando o que podia rememorar e raciocinando. Lembro como me veio, por um instante, apenas por um instante anterior à ação, a consciência aterradora de que estava matando e já matara uma mulher, uma mulher indefesa, a minha mulher. Lembro o terror provocado por essa consciência e, portanto, concluo e até mesmo recordo vagamente que retirei o punhal, tão logo enfiado, querendo parar e reparar o que tinha feito. Fiquei, por um segundo, imóvel, à espera do que aconteceria, para ver se podia repará-lo. Ela se levantou num ímpeto, exclamando:

— Babá! Ele me matou!

A babá, que tinha ouvido o barulho, estava plantada à porta. Eu continuava imóvel, esperando sem acreditar. E foi então que o sangue jorrou por baixo do seu espartilho. E foi então que compreendi que não podia reparar o acontecido e decidi logo que nem sequer precisava, querendo exatamente aquilo e devendo ter feito exatamente aquilo. Esperei até que ela caísse e a babá se aproximasse correndo dela, gritando: 'Gente do céu!', e só depois joguei o punhal para um lado e saí porta afora.

'Não preciso emocionar-me, preciso saber o que estou fazendo' — disse comigo, sem olhar para ela nem para a babá. A babá gritava, chamava a criada. Passei pelo corredor e, mandando a criada para o salão, fui ao meu gabinete.

'O que preciso fazer agora?' – perguntei-me e logo entendi o quê. Entrando no gabinete, acerquei-me rápido da parede, peguei um revólver pendurado nela, examinei-o – estava carregado – e coloquei-o sobre a mesa. Depois encontrei a bainha embaixo do sofá e sentei-me no sofá.

Fiquei muito tempo assim, sentado. Não pensava em nada, de nada me recordava. Ouvia alguém se remexer por ali. Ouvi uma pessoa chegar, depois outra pessoa. Ouvi, a seguir, e vi Yegor trazer minha cesta para o gabinete. Como se alguém precisasse dela!

– Já sabes o que aconteceu? – perguntei eu. – Diz ao zelador para avisar a polícia.

Sem responder nada, ele se retirou. Levantei-me, tranquei a porta e, tirando meus cigarros e um fósforo, comecei a fumar. Mal terminei de fumar um cigarro, o sono me dominou e derrubou. Passei umas duas horas dormindo. Lembro-me de ter sonhado que nós dois estávamos bem, que brigáramos, mas íamos fazer as pazes, e que algo nos atrapalhava um pouco, mas, ainda assim, estávamos bem. Foi uma batida à porta que me despertou. 'É a polícia' – pensei, acordando. 'Parece que matei a minha mulher. Ou talvez seja ela e nada tenha acontecido.' Voltaram a bater à porta. Não respondi nada, cogitando sobre a questão se aquilo acontecera mesmo ou não acontecera. Acontecera, sim. Relembrei a resistência do espartilho e a imersão da faca, e um frio me percorreu as costas. 'Aconteceu, sim. Pois bem, agora é minha vez' – disse a mim mesmo. Contudo, ao dizer isso, eu sabia que não me mataria. Fiquei, não obstante, de pé e empunhei outra vez o revólver. E, coisa estranha: lembro como antes estivera, diversas vezes, à beira do suicídio, como naquele mesmo dia, na estrada de ferro, e parecia-me fácil cometê-lo, fácil, notadamente, por imaginar como a abalaria com isso, porém agora não podia, de modo algum, não apenas suicidar-me, mas nem sequer pensar a respeito. 'Por que faria isso?' – perguntava-me, sem ter nenhuma resposta. Bateram de novo à porta. 'Não, antes preciso saber quem está batendo. Ainda há tempo'. Coloquei o revólver de lado e cobri-o com um jornal. Aproximei-me da porta e retirei a tranca. Era a irmã de minha mulher, uma viúva bondosa e tola.

– O que é isso, Vássia? – disse ela, e, sempre pronta a chorar, desfez-se em prantos.

– O que queres? – perguntei, ríspido. Percebia não ter nenhuma necessidade, nenhum motivo para tratá-la com rispidez, mas não conseguia inventar nenhum outro tom.

– Vássia, ela está morrendo! Foi Ivan Fiódorovitch quem disse – Ivan Fiódorovitch era um doutor, médico e conselheiro de minha esposa.

– Ele está aí? – perguntei, e toda a raiva contra ela surgiu-me de novo. – E eu com isso?

– Vássia, vai vê-la. Ah, como isso é horrível! – disse minha cunhada.

'Será que vou vê-la?' – fiz essa pergunta a mim mesmo. E logo me respondi que devia ir vê-la, que assim se fazia, por certo, sempre, que, tendo um marido, igual a mim, assassinado sua mulher, era necessário que fosse vê-la. 'Se fazem assim, preciso ir mesmo' – disse comigo. 'E, se for necessário, não me faltará tempo' – pensei em minha intenção de me matar com um tiro e fui seguindo a minha cunhada. 'Agora haverá frases, caretas, mas não me submeterei a elas' – disse comigo.

– Espera – dirigi-me à cunhada. – É bobo ir lá descalço, deixa que eu ponha, ao menos, os meus chinelos."

XXVIII

— E, coisa pasmosa! De novo, quando saí do gabinete e fui através dos cômodos familiares, de novo me acudiu a esperança de que nada tivesse acontecido, porém o cheiro de toda aquela abominação dos doutores – de iodofórmio e ácido carbólico – arrasou-me. Tudo acontecera, sim. Passando pelo corredor, ao lado do quarto dos filhos, vi Lísonka. Ela me fitava atemorizada. Pareceu-me, inclusive, que todos os cinco filhos estavam lá e olhavam para mim. Aproximei-me da porta, e a criada abriu-a por dentro e saiu do quarto. A primeira coisa que me saltou aos olhos era o vestido cinza-claro de minha esposa, todo negro de sangue, que estava em cima de uma cadeira. Em nossa cama de casal, do meu lado cujo alcance era mais fácil, jazia minha mulher, de joelhos erguidos. Jazia, bem em declive, sobre os travesseiros, e sua blusa estava desabotoada. Algo lhe recobria a ferida. No quarto havia um cheiro pesado de iodofórmio. Antes e acima de tudo, impressionou-me seu rosto inchado, com manchas azuis que se viam em seu nariz e debaixo do olho. Eram as consequências da minha cotovelada, desferida quando ela tentara deter-me. Não via mais nela nenhuma beleza, vislumbrava apenas algo repulsivo. Parei na soleira.

"– Vai até ela, vai – dizia-me a cunhada.

'Por certo, ela quer confessar sua culpa' – pensei então. – 'Será que vou perdoá-la? Sim, ela está morrendo, agora posso perdoá-la' – pensava, buscando ser magnânimo. Fiquei ao seu lado. Com muita dificuldade, ela ergueu os olhos, um dos quais estava machucado, e disse a custo, tartamudeando:

— Conseguiste o que querias, mataste... – E em seu rosto, apesar dos sofrimentos físicos e mesmo da proximidade da morte, manifestou-se aquele mesmo ódio antigo e bem conhecido, frio e animalesco. – Ainda assim... não te deixarei... os filhos... Ela (sua irmã)... vai criá-los...

Quanto àquilo que mais me importava, à sua culpa, à sua traição, parecia achar que não valia a pena mencioná-lo.

– Vem, admira o que tu fizeste – disse ela, ao olhar em direção à porta, e soltou um soluço. Junto da porta estavam sua irmã e meus filhos. – Sim, eis o que tu fizeste.

Olhei para nossos filhos, para as equimoses do rosto inchado dela e, pela primeira vez, esqueci-me de mim mesmo, de meus direitos, de meu orgulho, pela primeira vez enxerguei nela um ser humano. E tudo aquilo que me ofendia, todos os meus ciúmes, pareceu-me tão insignificante, e tão grave aquilo que eu tinha feito, que quis encostar o meu rosto à sua mão e dizer: 'Perdoa!', mas não tive coragem.

Ela estava calada, de olhos fechados: decerto não tinha mais forças para falar. Depois o seu rosto desfigurado estremeceu e ficou todo franzido. Ela me empurrou fracamente:

– Por que fizeste tudo isso? Por quê?

– Perdoa-me – disse eu.

– Perdoar? É tudo bobagem!... Tomara que eu não morra!... – exclamou ela, soerguendo-se, e seus olhos brilhantes de febre cravaram-se em mim. – Conseguiste o que querias, sim!... Odeio!... Ai! Ah! – gritou, pelo visto amedrontada por algo que vira em seu delírio. – Mata, pois, mata, não tenho medo... Mas mata a todos, a todos, e a ele também. Escapou, escapou!

O delírio persistia o tempo todo. Ela não reconhecia ninguém. Por volta do meio-dia, ela morreu. Antes disso, às oito horas, eu fui levado para a delegacia e de lá para a cadeia. E foi ali, ao passar onze meses na expectativa do julgamento, que pensei em mim mesmo, reavaliei o meu passado e compreendi-o. Comecei a compreender no terceiro dia. No terceiro dia, levaram-me..."

Ele queria dizer algo, mas, incapaz de conter os prantos, calou-se. Retomando fôlego, prosseguiu:

– Só comecei a compreender quando a vi no caixão... – Ele soltou um soluço, mas logo tornou a falar, apressado: – Só quando vi o seu rosto morto, compreendi tudo o que tinha feito. Compreendi que fora eu, eu quem a matara, que por minha culpa ela, que estava viva, quente e se movia, ficara imóvel, como que de cera, e fria, e que não se poderia nunca, nenhures, de modo nenhum, repará-lo. Quem não vivenciou isso não pode compreender... Uh... uh... uh!... – exclamou várias vezes e calou-se de novo.

Por muito tempo, permanecemos em silêncio. Calado, ele soluçava e tremia em minha frente.

– Perdoe-me...

Virando-me as costas, ele se deitou no banco e cobriu-se com uma manta. Na estação em que eu precisava descer – eram oito horas da manhã –, aproximei-me dele para nos despedirmos. Dormisse mesmo ou fingisse dormir, ele não se movia. Toquei-o com a mão. Ele retirou a manta: dava para ver que não tinha dormido.

– Adeus – disse eu, estendendo-lhe a mão.

Ele também me estendeu a mão e sorriu de maneira quase imperceptível, mas tão lastimosa que senti vontade de chorar.

– Perdoe-me, sim – repetiu ele as mesmas palavras com que encerrara o seu relato.

o padre sêrgui[1]

---

[1] "Sêrgui" é a forma arcaica do nome russo Serguei, até hoje usada na linguagem eclesiástica.

I

Houve em Petersburgo, nos anos quarenta,[2] um acontecimento que espantou a todos: um belo homem, um príncipe que comandava um esquadrão de couraceiros[3] da guarda imperial, a quem todo mundo predizia tanto o posto de ajudante de campo quanto uma brilhante carreira no império de Nikolai I, solicitou sua reforma um mês antes de se casar com uma linda dama de honor,[4] a qual gozava de especial benevolência da imperatriz, rompeu com a noiva, entregou seu pequeno cabedal à sua irmã e partiu para um monastério, na intenção de se tornar monge.

---

[2] Trata-se da década de 1840, quando a Rússia era governada pelo imperador Nikolai I (1796-1855).
[3] Tropas de cavalaria armadas de couraças, capacetes e sabres.
[4] Dama que fazia parte da corte de uma rainha ou imperatriz.

Tal acontecimento parecia extraordinário e inexplicável para as pessoas que desconheciam suas causas internas; quanto ao próprio príncipe Stepan Kassátski, tudo isso lhe ocorrera de maneira tão natural que ele nem sequer poderia imaginar ter podido agir de outra maneira.

O pai de Stepan Kassátski, coronel reformado da guarda imperial, faleceu quando seu filho tinha doze anos. Por mais que se afligisse a mãe obrigada a mandar seu filho embora de casa, não se atreveu a descumprir a vontade de seu finado esposo, cujo testamento determinava que, caso ele morresse, o garoto não permaneceria em família, mas ingressaria numa escola de cadetes, e fê-lo ingressar nessa escola. Quanto à própria viúva, mudou-se para Petersburgo, com sua filha Varvara, a fim de morar ao lado do filho e de acolhê-lo nos feriados.

Aquele garoto se destacava pelas suas brilhantes faculdades e pelo seu enorme amor-próprio, graças aos quais era o melhor aluno tanto em ciências, sobretudo em matemática de que gostava particularmente, quanto em marchas militares e equitação. Apesar de sua altura acima da média, era bonito e destro. Além disso, não fosse o seu pavio curto, teria sido um cadete exemplar em matéria de comportamento também. Não bebia nem praticava libertinagem, e sua franqueza era admirável. A única coisa a impedi-lo de ser exemplar eram suas repentinas explosões de ira, durante as quais ele perdia todo o domínio de si mesmo e transformava-se num bicho. Certa vez, esteve para jogar da janela um cadete que começara a zombar da sua coleção de minerais. Noutra ocasião, quase se perdeu: atirou um prato cheio de costeletas no bedel, arrojou-se contra um oficial e, pelo que se pretendia, bateu nele por ter negado umas palavras ditas e mentido com desfaçatez. Teria sido, sem dúvida, rebaixado a soldado raso, mas o diretor da escola encobriu todo aquele caso e despediu o bedel.

Aos dezoito anos de idade passou a servir, como oficial, num regimento aristocrático da guarda. O imperador Nikolai Pávlovitch, que o conhecera ainda na escola, destacava-o também mais tarde, no regimento, de sorte que já lhe vaticinavam o posto de ajudante de campo. E Kassátski visava tal posto não apenas por ambição, mas, o principal, porque desde a escola adorava, literalmente adorava, Nikolai Pávlovitch. Todas as vezes que Nikolai Pávlovitch visitava a escola de cadetes – e ele a visitava amiúde –, quando entrava, a passos ágeis, aquele homem alto, de peito inflado, nariz curvo sobre o bigode e suíças aparadas, trajando uma sobrecasaca militar, e saudava os alunos com uma voz retumbante, Kassátski sentia o êxtase de um apaixonado, o mesmo êxtase que depois sentiria encontrando a pessoa amada. Só que seu êxtase amoroso em relação a Nikolai Pávlovitch era ainda mais forte. Queria demonstrar ao imperador sua lealdade ilimitada, sacrificar-lhe alguma coisa, se não toda a sua vida. E Nikolai Pávlovitch sabia que provocava tal êxtase e provocava-o de propósito. Brincava com os cadetes, rodeava-se deles, tratava-os ora com simplicidade pueril, ora de modo amigável, ou então com uma majestosa solenidade. Após a última história que se passara entre Kassátski e aquele oficial, Nikolai Pávlovitch não disse nada a Kassátski, mas, quando este se aproximou, afastou-o com um gesto teatral, carregou o sobrolho, balançou, à guisa de ameaça, um dedo e depois, indo embora, comentou:

– Fique sabendo que estou ciente de tudo, porém há coisas que não quero saber. Mas elas estão aqui.

E apontou para seu coração.

Mas, quando os cadetes formados se apresentaram ao imperador, não se referiu mais àquele caso, dizendo, como de praxe, que podiam todos recorrer diretamente a ele e que, se servissem lealmente ao soberano e à pátria, ficaria para sempre o primeiro dentre os seus amigos. Todos estavam, como de praxe, sensibilizados, e Kassátski vertia lágrimas, relembrando o passado, e jurou que serviria ao amado czar com todas as suas forças.

Quando Kassátski passou a servir no regimento, sua mãe se mudou, com a filha, primeiro para Moscou e depois para o interior. Kassátski entregou metade de seus bens à sua irmã. O que lhe sobrara bastava apenas para se sustentar enquanto servisse naquele faustoso regimento.

Por fora, Kassátski parecia o mais comum dentre os jovens e garbosos oficiais da guarda que construíam suas carreiras, mas no íntimo dele transcorria um trabalho complexo e árduo. Esse trabalho se operava, pelo visto, desde a sua infância, bem variado, mas, no fundo, sempre o mesmo, consistindo em alcançar, em tudo quanto lhe cumprisse fazer, perfeição e sucesso que surpreendessem as pessoas e merecessem seus elogios. Tratando-se de estudos e ciências, dedicava-se a eles e labutava até que fosse elogiado e citado como exemplo para os outros. Ao conseguir uma coisa, dedicava-se a outra. Assim conseguiu a nota mais alta em ciências; assim, reparando uma vez, ainda na escola de cadetes, em sua inabilidade em falar francês, conseguiu dominar a língua francesa como a russa; assim mais tarde, quando se pôs a jogar xadrez, conseguiu aprender, ainda na escola, a jogar magistralmente.

A par da vocação geral de sua vida, que consistia em servir ao czar e à pátria, sempre se propunha algum objetivo e, por mais ínfimo que fosse tal objetivo, entregava-se totalmente a ele e vivia tão só para ele até que o atingisse.

No entanto, logo que atingia o objetivo proposto, outro objetivo surgia em sua consciência e substituía o anterior. Era aquele anelo de se destacar, atingindo, para tanto, o objetivo que fixava para si, que lhe preenchia a vida toda. Assim, ao sair da escola, propôs-se o objetivo de alcançar a perfeição máxima em seu conhecimento do serviço militar e não demorou nem um pouco em tornar-se um oficial exemplar, não obstante aquele seu vício de irascibilidade desenfreada que continuava a induzi-lo, no decorrer do serviço também, a praticar ações más e nocivas para o seu sucesso. A seguir, percebendo uma vez, durante uma conversa mundana, que lhe faltavam conhecimentos gerais, teve a ideia de completar sua instrução, mergulhou nas leituras e acabou por conseguir o que queria. Depois teve a ideia de alcançar uma excelente posição na alta sociedade, aprendeu a dançar otimamente e logo passou a ser convidado para todos os bailes da alta-roda e para alguns saraus. Contudo, essa posição sua não o satisfazia. Acostumara-se a ser o primeiro, mas naquela área estava longe de sê-lo.

A alta sociedade se compunha então e, creio eu, sempre se compõe, por toda a parte, de quatro espécies de pessoas, a saber: 1) de pessoas ricas e próximas da corte; 2) de pessoas que, sem serem ricas, nasceram e cresceram na corte; 3) de pessoas ricas a bajular os cortesãos; e 4) de pessoas que não são ricas nem próximas da corte, mas andam bajulando tanto estas quanto aquelas. Kassátski não pertencia ao primeiro desses círculos, mas se via aceito, de bom grado, nos dois últimos. Entrando na alta sociedade, já tinha por objetivo envolver-se com uma mulher da alta sociedade e, mesmo sem esperar por isso, atingiu logo o seu objetivo. Mas percebeu, também desde logo, que aquele meio onde transitava era um meio inferior, que havia, outrossim, um meio superior e que naquele meio superior, no dos cortesãos, ele era considerado, embora o recebessem ali, um forasteiro: tratavam-no de modo cortês, mas todo aquele tratamento mostrava que havia quem estivesse por dentro e que ele mesmo estava por fora. Então Kassátski quis ficar por dentro. Para tanto, seria preciso que se tornasse ajudante de campo – e ele esperava por esse cargo – ou então se casasse naquele meio. Ele decidiu, pois, que faria isso. Escolheu uma moça, muito bonita e próxima da corte, que não apenas fazia parte daquela sociedade em que ele queria ingressar como também atraía a si todas as pessoas que ocupavam a posição mais alta e firme dentro daquele círculo superior. Era a condessa Korotkova. Não foi somente por ambição que Kassátski se pôs a cortejá-la: Korotkova era excepcionalmente atraente, e ele se apaixonou logo por ela. De início a moça tratava-o com muita frieza, mas depois tudo mudou de repente: ela se mostrou carinhosa, e a mãe dela ficou insistindo em convidá-lo para a sua casa.

Kassátski pediu a moça em casamento, e seu pedido foi aceito. Pasmou-se com a facilidade em alcançar tamanha ventura e com algo singular, algo estranho que percebera nas atitudes da mãe e da filha. Estava por demais apaixonado e tão deslumbrado que não reparou naquilo que sabia quase toda a cidade: não soube que sua noiva se tornara, um ano antes, amante de Nikolai Pávlovitch.

II

Duas semanas antes da data marcada para seu casamento, Kassátski estava em Tsárskoie Seló,[5] na casa de veraneio da sua noiva. Era um cálido dia de maio. Depois de andarem um pouco pelo jardim, os noivos se sentaram num banquinho, numa sombrosa alameda de tílias. Mary estava sobremodo linda com seu vestido branco de musselina. Parecia encarnar inocência e amor. Sentada, ora abaixava a cabeça, ora mirava aquele enorme homem belíssimo que lhe falava com especial ternura e cautela, como se temesse que qualquer um dos seus gestos, qualquer uma das suas palavras, pudessem ofender e macular a pureza angelical de sua noiva. Kassátski era um daqueles homens dos anos quarenta que não existem mais hoje, um dos homens que, admitindo conscientemente para si mesmos a impureza nas relações sexuais sem condená-la em seu âmago, exigiam que suas esposas fossem idealmente, celestialmente puras, reconheciam a mesma pureza celestial em todas as moças de seu meio e tratavam-nas dessa maneira. Tal visão era bastante errônea, bem como a devassidão que se permitiam os homens era bastante nociva; porém, no tocante às mulheres, tal visão, nitidamente distinta da dos jovens de hoje, que consideram cada moça como uma fêmea a procurar por um macho — acredito que tal visão era útil. Diante de tanto endeusamento, as moças buscavam, de fato, ser mais ou menos divinas. Kassátski também compartilhava essa visão das mulheres, e era assim que olhava para sua noiva.

---

[5] Vila Czarina (em russo), denominada, desde 1937, Púchkin: cidade nos arredores de São Petersburgo, onde se encontrava uma das residências dos monarcas russos.

Estava por demais apaixonado naquele dia e não sentia nem o menor desejo carnal pela noiva: bem ao contrário, mirava-a todo enternecido, como se fosse algo inatingível.

Ficou em pé, alto como era, e postou-se na frente dela, apoiando-se, com ambas as mãos, em seu sabre.

— Só agora é que conheci toda a felicidade que pode sentir um homem. E foi a senhorita, foste tu — disse ele, sorrindo timidamente — quem me deu isso!

Estava naquela fase em que o pronome "tu" ainda não se tornara habitual: olhando para ela, no sentido moral, de baixo para cima, tinha medo de dizer "tu" àquele anjo.

— Conheci a mim mesmo graças... a ti, soube que era melhor do que vinha pensando.

— Sei disso há muito tempo. É por isso que amo o senhor.

Um rouxinol derramou seus trinos por perto, a folhagem fresca moveu-se sob uma aragem a passar. Kassátski pegou a mão dela, beijou-a, e as lágrimas brotaram em seus olhos. A moça compreendeu que lhe agradecia por ter dito que o amava. Ele ficou calado, andou de lá para cá, depois se acercou dela, voltou a sentar-se.

— A senhorita sabe... tu sabes... pois bem, não faz diferença. Não foi sem nenhum interesse que me aproximei de ti: queria criar vínculos com a sociedade, só que depois... Como isso se tornou ínfimo, se comparado contigo, quando te conheci! Não estás zangada comigo por causa disso?

Ela não respondeu, apenas lhe tocou a mão. Ele entendeu que isso significava: "Não estou zangada, não".

— Pois tu disseste... — ele gaguejou, achando que sua pergunta fosse ousada em demasia —, tu disseste que me amavas, mas... Desculpa-me, acredito nisso, mas há algo, além disso, que te preocupa e te incomoda. O que é?

"Sim, agora ou nunca" — pensou a moça. "Ele saberá de qualquer maneira. Mas agora não me abandonará. Ah, se ele fosse embora, seria um horror!"

E ela correu um olhar amoroso por todo o seu corpo grande, nobre e vigoroso. Tinha-lhe agora mais amor que a Nikolai e, não fosse este imperador, não trocaria seu noivo por ele.

— Escute. Não posso mentir ao senhor. Tenho que dizer tudo. Pergunta o que é? É que já amei.

Pousou a sua mão na dele com um gesto suplicante.
Ele estava calado.

— Quer saber a quem amei? Sim, foi ele, o soberano.

— Todos nós o amamos; eu imagino que no Instituto[6] a senhorita...

— Não, foi mais tarde. Fiquei empolgada, mas depois isso passou. Mas devo dizer que...

— Então o quê?

— Não, não foi simplesmente...

Ela tapou o rosto com as mãos.

— Como? A senhorita se entregou a ele?

Ela estava calada.

— A senhorita se tornou amante dele?

Ela continuava calada.

Ele se ergueu num salto e, pálido como a morte, tremendo-lhe as maçãs do rosto, ficou imóvel em sua frente. Acabava de lembrar como Nikolai Pávlovitch, ao encontrá-lo na Avenida Nêvski,[7] dirigira-lhe umas felicitações carinhosas.

— Meu Deus, o que é que fiz, Stiva![8]

— Não toque em mim, não toque. Oh, quanta dor!

---

[6] Trata-se do "Instituto Smólny de moças nobres", o primeiro e o mais prestigioso estabelecimento de ensino para mulheres de origem aristocrática, que funcionou em São Petersburgo de 1764 a 1917.

[7] A principal via pública no centro histórico de São Petersburgo.

[8] Forma diminutiva e carinhosa do nome russo Stepan que o autor emprega concomitante à forma "Stiopa".

Ele se virou e foi em direção à casa. Lá dentro, encontrou a mãe de sua noiva.

– O que tem, príncipe? Eu... – Ela se calou ao ver a sua expressão. De repente, o sangue lhe afluíra para o rosto.

– A senhora sabia disso e queria mascará-los comigo. Se não fossem mulheres... – exclamou Kassátski, levantando seu enorme punho sobre ela, depois lhe virou as costas e foi correndo embora.

Caso o amante de sua noiva fosse um particular, ele o mataria, mas era seu adorado czar.

Logo no dia seguinte, ele pediu uma licença, alegando estar doente para não ver ninguém, depois solicitou sua reforma e partiu para o interior.

Passou o verão na aldeia pertencente à sua família, pondo seus negócios em ordem. E, quando o verão terminou, não retornou mais a Petersburgo, mas foi para um monastério e lá ingressou como monge.

Sua mãe escreveu para ele, tentando dissuadi-lo de uma ação tão radical. Kassátski lhe respondeu que a vocação religiosa estava acima de todos os outros argumentos e que ele sentia tal vocação. Quem o compreendia era apenas sua irmã, tão orgulhosa e ambiciosa quanto ele mesmo.

Sua irmã compreendia que se tornara monge a fim de se elevar acima de quem desejasse mostrar-lhe que estava acima dele. E compreendia bem seu irmão. Tornando-se monge, ele demonstrava que estava desprezando tudo quanto parecia tão importante aos outros e a ele próprio na época de seu serviço militar, e que alcançava uma nova altura, tão grande que poderia mirar dessa altura, de cima para baixo, aquelas pessoas de quem antes sentia inveja. Contudo, não era só esse sentimento, conforme pensava sua irmã Várenka,[9] que o conduzia. Havia nele também outro sentimento, um verdadeiro sentimento religioso que Várenka ignorava, e que, entrelaçando-se com seu orgulho e seu anseio pela primazia, guiava-lhe os passos. Sua decepção com Mary (sua noiva), que ele imaginava como um anjo, e o insulto que tinha sofrido eram tão contundentes que o levaram ao desespero... e o desespero levou-o aonde? Até Deus, até a fé que ele tinha quando criança e que nunca se extinguira em sua alma.

III

No dia do Pokrov,[10] Kassátski ingressou no monastério.

O *igúmen*[11] daquele monastério era fidalgo, sábio escritor e *stáretz*,[12] ou seja, pertencia àquela tradição originária da Valáquia[13] segundo a qual os monges obedeciam com plena resignação aos seletos guias e tutores. O *igúmen* era discípulo de um *stáretz* bem conhecido, chamado Amvróssi, que fora discípulo de Makári, aluno do *stáretz* Leonid que fora, por sua vez, aluno de Paíssi Velitchkóvski.[14] Foi àquele *igúmen* que Kassátski se submeteu como ao seu *stáretz*. Além de se conscientizar, tornando-se monge, de ser superior aos outros, Kassátski sentia prazer, bem

---

[9] Forma diminutiva e carinhosa do nome russo Varvara (Bárbara).
[10] Em 1º de outubro, tendo-se em vista a festa da Proteção de Santa Madre de Deus que os cristãos ortodoxos celebravam naquele dia.
[11] Monge superior de um monastério ortodoxo.
[12] Monge velho e respeitável, mentor espiritual dos noviços em comunidades religiosas da Rússia.
[13] Região histórica situada no território da atual Romênia.
[14] Piotr Ivânovitch Velitchkóvski (1722-1794): monge ucraniano conhecido sob o nome de Paíssi, tradutor de várias obras dos Pais da Igreja, canonizado pela Igreja Ortodoxa Russa em 1988.

como em tudo quanto fizesse, em alcançar, até mesmo no monastério, a maior perfeição possível, fosse ela exterior ou interior. Da mesma maneira que já havia sido, em seu regimento, não apenas um oficial irreprochável, mas um oficial que fazia mais do que lhe exigiam e alargava os limites de sua perfeição, procurava ser um monge perfeito, um monge que não parasse de trabalhar e fosse sóbrio, humilde, dócil, puro não só em suas ações como também em seus pensamentos, e obediente. Era, sobretudo, essa última qualidade, ou melhor, virtude que facilitava a sua vida. Se várias exigências da vida monástica, naquele monastério que se situava perto da capital e era muito visitado, não lhe agradavam, induzindo-o a tentações, tudo isso se aniquilava com a obediência: não me cabe raciocinar, cabe-me cumprir a tarefa de noviço da qual me incumbiram, fique eu ao lado das relíquias, cante no coro ou então faça cálculos para a hospedaria. Toda possibilidade de pôr em dúvida qualquer coisa que fosse acabava sendo eliminada com a mesma obediência ao *stáretz*. Se não houvesse obediência, ele se aborreceria com a duração e a monotonia das cerimônias religiosas, com a azáfama dos visitantes e o lado ruim da própria confraria, porém agora tudo isso não apenas se suportava com alegria, mas até mesmo se tornava consolo e arrimo de sua vida. "Não sei por que é preciso ouvir, diversas vezes ao dia, as mesmas orações, mas sei que é preciso. E, sabendo que é preciso, encontro nelas a minha alegria". O *stáretz* lhe dissera que, assim como a alimentação material era necessária para a manutenção da vida, a alimentação espiritual — a prece religiosa — era necessária para a manutenção da vida espiritual. Ele acreditava nisso e, mesmo que se levantasse, por vezes, a custo para participar do ofício matinal, esse ofício lhe trazia, de fato, paz e alegria incontestáveis.

Alegrava-o a consciência de sua humildade e de serem indubitáveis as suas ações, todas determinadas pelo *stáretz*. Quanto ao seu interesse pela vida monástica, consistia não só em subjugar, cada vez mais, a sua vontade, em ficar cada vez mais humilde, mas também em alcançar todas as virtudes cristãs, que não lhe pareciam, a princípio, dificilmente alcançáveis. Entregara todos os seus bens ao monastério e não os lamentava mais, tampouco era preguiçoso. Não apenas achava fácil ser humilde perante os inferiores, mas até mesmo se alegrava com isso. Também vencia com facilidade o pecado da cobiça, quer ele se relacionasse à ganância, quer à luxúria. O *stáretz* o prevenira especialmente contra o tal pecado, mas Kassátski estava alegre por se considerar livre dele.

Apenas se afligia com a lembrança de sua noiva. Aliás, não só com a lembrança, mas também com a imagem viva daquilo que poderia ter ocorrido. Involuntariamente, imaginava uma favorita do soberano que ele conhecia, a qual se casara mais tarde e se tornara uma ótima esposa e mãe de família. E o marido dela tinha um cargo importante, gozava de poder e respeito, e vivia com uma boa mulher contrita.

Em bons momentos, Kassátski não se constrangia com essas ideias. Quando se recordava disso em seus bons momentos, ficava alegre por ter superado essas tentações. Entretanto, havia momentos em que tudo quanto prezasse na vida turvava-se, de improviso, ante seus olhos: não que deixasse de acreditar naquilo para que vivia, mas deixava de enxergá-lo, não conseguia mais reavivar aquilo para que vivia em seu íntimo, enquanto as lembranças e – seria horroroso apenas dizer isto – o arrependimento de se ter convertido apossavam-se dele.

Nesse estado, sua salvação consistia em obedecer, trabalhando e passando dias inteiros a rezar. Ele rezava como de praxe, fazia mesuras, até chegava a rezar mais que de costume, porém rezava tão só com o corpo, sem que sua alma participasse disso. Assim passava o dia todo, por vezes dois dias, e depois tudo acabava por si só. Mas aquele dia, ou então aqueles dois dias, eram terríveis. Kassátski sentia que não estava em seu próprio poder nem em poder de Deus, mas se rendia a uma vontade alheia. E tudo quanto podia fazer e fazia em tais ocasiões limitava-se ao que o *stáretz* lhe sugeria no sentido de resistir, de não empreender nada nesse meio-tempo e de aguardar. Em geral, Kassátski não vivia, nesse tempo todo, por sua própria vontade e, sim, pela do *stáretz*, e dessa sua obediência emanava uma serenidade extraordinária.

Assim Kassátski viveu, no primeiro monastério em que ingressara, sete anos. Pelo fim do terceiro ano, ordenou-se hieromonge[15] sob o nome de Sêrgui. A ordenação foi um grande acontecimento pessoal para Sêrgui. Já vinha sentindo imenso conforto e exaltação de espírito nas horas da comunhão; agora que celebrava, ele mesmo, as missas, o rito da proscomídia[16] deixava-o extático e enternecido. Mais tarde, esses sentimentos foram perdendo aos poucos a intensidade e, ocorrendo-lhe certa vez celebrar a missa naquele desânimo que vivenciava de vez em quando, ele percebeu que seu êxtase também haveria de passar. Com efeito, seus sentimentos se embotaram; o que lhe restava era seu hábito.

---

[15] Monge ortodoxo que também podia cumprir as funções de sacerdote e passava, depois de sua ordenação, a ser chamado de padre.
[16] A primeira parte da tradicional liturgia ortodoxa.

Em suma, naquele sétimo ano de sua vida monástica Sêrgui ficou entediado. Já aprendera tudo quanto precisasse aprender, já alcançara tudo quanto precisasse alcançar, e não tinha mais nada a fazer.

Por outro lado, seu entorpecimento crescia sem parar. Soube, nesse ínterim, que sua mãe falecera e que Mary se casara. Recebeu ambas as notícias com indiferença. Toda a sua atenção, todos os seus interesses se voltavam para sua vida espiritual.

No quarto ano de sua vida monástica, o arcebispo cumulou-o de atenções especiais, e o *stáretz* lhe disse que, se o designassem para algum cargo superior, ele não deveria recusá-lo. E foi então que a ambição monacal, aquela mesma ambição que achava tão repulsiva em monges, exacerbou-se nele. Mandaram-no para um monastério próximo da capital. Ele queria recusar esse cargo, mas o *stáretz* lhe ordenou que o aceitasse. Ele aceitou, pois, o cargo, despediu-se do *stáretz* e mudou-se para outro monastério.

Aquela mudança para o monastério metropolitano foi um importante evento na vida de Sêrgui. Havia lá muitas tentações de toda espécie, e todas as forças de Sêrgui estavam concentradas para combatê-las.

Em seu monastério antigo, a tentação feminina atormentava Sêrgui bem pouco, mas nesse novo lugar aumentou com força terrível, chegando, inclusive, a tomar uma forma definida. Havia uma fidalga conhecida por sua má conduta... e eis que veio buscar as boas graças de Sêrgui. Falou com ele e pediu que a visitasse. Sêrgui se negou com rigor, mas ficou apavorado com a clareza de seu desejo. Assustou-se tanto que escreveu sobre isso para o *stáretz* e, como se não bastasse reprimir a si próprio, chamou seu jovem noviço e, uma vez contida a vergonha, confessou-lhe sua fraqueza, rogando que estivesse de olho nele e não o deixasse ir aonde quer que fosse, salvo se devesse presenciar as missas e cumprir suas tarefas.

Além do mais, uma grande tentação consistia para Sêrgui em sentir extrema antipatia pelo *igúmen* daquele monastério, o qual construía sua carreira eclesiástica com destreza mundana. Por mais que Sêrgui lutasse consigo mesmo, não conseguia superar essa antipatia. Conformava-se, porém não deixava, no fundo da alma, de condenar o *igúmen*. E esse seu sentimento ruim desfechou numa explosão.

Isso aconteceu já no segundo ano de sua permanência naquele novo monastério. E aconteceu da maneira seguinte. Por ocasião do Pokrov, a missa vespertina era celebrada na igreja principal. Havia muita gente vinda de fora. Quem celebrava a missa era o *igúmen* em pessoa. O padre Sêrgui estava em seu lugar costumeiro e rezava, ou seja, encontrava-se naquele estado de luta em que sempre se encontrava na hora das missas, sobretudo daquelas missas ambientadas na igreja principal, quando não era ele quem as celebrava. Sua luta se desencadeava por causa da irritação que lhe suscitavam os visitantes, fossem cavalheiros, fossem, máxime, damas. Procurava não reparar neles, ignorar tudo quanto se fizesse ali: não reparar em como um soldado acompanhava as visitas, empurrando a gentinha, em como as damas mostravam, uma à outra, os monges, apontando até mesmo para ele e para outro monge conhecido por sua beleza. Procurava, como se pusesse antolhos em sua atenção, não ver nada além do brilho das velas junto à iconóstase,[17] dos ícones

---

[17] Espécie de biombo confeccionado em forma de tríptico, coberto de imagens dos santos e colocado diante do altar na igreja ortodoxa.

e dos clérigos, não ouvir nada além das palavras da reza, cantadas e escandidas, não ter nenhum sentimento além daquele olvido de si mesmo que, consciente de estar cumprindo o devido, sempre experimentava a ouvir e a repetir, antes de pronunciadas, as orações que já ouvira tantas vezes.

Assim estava plantado ali, fazendo mesuras, benzendo-se quando necessário e lutando; ora se entregava às suas frias censuras ora deixava, conscientemente, seus pensamentos e sentimentos entorpecerem, e foi nesse momento que o padre Nikodim, o sacristão (outro grande desafio para o padre Sêrgui), aquele Nikodim que ele condenava, de modo involuntário, por agradar o *igúmen* com suas adulações, acercou-se dele e, dobrando-se ao meio numa profunda mesura, disse que o *igúmen* lhe pedia que fosse até o altar. O padre Sêrgui ajustou sua batina, pôs seu *klobuk*[18] e foi, cauteloso, através da multidão.

— *Lise, regardez à droite, c'est lui*[19] — ouviu uma voz feminina.

— *Où, où? Il n'est pas tellement beau.*[20]

Ele sabia que se falava a seu respeito. Ouvia isso e, como sempre fazia em momentos de tentação, repetia as palavras "e não nos submetais à tentação"; abaixando a cabeça e os olhos, passou perto do ambão[21] e, contornando os chantres[22] de *stikhars*[23] que passavam, nesse momento,

---

[18] Espécie de tiara usada por sacerdotes ortodoxos.
[19] Lisa, olhe para a direita, é ele (em francês).
[20] Onde, onde? Ele não é tão belo assim (em francês).
[21] Estrado, posteriormente substituído pelo púlpito, em que se faziam sermões e cânticos litúrgicos.
[22] Monges coristas que proferiam as primeiras frases das orações cantadas, a seguir, pelo coro.
[23] Veste reta e comprida, de mangas largas, usada pelos clérigos durante as cerimônias religiosas.

defronte da iconóstase, entrou pela porta do norte. Uma vez junto ao altar, benzeu-se, conforme o hábito, com uma profunda mesura ante o ícone, depois ergueu a cabeça e olhou para o *igúmen*, cujo vulto avistara, ao lado de outro vulto que parecia tremeluzir, com o canto do olho, antes mesmo de se voltar em direção aos dois homens.

O *igúmen* estava em pé, junto à parede, com seus trajes solenes; assomando suas mãozinhas curtas e roliças por baixo de sua casula, sobre a sua barriga e todo o seu corpo obeso, ele esfregava o galão da casula e conversava, sorrindo, com um militar a usar aquele uniforme que os generais usam fora de serviço, ornado com monogramas e agulhetas,[24] os quais foram logo notados pelos olhos do padre Sêrgui, acostumados ao porte marcial. Esse general era o antigo comandante de seu regimento. Agora ocupava, pelo visto, uma posição importante, e o padre Sêrgui não demorou a perceber que o *igúmen* estava a par disso e contente com isso – razão pela qual refulgia tanto o seu rosto vermelho e gordo, bem como a sua careca. Isso deixou o padre Sêrgui ofendido e entristecido, e seu sentimento ficou ainda mais forte quando ouviu o *igúmen* dizer que chamara por ele com a única intenção de satisfazer a curiosidade do general, a quem apetecia ver, conforme ele se expressara, seu ex-companheiro de armas.

– Muito me agrada vê-lo com esse aspecto angélico – disse o general, estendendo-lhe a mão. – Espero que não tenha esquecido seu velho camarada.

Todo o semblante do *igúmen*, vermelho e sorridente, como se ele aprovasse o que dizia o general, no meio das sobras de seu cabelo grisalho, o rosto bem cuidado

---

[24] Comenda militar em forma de cordão prateado ou dourado que pendia, em curva, do ombro sobre o peito.

do próprio general com seu sorriso jactancioso, o bafo de vinho que saía da boca do general e o cheiro de charutos a impregnar-lhe as suíças – tudo isso fez que o padre Sêrgui explodisse. Ele voltou a inclinar-se perante o *igúmen* e disse:

– O reverendo se dignou a chamar por mim? – Calou-se, perguntando com toda a expressão de seu rosto e toda a sua postura: para quê?

O *igúmen* respondeu:

– Chamei, sim, para que visse o general.

– Afastei-me do mundo, meu senhor, para me salvar das tentações – disse o padre Sêrgui empalidecendo, de lábios trêmulos. – Então por que me submete a elas aí? Durante a oração, num templo de Deus...

– Vá, pois, vá – retrucou o *igúmen*, corando e carregando o sobrolho.

No dia seguinte o padre Sêrgui pediu perdão ao *igúmen* e a toda a confraria pelo seu orgulho, mas ao mesmo tempo, depois de passar rezando uma noite inteira, resolveu que precisava deixar aquele monastério e escreveu uma carta para o *stáretz*, implorando que lhe permitisse regressar ao monastério antigo. Escreveu que estava percebendo sua fraqueza e sua incapacidade de resistir sozinho às tentações, sem que o *stáretz* o ajudasse nisso. E disse que se arrependia de seu pecado da soberba. Com o próximo correio, chegou a resposta do *stáretz* a escrever que o motivo de tudo era precisamente aquele seu orgulho. O *stáretz* lhe explicou que a explosão de sua ira havia acontecido porque ele se resignara e abrira mão das honras espirituais por seu orgulho e não por Deus, como quem dissesse: eis como eu sou, não preciso de nada. E fora por isso que não suportara a ação do *igúmen*: eu cá desisti de tudo por Deus, só que alguém me exibe como um animal. "Se estivesses menosprezando a glória por Deus, terias suportado aquilo. Mas o orgulho mundano ainda não se extinguiu dentro de ti. Eu pensava em ti, filho Sêrgui, e rezava, e eis o que Deus me infundiu a teu respeito: vive como dantes e vê se te resignas. Soube-se, nesse meio-tempo, que morrera, em sua ermida, o eremita de vida santa Illarion. Tinha vivido ali por dezoito anos. O *igúmen* de Tâmbino estava perguntando se não havia algum frade que desejasse viver ali. E, de repente, veio a tua carta. Vai, pois, tratar com o padre Paíssi, que mora no monastério de Tâmbino; vou escrever para ele, e tu pedirás para ocupar a cela de Illarion. Não é que possas substituir Illarion, mas precisas de recolhimento para dominar esse teu orgulho. Deus te abençoe".

Sêrgui deu ouvidos ao *stáretz*: mostrou essa carta ao *igúmen* e, pedindo-lhe a permissão, entregando sua cela e todos os seus pertences ao monastério, partiu para a ermida de Tâmbino.

O superior do monastério de Tâmbino, um excelente administrador de origem comerciária, recebeu Sêrgui simples e serenamente, alojou-o na cela de Illarion, a princípio com outro monge, e depois, atendendo ao pedido de Sêrgui, deixou-o viver sozinho. Aquela cela era uma caverna escavada numa montanha. Illarion fora enterrado ali mesmo. Na parte traseira da caverna encontrava-se o túmulo de Illarion, e na parte dianteira havia um nicho para dormir, com um colchão recheado de palha, uma mesinha e uma prateleira com ícones e livros. A porta de entrada, que se trancava por dentro, era munida de uma roda; um monge colocava nessa roda, uma vez por dia, a comida que trazia do monastério.

Assim o padre Sêrgui se tornou eremita.

IV

Na *máslenitsa*[25] do sexto ano que Sêrgui vivia naquela ermida, uma alegre turminha de pessoas abastadas, homens e mulheres, reuniu-se na cidade vizinha, após muitos crepes regados a vinho, para passear de *troicas*. Essa turminha se compunha de dois advogados, um rico fazendeiro, um oficial e quatro mulheres. Uma delas era a esposa do oficial, a outra era a esposa do fazendeiro, a terceira, uma donzela, era a irmã do fazendeiro, e a quarta era uma beldade divorciada, rica e extravagante, que espantava e perturbava a cidade toda com suas esquisitices.

O tempo estava maravilhoso, a estrada mais parecia um assoalho. Ao andar umas dez verstas fora da cidade, eles pararam e começaram a discutir: para onde iriam agora, para trás ou para a frente?

— Mas aonde é que leva esse caminho? — perguntou Mákovkina, aquela beldade divorciada.

— A Tâmbino: umas doze verstas daqui — respondeu o advogado que cortejava Mákovkina.

— Bem... e depois?

— E depois até L., passando pelo monastério.

— Por lá onde mora aquele padre Sêrgui?

— Sim.

— Kassátski? Aquele belo eremita?

— Sim.

— *Mesdames!*[26] Senhores! Vamos ver Kassátski. Em Tâmbino descansaremos, merendaremos.

---

[25] Festa popular, semelhante ao Carnaval brasileiro, durante a qual o povo se despedia do inverno, cantando, dançando e comendo à farta antes de entrar na Quaresma.
[26] Senhoras (em francês).

— Mas não teremos tempo de voltar para dormir em casa.

— Não faz mal. A gente dorme na casa de Kassátski.

— Suponhamos que haja lá uma hospedaria monacal, e está tudo certo. Já fui lá, quando defendia Mákhin.

— Não, eu vou pernoitar na casa de Kassátski.

— Mas isso é impossível, até mesmo com sua onipotência!

— Impossível? Quer apostar?

— Está bem. Se a senhora dormir na casa dele, farei tudo o que lhe apetecer.

— À discrétion.[27]

— E os senhores também?

— Pois sim. Vamos lá!

Serviram vinho aos cocheiros. Tiraram, a seguir, uma caixa com pasteizinhos, vinhos, bombons. As damas se envolveram em suas peliças brancas, feitas de pele de cão-guaxinim. Os cocheiros discutiram um pouco: quem iria primeiro? Um deles, moço jovem e atrevido, recurvou-se todo, puxou o comprido cabo de seu chicote, deu um grito... e as sinetas foram tinindo, e os patins dos trenós foram guinchando.

Os trenós vibravam e balançavam de leve; o cavalo lateral, com aquele seu rabo enrolado sob uma retranca ataviada, trotava compassada e jovialmente; a estrada lisa e brilhosa fugia rápido para trás; o cocheiro movia, afoito, as rédeas; o advogado e o oficial, sentados em frente a Mákovkina, proseavam com sua vizinha, e ela mesma, envolta em sua peliça, estava imóvel, pensando: "Sempre a mesma coisa, e é tudo abjeto: as mesmas caras

---

[27] À vontade (em francês).

vermelhas e lustrosas, com aquele cheiro de vinho e fumo, as mesmas falas, as mesmas ideias, e tudo gira em volta da maior safadeza. E todos eles estão contentes e seguros de que deve ser assim, e podem continuar vivendo assim até a morte. Eu não posso. Estou enfadada. Preciso de algo que transtorne, que revire tudo isso. Quem sabe, daquilo que se deu com os de Sarátov,[28] parece, com os que foram passear e morreram de frio. Pois bem, o que fariam os nossos? Como se portariam num caso desses? Sim, certamente, seria uma torpeza. Cada um lutaria por si. Eu também me portaria de modo torpe. Mas eu, pelo menos, sou boazinha. Eles lá sabem disso. Bem... e aquele monge? Será que não entende mais disso? Não é verdade. Só disso é que eles todos entendem. Como fiz no outono, com aquele cadete. E como ele era bobo..."

– Ivan Nikoláitch! – disse ela.
– O que deseja?
– Mas quantos anos ele tem?
– Quem?
– Mas ele, Kassátski.
– Parece que tem mais de quarenta anos.
– E ele recebe a todos ali?
– Recebe a todos, mas nem sempre.
– Cubra-me as pernas. Não é assim. Como o senhor é desastrado! Mais, mais um pouco, sim, desse jeito. E não precisa apertar minhas pernas.

Assim chegaram até a floresta, onde se encontrava a cela do monge.

Ela desceu do trenó e mandou que os outros fossem embora. Eles tentaram dissuadi-la, mas ela ficou zangada

---

[28] Grande cidade russa, situada nas margens do rio Volga.

e mandou que partissem logo. Então os trenós partiram, e ela, com essa sua peliça branca de cão-guaxinim, foi caminhando por uma vereda. O advogado, que também havia descido, espiava-a de longe.

V

Já ia para seis anos que o padre Sêrgui vivia isolado. Tinha, àquela altura, quarenta e nove anos. Sua vida era difícil. E não o era por causa das dificuldades de jejum e prece – não eram nem mesmo dificuldades –, mas antes devido à luta interior pela qual ele nem por sombras esperava. Essa luta tinha duas fontes: a dúvida e a concupiscência. E ambos os inimigos sempre o atacavam juntos. Parecia-lhe que eram dois inimigos distintos, enquanto era, de fato, um só inimigo. Tão logo se extinguia a dúvida, também se extinguia a concupiscência. Mas ele pensava serem dois demônios diferentes e combatia-os em separado.

"Meu Deus, meu Deus!" – pensava ele. "Por que não me concedeis fé? Sim, a lascívia, sim, foram Santo Antônio e outros que lutaram contra ela, mas... e a fé? Eles a tinham, e eu cá vivo minutos, horas, dias sem tê-la. Para que existe o mundo todo, com toda a sua graça, se ele é pecaminoso, se é mister renegá-lo? Por que Vós criastes essa tentação? Essa tentação? Mas não seria uma tentação eu mesmo querer renegar as alegrias do mundo e preparar algo para mim lá onde talvez não exista nada?" – disse ele consigo e sentiu horror e asco de si mesmo. "Verme! Que verme! E ainda queres ser um santo!" – passou a injuriar a si próprio. E começou a rezar. Mas, assim que se pôs a rezar, imaginou vivamente como ele andava lá no monastério:

com aquele *klobuk*, com aquela batina, com aqueles ares majestosos. E abanou a cabeça. "Não é isso, não. É um engano. Só que poderei enganar a outrem, mas não a mim nem a Deus. Não só um homem majestoso: sou miserável, ridículo." E, afastando as abas de sua veste, olhou para as suas pernas, deploráveis com aquelas ceroulas que usava. E sorriu.

Depois abaixou as abas e foi lendo orações, benzendo-se e curvando-se. "Tornar-se-á este leito o meu ataúde?"[29] – lia ele. E foi como se algum demônio lhe tivesse sussurrado: "O leito solitário já é um caixão. É mentira". E ele reviu, em sua imaginação, os ombros de uma viúva com quem tinha vivido. Sacudiu-se todo e continuou rezando. Ao ler as regras, tomou o Evangelho, abriu-o e viu a passagem que repetia amiúde e sabia de cor: "Eu creio, Senhor! Ajuda a minha incredulidade".[30] Deixou para trás todas as dúvidas que vinham à tona. Como se restabelecesse o equilíbrio de um objeto instável, voltou a fincar sua fé num pezinho tremente e recuou, cauteloso, para não a empurrar nem a derrubar por acaso. Os antolhos ressurgiram diante dos seus olhos, e ele se acalmou. Repetiu a sua oração infantil: "Levai-me, Senhor, levai-me", e sentiu-se não apenas aliviado, mas também alegremente enternecido. Fez o sinal da cruz e deitou-se em seu colchãozinho estendido sobre um banco estreito, colocando seu hábito de verão sob a cabeça. E pegou no sono. E pareceu-lhe, naquele sono ligeiro, que se ouvia o tilintar de sinetas. Ignorava se isso ocorria na realidade ou em seus sonhos. Mas eis que ficou acordado com uma batida à sua porta. Levantou-se, sem

---

[29] Cita-se a "Oração de São João Damasceno" que os cristãos ortodoxos recitavam antes de dormir.
[30] Citam-se as palavras do pai de um menino possuído por um espírito maligno e curado por Jesus Cristo (Marcos, 9: 24).

acreditar em si mesmo. Contudo, aquela batida se repetiu. Sim, alguém estava por perto, batendo à sua porta. Ouviu-se uma voz feminina.

"Meu Deus! Será verdade aquilo que li nas Vidas dos Santos, será verdade que o diabo toma o aspecto de uma mulher?... Sim, essa voz é de uma mulher. E essa voz é tão terna, tímida e gentil! Pfft!" – ele cuspiu. "Não, é só uma impressão" – disse, indo ao canto onde estava um pequeno facistol,[31] e ajoelhou-se com aquele movimento habitual e correto que lhe proporcionava, por si só, consolo e satisfação. Ajoelhou-se, pendendo-lhe os cabelos sobre o rosto, e apertou sua testa, já meio calva, ao seu capacho de cânhamo, úmido e gelado. (Uma corrente de ar passava pelo chão).

... ele lia o salmo que ajudava, conforme lhe dissera o velho padre Pímen, contra as alucinações. Reergueu sem esforço, sobre as pernas fortes e ansiosas, seu corpo leve de tão emagrecido e já queria continuar a rezar, mas, em vez de ler orações, ficou involuntariamente forçando o ouvido. Queria ouvir. O silêncio estava pleno. A mesma goteira caía do telhado num barrilete posto no canto da porta. Havia, lá fora, *mga*, aquela neblina que devora a neve. Estava tudo silencioso, muito silencioso. E, de repente, ouviu-se um rumorejo sob a janela, e a mesma voz terna e tímida, aquela voz que só podia pertencer a uma mulher atraente, disse com nitidez:

– Deixe-me entrar. Por Cristo...

Pareceu-lhe que todo o sangue afluíra ao seu coração e parara. Ele não conseguia nem respirar. "Ressuscite Deus e dispersem-se seus inimigos..."[32]

---

[31] Estante para livros religiosos.
[32] Cita-se a "Oração da Vera Cruz", que resguardava, na visão dos cristãos ortodoxos, das influências demoníacas.

— Não sou o diabo, não... — E dava para perceber que sorriam os lábios a pronunciar isso. — Não sou um demônio, sou apenas uma mulher pecadora: fiquei perdida — no sentido literal e não figurado (ela riu) —, estou com frio e peço que me acolha...

Ele apertou seu rosto ao vidro da janela. A luz da lamparina se refletia, aqui e acolá, nesse vidro. Ele colocou as mãos de ambos os lados do rosto e forçou a vista. Aquela neblina, aquela *mga*, uma árvore... e ali à direita... Ela. Sim, ela, uma mulher de peliça com pelos compridos e brancos, de *chapka*, cujo semblante bonito, tão bonito, meigo e assustado, estava ali, a dois *verchoks*[33] de seu rosto, inclinando-se em sua direção. Os olhos deles encontraram-se, e eles reconheceram um ao outro. Não que já se tivessem visto antes: nunca se tinham visto, mas, pelo olhar que acabavam de trocar, perceberam (sobretudo, o eremita) que se conheciam, que compreendiam um ao outro. Não se podia mais duvidar, após aquele olhar, que era o diabo em carne e osso, e não apenas uma mulher terna, gentil e tímida.

— Quem é a senhora? Por que é que veio? — perguntou ele.

— Mas abra a porta — disse ela com caprichosa insistência.

— Estou toda gelada. Digo para o senhor que me perdi.

— Mas eu sou um monge, um eremita.

— Pois então abra a porta. Não quer que eu morra de frio sob essa sua janela, enquanto estiver rezando aí, quer?

— Mas como ousa?...

— Não vou engolir o senhor. Pelo amor de Deus, deixe-me entrar. Estou com frio, afinal!

---

[33] Antiga medida de comprimento russa, equivalente a 4,445 cm.

Ela mesma já sentia pavor. Disse aquilo com uma voz quase chorosa.

Ele se afastou da janela, olhou para a imagem de Cristo com sua coroa de espinhos. "Ajudai-me, Senhor; ajudai-me, Senhor" – murmurou, benzendo-se e curvando-se ante o ícone; depois se aproximou da porta e entrou na pequena antecâmara. Achou, às apalpadelas, o ferrolho da porta exterior e tentou levantá-lo. Ouvia os passos do outro lado da porta. Ela passava da janela à porta de entrada. "Ai!" – gritou de repente. Ele entendeu que pisara na poça próxima à soleira. Suas mãos tremiam, e ele não conseguia, de maneira alguma, levantar o ferrolho retido pelo peso da porta.

– Mas o que tem o senhor? Deixe-me entrar. Estou encharcada. Estou com frio. O senhor pensa na salvação de sua alma, e eu estou com frio.

Ele repuxou a porta, levantou o ferrolho e, sem prever a força do empurrão, moveu a porta para a frente de modo a empurrar a mulher.

– Ah, perdão! – disse ele, recordando subitamente como tratava as damas por hábito de outrora.

A mulher sorriu ao ouvir esse "perdão". "Pois ele não é tão terrível assim" – pensou ela.

– Não é nada, não. Sou eu que lhe peço perdão – disse, passando ao lado dele. – Nunca teria ousado. Mas o caso é tão incomum...

– Faça o favor – articulou ele, deixando a mulher entrar. Um forte cheiro que não aspirava havia tempos, o de seu fino perfume, surpreendeu-o. Através da antecâmara, ela passou para o quarto. Ele fechou bruscamente a porta de entrada, porém não a aferrolhou; atravessou a antecâmara e entrou no quarto.

"Senhor Jesus Cristo, filho de Deus, poupai-me, pecador que eu sou; poupai-me, Senhor, pecador que eu sou" – rezava sem parar, não apenas em seu íntimo como também a olhos vistos, movendo involuntariamente os lábios.

– Faça o favor – repetiu ele.

A mulher estava no meio do quarto, olhando atentamente para o eremita; a água escorria-lhe dos botins. Seus olhos riam.

– Perdoe-me por tê-lo atrapalhado em seu recolhimento. Mas o senhor está vendo em que situação eu fiquei. Isso aconteceu porque a gente saiu da cidade para passear, e eu apostei que caminharia sozinha de Vorobióvka até a cidade, mas aí me desviei do caminho e, assim, se não tivesse encontrado essa sua cela... – A mulher começou a mentir. No entanto, a expressão do eremita deixava-a confusa, de sorte que ela não pôde continuar e ficou calada. Ela o imaginara bem diferente. Aquele homem não era tão belo quanto o havia imaginado, mas estava lindo aos olhos dela. Os cabelos cacheados, um tanto grisalhos, de sua cabeça e barba, seu nariz fino e bem desenhado e, finalmente, seus olhos, que rutilavam como as brasas quando ele a mirava de frente, assombraram-na.

Ele percebia que a mulher estava mentindo.

– Sim, que seja – disse, fitando-a e abaixando outra vez seus olhos. – Eu saio daqui, e a senhora pode ficar à vontade.

E, acendendo uma vela em sua lamparina, saudou-a com uma profunda mesura e passou para um cubículo adjacente; ela o ouviu empurrar alguma coisa detrás do tabique. "Decerto se tranca ali por minha causa" – pensou ela, sorrindo, e, uma vez livre daquela sua peliça branca de cão-guaxinim, começou a tirar sua *chapka*, que se prendia aos seus cabelos, e um lenço de tricô que estava por baixo.

Não se molhara nem um pouco, quando estava perto da janela, alegando isso tão só como pretexto para que ele a deixasse entrar. Todavia, ao acercar-se da porta, ela pisara, de fato, numa poça: sua perna esquerda estava molhada até a panturrilha, seu botim e sua galocha estavam cheios d'água. Ela se sentou no catre do eremita – uma tábua coberta por uma esteira – e começou a tirar seus calçados. Aquela minúscula cela parecia-lhe encantadora. O exíguo quartinho, de uns três *archins*[34] de largura e uns quatro *archins* de comprimento, estava limpo como um vidrinho. Havia, naquele quartinho, apenas um catre, o mesmo em que ela se sentara, e uma pequena prateleira com livros, pendurada sobre o catre. Havia também um facistol num dos cantos e, rente à porta, pendiam em pregos uma peliça e um hábito monacal. A imagem de Cristo, com sua coroa de espinhos, e uma lamparina estavam suspensas acima do facistol. Cheirava ali, estranhamente, a óleo, suor e terra. Ela gostava de tudo. Até mesmo daquele cheiro.

Suas pernas molhadas, sobretudo a perna esquerda, incomodavam-na, e ela se apressou a tirar os calçados; não parava de sorrir, alegre nem tanto por ter alcançado seu objetivo quanto por ter percebido que deixara acanhado aquele homem lindo, pasmoso, estranho e atraente. "Pois bem: ele não respondeu, mas isso não faz mal" – disse consigo mesma.

– Padre Sêrgui! Padre Sêrgui! É assim que o senhor se chama?

– O que deseja? – respondeu-lhe uma voz baixa.

– Perdoe-me, por favor, já que o importunei em seu retiro. Só que, palavra de honra, não pude fazer de outro

---

[34] Antiga medida de comprimento russa, equivalente a 71 cm.

jeito. Teria simplesmente adoecido. Nem agora tenho certeza de que não adoeça. Fiquei toda molhada, e minhas pernas estão que nem o gelo.

— Desculpe-me — respondeu a mesma voz baixa —, não posso ajudar em nada.

— Não o teria importunado nunca. Vou ficar só até o amanhecer.

Ele não respondia. Ela o ouvia cochichar algo: decerto estava rezando.

— O senhor não vai entrar aqui? — perguntou ela, sorrindo. — É que preciso tirar minhas roupas para me secar.

Ele não respondia, continuando a ler orações, detrás do tabique, com sua voz monótona.

"Aquele é um homem, sim" — pensou ela, esforçando-se para tirar a sua galocha empapada. Puxava-a, sem conseguir tirá-la, e acabou por achar graça nisso. Ficou rindo baixinho; depois, sabendo que ele ouvia seu riso e que seu riso lhe causaria exatamente aquele efeito que ela procurava causar-lhe, passou a rir mais alto, e aquele riso alegre, natural e meigo realmente o tocou, e tocou-o como ela queria.

"Sim, é possível amar um homem daqueles. Seus olhos. E seu rosto, tão simples, nobre e, por mais que ele murmure lá suas orações, tão passional!" — pensava ela. "Nós, as mulheres, não nos deixamos enganar. Foi ainda quando ele aproximou seu rosto do vidro, foi quando me viu e me entendeu e me reconheceu. Algo brilhou nos olhos dele, e ficou tudo bem claro. Ele me amava, ele me queria. Sim, queria" — disse ela consigo, ao tirar finalmente sua galocha e seu botim. Aprontava-se para tirar suas meias, mas para tirá-las, aquelas compridas meias com elásticos, precisava arregaçar a saia. Sentiu-se envergonhada e pediu:

— Não entre.

Contudo, nenhuma resposta veio do outro lado do tabique. Aquele murmúrio continuava inalterável; ouviam-se também alguns sons de movimento. "Parece que ele se inclina até o chão" – pensava ela. "Só que não adianta..." – disse consigo. "Ele pensa em mim. Assim como eu penso nele. Com aquele mesmo sentimento é que pensa nestas pernas aqui" – prosseguiu, tirando suas meias ensopadas, pisando descalça sobre o catre e depois encolhendo as pernas. Ficou sentada assim por algum tempo, abraçando seus joelhos e olhando, meditativa, para a frente. "E este ermo, este silêncio todo. Ninguém saberia jamais..."

Ela se levantou, levou suas meias até o forninho e pendurou-as sobre o tapador. Esse tapador era algo singular. Puxou-o várias vezes; em seguida, pisando suavemente com seus pés descalços, voltou a sentar-se sobre o catre e a cruzar as pernas. Detrás do tabique estava tudo silencioso. A mulher olhou para um minúsculo relógio suspenso em seu pescoço. Eram duas horas da madrugada. "Os nossos devem chegar por volta das três". Restava-lhe, quando muito, uma hora.

"Pois então vou ficar aqui sentada, sozinha? Mas que bobagem! Não quero. Agorinha vou chamá-lo".

– Padre Sêrgui! Padre Sêrgui! Serguei Dmítritch! Príncipe Kassátski!

Estava tudo silencioso detrás da porta.

– Escute: isso aí é cruel. Não chamaria pelo senhor, se não precisasse disso. Estou doente. Não sei o que acontece comigo – disse ela, e sua voz denotava sofrimento. – Oh, oh! – passou a gemer, tombando sobre o catre. E, coisa estranha, sentiu mesmo que estava exausta, toda exausta, que todo o seu corpo doía e tremelicava, como se ela estivesse com febre.

– Escute... ajude-me. Não sei o que tenho. Oh! Oh! – Ela desabotoou seu vestido, desnudou o peito e atirou para trás os seus braços nus até o cotovelo. – Oh! Oh!

Ele passara todo aquele tempo rezando em sua despensa. Ao ler todas as orações vespertinas, estava agora imóvel, de olhos fixos na ponta de seu nariz, e recitava uma sábia prece, repetindo em seu espírito: "Senhor Jesus Cristo, filho de Deus, tende piedade de mim!".

Não obstante, ele ouvira tudo. Ouvira o farfalhar do tecido de seda, quando ela despia seu vestido; ouvira-a pisar descalça no chão e esfregar, com a mão, suas pernas. Sentia que estava fraco e podia sucumbir a qualquer momento, portanto não parava de rezar. De certa forma, suas sensações se assemelhavam às daquele herói dos contos de fadas que devia ir para a frente sem olhar para trás nem para os lados. Assim, Sêrgui também ouvia e percebia que o perigo estava ali, ao seu redor e sobre a sua cabeça, e que ele só poderia escapar se não dirigisse, nem por um minutinho, seus olhos para essa perdição. De súbito, ficou dominado pelo desejo de vê-la. No mesmo instante, a mulher disse:

– Escute: isso é desumano. Eu posso morrer.

"Vou lá, sim, mas como aquele padre que punha uma mão sobre uma meretriz e a outra sobre um braseiro. Só que não tenho braseiro aqui." Ele olhou à sua volta. Viu a lamparina. Estendeu um dedo sobre a chama e carregou o sobrolho, preparando-se para aturar a dor; passou-se um longo momento sem que lhe parecesse senti-la, mas de repente – nem sequer percebera ainda se era uma dor nem estimara quão aguda estava – franziu-se todo e retirou bruscamente a mão, agitando-a. "Isso não é para mim, não."

— Pelo amor de Deus! Oh, venha cá! Estou morrendo, oh! "Pois estou perdido? De jeito nenhum!"

— Já vou ver a senhora — pronunciou e, abrindo sua porta, passou ao lado da mulher sem olhar para ela, entrou na antecâmara, onde costumava rachar a lenha, apalpou o cepo em cima do qual a rachava e seu machado encostado na parede.

— Já vou — disse e, pegando o machado com a mão direita, colocou o indicador da mão esquerda sobre o cepo, ergueu o machado e golpeou o seu dedo embaixo da segunda articulação. Seu dedo se desprendeu mais facilmente do que se fendiam pedaços de madeira da mesma grossura, revirou-se e caiu, com um leve estalo, na beirada do cepo e depois no chão.

Ele ouviu esse estalo antes de sentir a dor. Todavia, mal se espantou com a ausência dela, sentiu uma dor abrasadora e o calor do sangue a escorrer. Envolveu rápido a junção cortada com a aba de sua veste, apertou o coto à sua anca, voltou ao quarto e, postando-se defronte da mulher e abaixando os olhos, perguntou em voz baixa:

— O que deseja?

Ela olhou para seu rosto, que empalidecera, para sua face esquerda, que tremia, e de improviso ficou envergonhada. Saltou fora do catre, pegou a sua peliça e, jogando-a por cima dos ombros, envolveu-se nela.

— Estava doendo, sim... eu me resfriei... eu... Padre Sêrgui... eu...

O eremita fixou nela seus olhos, que irradiavam uma luz calma e feliz, e disse:

— Querida irmã, por que quiseste destruir a tua alma imortal? As tentações hão de invadir o mundo, mas ai daqueles através de quem a tentação entra... Reza para que Deus nos perdoe a ambos.

Ela o escutava e olhava para ele. De chofre, ouviu as gotas de algum líquido caírem no chão. Então avistou o sangue que escorria, da sua mão ferida, pela sua veste.

– O que é que fez com a sua mão? – Ela se lembrou do som que tinha ouvido e, pegando a lamparina, correu à antecâmara e viu, lá no chão, um dedo ensanguentado. Voltou ao quarto, mais pálida que ele mesmo, e já queria dizer-lhe algo; porém, o eremita entrou, calado, em sua despensa e trancou a porta atrás de si.

– Perdoe-me – pediu ela. – Como é que vou redimir meu pecado?

– Vai embora.

– Deixe-me pensar a sua ferida.

– Vai embora daqui.

Apressada, ela se vestiu em silêncio. Uma vez pronta, ficou sentada, de peliça, a esperar. Ouviu-se, lá fora, o tilintar de sinetas.

– Padre Sêrgui. Perdoe-me.

– Vai embora. Deus perdoará.

– Padre Sêrgui. Eu vou mudar de vida. Não me abandone.

– Vai embora.

– Perdoe-me e dê-me sua bênção.

– Em nome do Pai, do Filho e do Espírito Santo – ouviram-se, detrás do tabique, as palavras dele. – Vai embora.

Soluçando, ela saiu da cela. O advogado vinha ao seu encontro.

– Pois bem, perdi a aposta, fazer o quê? Onde é que se senta?

– Tanto faz.

Ela subiu ao trenó e, até voltar para casa, não disse uma só palavra.

Um ano depois, fez a prima tonsura[35] e foi levando uma vida severa num convento, sob a tutela do eremita Arsêni, que escrevia, de vez em quando, cartas para ela.

VI

O padre Sêrgui viveu em sua ermida ainda sete anos. Aceitava, de início, várias doações que lhe ofereciam: chá, açúcar, pão branco, leite, roupa e lenha. Mas, à medida que o tempo ia passando, a vida que o eremita levava tornava-se cada vez mais severa: abrindo mão de tudo quanto fosse dispensável, ele acabou por não aceitar mais nada, além do pão preto que recebia uma vez por semana. Entregava aos pobres, que vinham visitá-lo, tudo o que lhe traziam.

O padre Sêrgui passava o tempo todo em sua cela, rezando ou conversando com os visitantes cujo número não cessava de aumentar. Saía da cela apenas para ir à igreja, umas três vezes ao ano, ou para buscar água e lenha quando precisava delas.

Foi após cinco anos dessa vida que ele se encontrou com Mákovkina, ficando logo conhecidas por toda parte a visita noturna daquela mulher, a mudança que se operara nela em seguida e sua entrada num convento. Desde então, a fama do padre Sêrgui foi crescendo. Os visitantes se reuniam cada vez mais numerosos, os monges vinham morar perto de sua cela; até construíram lá uma igreja e uma hospedaria. Os boatos sobre o padre Sêrgui, exagerando, como de praxe, suas façanhas, difundiam-se

---

[35] "Fazer a prima tonsura" significava tornar-se monja, deixando-se tonsurar o cabelo em sinal de sua vocação religiosa.

cada vez mais. Havia quem viesse de muito longe para vê-lo; havia mesmo quem trouxesse pessoas doentes, afirmando que ele as curava.

A primeira cura teve lugar no oitavo ano de sua vida naquela ermida. Ficou curado um garoto de catorze anos, que sua mãe trouxera exigindo que o padre Sêrgui pusesse as suas mãos nele. Nem passava pela cabeça do padre Sêrgui a ideia de que pudesse curar os enfermos. Teria considerado uma ideia dessas como um grande pecado da soberba; todavia, a mãe que trouxera aquele garoto implorava-lhe insistentemente, jogando-se aos pés dele e perguntando por que, ao curar tantos outros, não queria ajudar seu filho, pedia-lhe, por Cristo, que o curasse. Quando o padre Sêrgui alegou que só Deus curava, ela disse que não lhe pedia outra coisa senão pôr a mão em seu filho e rezar. O padre Sêrgui recusou e voltou para a sua cela. Contudo, no dia seguinte (era no outono, e as noites já estavam bastante frias), tornou a ver, saindo da cela para ir buscar água, aquela mesma mãe com seu filho, um macilento garoto de catorze anos, e a ouvir as mesmas súplicas. O padre Sêrgui recordou a parábola do juiz iníquo[36] e, antes plenamente convicto de que lhe cumpria recusar, sentiu uma dúvida e, ao sentir tal dúvida, começou a rezar e rezou até que uma solução amadurecesse em sua alma. Conforme essa solução, deveria atender ao pedido da mãe a acreditar que sua fé pudesse salvar o filho dela: nesse caso, o padre Sêrgui nada mais seria do que uma ínfima ferramenta escolhida por Deus.

E, saindo da cela, o padre Sêrgui atendeu ao pedido da mãe: pôs a mão na cabeça do garoto e começou a rezar.

---

[36] Uma das mais conhecidas parábolas de Jesus Cristo, cujo personagem "não temia a Deus nem respeitava os homens" (Lucas, 18).

A mãe foi embora com seu filho, e um mês depois o garoto se recuperou, e a fama do santo poder curativo do *stáretz* Sêrgui, como o chamavam agora, espalhou-se pelas redondezas. Não havia, desde então, uma só semana em que os enfermos não viessem, a pé ou de carruagem, ver o padre Sêrgui. E, sem ter recusado os pedidos de alguns deles, ele não podia recusar os pedidos dos outros, e punha sua mão neles, e rezava, e muitos daqueles enfermos se curavam, e a fama do padre Sêrgui ia cada vez mais longe.

Assim ele passou nove anos no monastério e treze anos em seu retiro. Tinha agora a aparência de um homem velho: sua barba comprida estava toda branca, mas seus cabelos, embora mais ralos, ainda eram negros e cacheados.

VII

Havia várias semanas, o padre Sêrgui vivia com uma ideia que não o deixava em paz: será que fazia bem continuando naquela situação que nem tanto escolhera, ele mesmo, quanto aceitara sob a pressão do arquimandrita[37] e do *igúmen*? Tal ideia surgira após a cura daquele garoto de catorze anos, e, desde então, o padre Sêrgui sentia todo mês, toda semana e todo dia que sua vida interior se extinguia aos poucos, substituída por uma vida exterior. Sentia-se como que virado pelo avesso.

O padre Sêrgui se via usado como um meio de atrair visitantes e doadores para o monastério, criando-lhe as autoridades monásticas tais condições em que ele chegasse

---

[37] Monge superior de um grande monastério ortodoxo – nesse caso, do monastério de Tâmbino, onde morava o padre Sêrgui.

a ser mais e mais útil para tanto. Já não lhe concediam, por exemplo, nenhuma possibilidade de trabalhar. Guardavam para ele tudo quanto pudesse ser necessário e solicitavam-lhe apenas que não privasse de sua bênção as pessoas que vinham visitá-lo. Marcavam, para seu conforto, certos dias em que pudesse atender esses visitantes. Fizeram uma sala de recepção especial para homens, delimitaram um lugar cercado por uma balaustrada de modo a impedir as mulheres, que vinham correndo até o padre, de derrubá-lo, e nesse lugar ele abençoava as pessoas que o visitavam. Quando lhe diziam que as pessoas precisavam dele, que, cumprindo a lei cristã do amor, não podia recusar os pedidos de quem procurasse vê-lo, que seria cruel, por parte dele, afastar-se de todas aquelas pessoas, o padre Sêrgui não deixava de concordar com isso, mas, ao passo que se entregava a essa vida, percebia que o íntimo se transformava no público, que se exauria, em seu âmago, a fonte de água viva, que cada vez mais fazia o que estava fazendo para as pessoas e não para Deus.

Quer aconselhasse as pessoas, quer simplesmente lhes desse sua bênção, quer rezasse pelos enfermos, quer orientasse a quem buscava rumos na vida, quer escutasse os agradecimentos daqueles que ajudara por meio de uma cura, segundo se afirmava, ou de uma lição, ele não podia deixar de se alegrar com isso, tampouco podendo ignorar as consequências de suas atividades nem a influência que estas exerciam sobre as pessoas. Pensava que era um candeeiro aceso e, quanto mais se dava conta disso, tanto mais percebia o enfraquecimento, a extinção da luz divina das verdades que ardia em seu âmago. "Em que medida é que estou agindo por Deus, e até que ponto pelas pessoas?" — era essa a questão que o atormentava constantemente, e não que ele nunca pudesse, mas antes nunca ousava responder, para si mesmo, a essa questão. Sentia, no fundo de sua alma, que o diabo substituíra todas as suas atividades em prol de Deus pelas atividades em prol das pessoas. Sentia isso porquanto, da mesma maneira que antes se afligia quando o retiravam do seu recolhimento, agora se afligia com esse recolhimento como tal. Incomodava-se com os visitantes, cansava-se deles, porém, no fundo da alma, deliciava-se com sua presença, saboreava aqueles louvores de que eles o cumulavam.

Até mesmo houve um momento em que decidiu ir embora, sumir no mundo. Até mesmo chegou a pensar em como faria aquilo tudo. Preparou uma camisa de mujique, umas calças toscas, um cafetã[38] e uma *chapka*. Explicou que precisava desse traje para ir dar esmola aos pedintes. E guardava-o consigo, refletindo em como o vestiria, cortaria seus cabelos e iria embora. A princípio, pegaria um trem, percorreria umas trezentas verstas, depois desceria e caminharia de aldeia em aldeia. Perguntou a um velho soldado como ele andava pedindo esmola e por onde lhe permitiam andar pedindo. O soldado contou como e por onde seria melhor andar, e o padre Sêrgui resolveu seguir seus conselhos. Chegou a vestir-se, certa noite, e já queria pôr o pé na estrada, porém não sabia o que era bom mesmo: ficar ou fugir. Estava primeiro indeciso, depois a indecisão passou; ele se conformou e se resignou ao diabo, e aquelas roupas de mujique apenas o lembravam de seus pensamentos e sentimentos.

Cada dia aumentava o número daquelas pessoas que o visitavam, e cada dia lhe sobrava menos tempo para fortalecer o seu espírito e para rezar. Vez por outra, em

---

[38] Vestimenta tradicional russa, de origem oriental: espécie de comprido sobretudo masculino.

seus momentos serenos, ele pensava que se parecia com um lugar onde antes houvera uma fonte. "Havia uma débil fonte de água viva que escorria, bem devagar, de mim, através de mim. Aquela vida ali era de verdade, quando 'ela' (sempre se lembrava extático daquela noite e dela, agora chamada de madre Ágnia) me seduzia. Ela provou daquela água límpida. Mas, desde então, mal se acumula esta água minha, os sedentos vêm e se comprimem e arrebatam-na uns aos outros. Aliás, já deram cabo de tudo, só resta um lamaçal". Assim ele pensava em seus raros momentos serenos; porém, no seu estado mais habitual, sentia-se cansado e enternecia-se com esse cansaço seu.

Era na primavera, na véspera do Meio-Pentecostes.[39] O padre Sêrgui celebrava a missa vespertina em sua igreja cavernal. Havia tantas pessoas quantas pudessem caber ali dentro, uns vinte devotos. Eram todos fidalgos e comerciantes, e todos ricos. O padre Sêrgui deixava quaisquer pessoas entrarem, mas quem fazia a triagem eram um monge encarregado de auxiliá-lo e um plantonista mandado, todos os dias, do monastério para a sua ermida. Uma multidão de romeiros, umas oitenta pessoas, sobretudo mulheres, reunira-se do lado de fora, esperando que o padre Sêrgui saísse a fim de abençoá-las. O padre Sêrgui rezava o ofício e, quando se dirigiu, cantando hosanas, para o ataúde de seu antecessor, titubeou e teria caído, se um comerciante, que estava atrás dele, e um monge, que fazia as vezes do diácono,[40] não o tivessem arrimado.

---

[39] Festa religiosa que os cristãos ortodoxos celebravam no 25º dia depois da Páscoa, como se essa data ficasse no meio do caminho entre a Páscoa e o Pentecostes.

[40] Clérigo da segunda ordem, imediatamente inferior ao padre, e que o ajuda no altar durante a missa (Dicionário Caldas Aulete).

— O que tens? Meu pai! Padre Sêrgui! Meu querido! Meu queridinho! — ouviram-se vozes femininas. — Estás branco que nem um lenço.

Todavia, o padre Sêrgui se recobrou logo e, bem que estivesse todo pálido, afastou de si o comerciante e o diácono e continuou a cantar. O padre Serapion, aquele diácono, e todos os clérigos subalternos, e a fidalga Sófia Ivânovna, que sempre estava perto da ermida e cuidava do padre Sêrgui, vieram pedindo que interrompesse a missa.

— Não é nada, nada — disse o padre Sêrgui, com um sorriso quase imperceptível embaixo de seu bigode. — Não interrompam a missa.

"Sim, os santos é que fazem assim" — pensou.

— Um santo! Um anjo de Deus! — ouviu em seguida, atrás de si, as vozes de Sófia Ivânovna e daquele comerciante que o arrimara. Não deu ouvidos às súplicas e continuou rezando. Espremendo-se outra vez, todos voltaram, por uns corredorzinhos, à pequena igreja, e lá, conquanto a tivesse abreviado um pouco, o padre Sêrgui terminou de celebrar a missa vespertina.

Logo após a missa, o padre Sêrgui abençoou quem estava presente e foi sentar-se num banquinho que ficava debaixo de um olmeiro, à entrada de sua caverna. Queria descansar, respirar o ar fresco, sentindo que precisava disso; entretanto, assim que saiu da igreja, a multidão toda se precipitou ao seu encontro, pedindo sua bênção e clamando por seus conselhos e sua ajuda. Havia lá romeiras que andavam sempre de um local sagrado para o outro, de um *stáretz* para o outro, e sempre se derretiam perante qualquer relíquia e qualquer *stáretz*. O padre Sêrgui conhecia esse tipo de pessoas — muito comum, desprovido de toda religiosidade, frio e convencional: havia lá romeiros, em sua maioria soldados reformados, aqueles velhos que, abandonando seu domicílio, andavam de monastério em monastério com a única finalidade de se alimentar, passavam necessidades e, na maior parte das vezes, bebiam demais da conta; havia também rudes camponeses e camponesas com suas egoísticas solicitações para que os curassem ou então livrassem de dúvidas relativas aos seus negócios mais práticos – se deviam casar sua filha ou alugar uma lojinha, se lhes cumpria adquirir um lote ou redimir o pecado de terem sufocado ocasionalmente um recém-nascido ou tido filhos fora do casamento. Tudo isso era, havia tempos, bem familiar ao padre Sêrgui e não o interessava mais. Sabia que não aprenderia nada de novo com tais pessoas, que seus semblantes não lhe suscitariam nenhum sentimento religioso, mas gostava de vê-las como uma multidão à qual ele mesmo, sua bênção e seu discurso eram necessários e preciosos, e ficava, portanto, angustiado em face dessa multidão e, ao mesmo tempo, sentia prazer em vê-la. O padre Serapion já ia afastar os romeiros, dizendo que o padre Sêrgui estava cansado, mas ele rememorou as palavras do Evangelho: "Deixai os meninos, e não os estorveis de vir a mim"[41] e, sensibilizado consigo mesmo ao rememorá-las, mandou que os deixasse vir.

Uma vez em pé, aproximou-se da balaustrada, perto da qual os romeiros se espremiam, e começou a abençoá-los e a responder às suas indagações com uma voz cujo som fraquinho enternecia a ele próprio. Mas, não obstante essa sua disposição, não conseguiu atender a todos: sua vista se turvou de novo, ele cambaleou e agarrou-se à balaustrada. Sentiu outra vez o sangue afluir à sua cabeça, ficando, primeiro, pálido e depois, de improviso, rubro.

---

[41] Citam-se as palavras de Jesus Cristo (Mateus, 19: 14).

— Sim: pelo que vejo, até amanhã. Não posso mais hoje — disse e, abençoando a todos em geral, dirigiu-se para seu banquinho. O mesmo comerciante tornou a arrimá-lo, conduziu-o pela mão e fez que ele se sentasse.

— Pai! — ouviu-se uma voz no meio da multidão. — Nosso pai! Queridinho! Não nos abandones. Sem ti, estamos perdidos!

Fazendo que o padre Sêrgui se acomodasse naquele banquinho sob os olmeiros, o comerciante assumiu os deveres de um policial e foi enxotando o povo com muita energia. É verdade que falava baixo, de modo que o padre Sêrgui não pudesse ouvi-lo, mas falava num tom resoluto e zangado:

— Fora daqui, fora! Já abençoou vocês, o que querem mais? Rápido! Senão, juro que vou quebrar umas caras aí. Vão indo, vão! Você aí, a mulherzinha de *onútchas*[42] pretas, vá embora, vá logo. Aonde é que vai? Está dito: acabou! Amanhã será como Deus quiser, e para hoje está acabado.

— Só deixa, meu queridinho, olhar com este olhinho para o rostinho dele — disse uma velhinha.

— Eu te mostro um rostinho aí! Aonde achas que vais?

O padre Sêrgui percebeu que o comerciante agia de forma bastante rígida e, com uma voz fraca, pediu ao monge que o auxiliava para não enxotar o povo. Sabia que o povo seria enxotado ainda assim, queria muito ficar só e descansar, porém mandou que o monge dissesse isso para produzir uma boa impressão.

— Está bem, está bem. Não estou enxotando, estou exortando — respondeu o comerciante. — Pois eles vão

---

[42] Compridas e largas faixas de pano que se usavam em vez de meias, servindo para envolver as pernas até os joelhos.

rebentar o homem. Pois não têm piedade, só pensam neles mesmos. Já disse que não podia! Vá embora. Só amanhã.
E o comerciante enxotou a todos.

Aquele comerciante se esforçava tanto porque apreciava a ordem quanto porque gostava de mandar e desmandar junto ao povo, mas, o principal, porque precisava do padre Sêrgui. Era viúvo e tinha uma única filha que estava doente e não se dispunha a casar-se; fora com essa sua filha que percorrera mil e quatrocentas verstas, trazendo-a na intenção de que o padre Sêrgui a curasse. Já tentara tratá-la, durante dois anos de sua doença, em vários lugares: primeiro numa provinciana cidade universitária, numa clínica onde não a tinham curado, e depois com um curandeiro da província de Samara,[43] sentindo-se sua filha, na ocasião, um pouco melhor. A seguir, indo o pai consultar um médico moscovita e pagando-lhe muito dinheiro, não houvera mais nenhum alívio. Então o comerciante soubera que o padre Sêrgui curava os enfermos, e eis que viera, com sua filha, visitá-lo... E foi assim que, enxotando a multidão toda, ele se achegou ao padre Sêrgui e, ajoelhando-se sem mais preâmbulos na frente dele, proferiu em voz alta:

– Abençoai, santo padre, minha filha enferma para curá-la das dores de sua doença. Atrevo-me a recorrer aos vossos pés santos! – E colocou uma mão em cima da outra, como se fosse uma conchinha. Fez e disse tudo isso como quem fizesse algo determinado, clara e firmemente, pela lei e pelo costume, como se lhe cumprisse rogar pela cura de sua filha precisamente dessa e não de qualquer outra maneira. Agiu com tanta convicção que até mesmo o padre Sêrgui achou plausível dizer e fazer tudo

---

[43] Grande cidade russa, localizada na região do rio Volga.

isso precisamente dessa maneira. Pediu, no entanto, que se levantasse e contasse de que se tratava. O comerciante contou que sua filha, uma moça solteira de vinte e dois anos, adoecera havia dois anos, logo após a morte súbita de sua mãe: dera um ai, conforme ele se expressou, e desde então estava doida. E eis que ele a trouxera, percorrendo mil e quatrocentas verstas, e ela aguardava, numa pousada, até o padre Sêrgui mandar que viesse vê-lo. Temendo a luz, ela não saía de dia: só podia sair daquela pousada ao anoitecer.

— Pois então está muito fraca? — perguntou o padre Sêrgui.

— Até que não tem nenhuma fraqueza especial, e é corpulenta, só que está com a tal de neurastenia, como o doutor explicou. Mas, se mandásseis agora, padre Sêrgui, trazê-la para cá, eu iria correndo buscá-la. Reavivai o coração deste pai, santo padre, restabelecei a estirpe dele: salvai, com vossas orações, sua filha enferma.

E o comerciante voltou a cair de joelhos, com toda a força, e, curvando sua cabeça virada de lado sobre a conchinha de suas mãos, ficou imóvel. O padre Sêrgui pediu novamente que se levantasse e, pensando em como suas tarefas eram penosas e como ele as cumpria, apesar disso, cheio de humildade, soltou um profundo suspiro e, calando-se por alguns segundos, disse:

— Está bem, traga sua filha à noite. Vou rezar por ela, mas agora estou cansado. — E ele fechou os olhos. — Mandarei chamá-la.

Andando pela areia nas pontas dos pés e, assim, fazendo suas botas rangerem ainda mais, o comerciante se retirou, e o padre Sêrgui ficou sozinho.

Toda a vida do padre Sêrgui estava repleta de missas e visitas, mas aquele dia fora sobremodo difícil. Pela manhã, viera um dignitário, que estava ali de passagem, e conversara com ele por muito tempo; depois viera uma fidalga com seu filho. Esse filho, um jovem professor, era ateu, e sua mãe, devota fervorosa e muito leal ao padre Sêrgui, trouxera-o até ele e suplicara que o padre Sêrgui lhe falasse. Houvera uma conversa bem árdua. O jovem não queria, obviamente, discutir com um monge, dando-lhe razão em todos os assuntos como a uma pessoa fraca, mas o padre Sêrgui percebia que o jovem não tinha fé e, apesar disso, estava bem, sentia-se leve e tranquilo. Agora o padre Sêrgui relembrava essa conversa com desprazer.

– Deseja comer, meu padre? – perguntou o monge auxiliar.

– Sim, traga alguma coisa.

O monge foi até uma celinha, construída a dez passos da entrada de sua caverna, e o padre Sêrgui ficou sozinho de novo.

Já terminara, havia tempos, aquele período em que o padre Sêrgui vivia só e fazia tudo para si mesmo, e não comia senão hóstias e pão preto. Já lhe fora provado, havia tempos, que ele não tinha o direito de negligenciar a sua saúde, servindo-lhe pratos de quem jejuasse: simples, mas saudáveis. Ainda que comesse pouco, comia bem mais do que antes, e amiúde não comia mais como antes, ou seja, com aversão e consciência de seu pecado, mas de maneira assaz prazerosa. Assim jantou também dessa feita. Comeu um bocado de *kacha*, com metade de um pão branco, e tomou uma chávena de chá.

Então o monge foi embora, e ele ficou só, sentado em seu banquinho sob os olmeiros.

Era uma deliciosa tardinha de maio; as folhas acabavam de verdejar em bétulas, choupos-tremedores, olmeiros, cerejeiras galegas e carvalhos. As cerejeiras que cresciam por trás do olmeiro estavam ainda em plena flor. Os rouxinóis, um bem perto e outros dois ou três lá embaixo, nos arbustos próximos ao rio, trinavam e gorjeavam. Ouvia-se ao longe, do lado do rio, o canto dos lavradores que estariam voltando de seu trabalho; pondo-se detrás da floresta, o sol lançava seus raios dispersos através da folhagem verde. De um lado, estava tudo verde-claro; do outro, onde se erguia o olmeiro, estava tudo escuro. Os besouros se colidiam, voando, e caíam à terra.

Depois do jantar, o padre Sêrgui começou a rezar em sua mente: "Senhor Jesus Cristo, filho de Deus, tende piedade de nós"; em seguida, passou a recitar um salmo, e de repente, no meio daquele salmo, um pardal que surgira não se sabia de onde pulou de uma moita ao solo e aproximou-se, piando e saltitando, do eremita, mas logo se assustou por algum motivo e foi voando embora. O padre Sêrgui lia a oração, em que se dizia renunciar ao mundo, e procurava lê-la o mais depressa possível a fim de mandar buscarem o comerciante com sua filha enferma: estava interessado nela. Interessava-se pela moça por ser uma distração, uma pessoa nova, e também porque eles o consideravam, seu pai e ela própria, um *ugódnik*[44] cuja oração era atendida. Renunciava àquilo, mas achava, bem no fundo da alma, que era assim mesmo.

Não raro ficava pasmado: como lhe ocorrera a ele, Stepan Kassátski, tornar-se tal extraordinário *ugódnik* e, pura e simplesmente, tal milagreiro – porém, não tinha dúvida alguma de sê-lo na realidade. Não podia deixar de acreditar nos milagres que vira pessoalmente, desde

---

[44] Monge tido por santo, cuja força espiritual agradava especialmente a Deus na opinião dos cristãos ortodoxos.

aquele menino lesado até esta última velhinha que tinha recuperado a vista graças à oração dele.

Por mais estranho que isso fosse, era isso mesmo. Destarte, interessava-se pela filha do comerciante por ser uma pessoa nova, porque confiava nele e, ainda, porque ele próprio ia confirmar outra vez, ao atendê-la, seu poder curativo e sua reputação. "Percorrem mil verstas para me ver, escrevem sobre mim nos jornais, o imperador me conhece... até na Europa, naquela ímpia Europa, há quem me conheça" – pensava ele. De súbito, envergonhou-se com sua vaidade e voltou a rezar a Deus. "Senhor, rei celeste, consolador, cerne da verdade, vinde e entrai em nós, e limpai-nos dos sopros do mal, e salvai, bem-aventurado, as nossas almas. Limpai-me do mal da glória humana que me assedia" – repetiu e lembrou quantas vezes já havia rezado assim e quão baldadas haviam sido, até então, suas rezas nesse sentido: sua oração fazia milagres para os outros, mas para si mesmo ele não conseguia receber de Deus nem a libertação daquela paixão ínfima.

Ficou rememorando suas orações dos primeiros tempos que passara naquela ermida, quando rezava para Deus lhe conceder pureza, humildade e amor: parecia-lhe que Deus ouvia então suas orações, pois ele estava puro e decepara seu dedo, e apanhara aquele dedo decepado, coberto de rugas, do chão e beijara-o; parecia-lhe também que estava humilde então, pois sentia o tempo todo, de tão pecador, aversão por si mesmo; parecia-lhe enfim que tinha amor àquela altura, recordando quão enternecido ficara ao acolher aquele velho soldado bêbado, que irrompera na época em sua cela para lhe exigir dinheiro, e aquela mulher. Mas agora? E ele perguntou a si próprio se ainda tinha amor por alguém, se amava Sófia Ivânovna, o padre Serapion, se experimentara algum sentimento de amor por todas aquelas pessoas que acabavam de visitá-lo, por aquele rapaz instruído com quem tivera uma conversa tão edificante, tratando apenas de lhe mostrar sua inteligência e de provar que não lhe era inferior em matéria de instrução. Ele se comprazia com o amor daquelas pessoas, necessitava dele, porém não sentia, ele mesmo, amor por elas. Não tinha agora nem amor, nem humildade, nem pureza.

Gostara de saber que a filha do comerciante tinha vinte e dois anos; também lhe apetecia saber se ela era bonita. E, perguntando se estava muito fraca, ele queria saber exatamente se possuía dotes femininos ou não.

"Será que decaí tanto?" – pensava ele. "Senhor, ajudai-me; revigorai-me, meu Senhor e meu Deus!" E, juntando as mãos, ele se pôs a rezar. Os rouxinóis gorjeavam. Um besouro veio pousar nele e arrastou-se pela sua nuca. Ele sacudiu o besouro. "Será que Ele existe mesmo? E se eu estou batendo a uma porta trancada por fora?... Há um cadeado nessa porta, e eu poderia vê-lo. Esse cadeado são os rouxinóis, os besouros, a natureza. Talvez aquele rapaz esteja com a razão." E ele passou a rezar em voz alta e ficou rezando por muito tempo, até esses seus pensamentos sumirem e ele próprio se sentir outra vez calmo e convencido. Tocou a campainha e, quando o monge auxiliar saiu da cela, disse para ir buscar agorinha aquele comerciante com sua filha.

O comerciante trouxe sua filha, conduzindo-a pelo braço, fê-la entrar na cela e foi logo embora.

A filha do comerciante era uma moça loura, pálida, rechonchudinha e toda descontraída, de pele extremamente branca, semblante infantil e meio assustado, e curvas femininas bem avantajadas. O padre Sêrgui recebeu-a sentado em seu banquinho, à entrada da cela. Quando a moça passava ao seu lado e parou pedindo sua bênção, ele sentiu horror de si mesmo ao olhar fixamente para o corpo dela. A moça passou, e ele se quedou como que pungido. Percebera, pela expressão facial da moça, que era sensual e abobalhada. Então se levantou e entrou em sua cela. A moça estava sentada num tamborete, esperando por ele. Ficou em pé, quando ele entrou.

— Quero meu paizinho — disse ela.

— Não te assustes — respondeu ele. — O que é que te dói?

— Tudo me dói — disse a moça, e de repente seu rosto se iluminou com um sorriso.

— Ficarás curada — disse o eremita. — Reza.

— Não adianta rezar: já rezei bastante, só que nada adiantou. — Ela continuava a sorrir. — É o senhor quem vai rezar e botar suas mãos em mim. Sonhei com o senhor.

— Como assim, sonhaste?

— Sonhei que me botava a mão sobre o peito, bem assim. — Pegou a mão dele e apertou-a ao seu peito. — Bem aqui.

O eremita lhe entregou sua mão direita.

— Como te chamas? — perguntou, sentindo todo o seu corpo tremer e entendendo que estava vencido, que não controlava mais a sua concupiscência.

— Maria. Por quê?

Ela pegou sua mão e beijou-a, depois lhe abraçou a cintura com seu braço livre e apertou-o a si.

— O que estás fazendo? — disse ele. — Maria, és um demônio.

— Pois não é nada, não!

E, abraçando-o, ela se sentou com ele na cama.

Ao amanhecer, ele saiu da cela. "Será que isso tudo aconteceu? O pai virá aqui. Ela lhe contará. É um demônio. Mas o que é que farei? Ali está ele, o machado com que decepei o meu dedo." Ele empunhou o machado, indo voltar à cela.

O monge auxiliar achegou-se a ele.

— Manda que eu traga lenha? Então me dê, por favor, o machado.

O padre Sêrgui lhe entregou o machado. Entrou na cela. A moça dormia em sua cama. Ele a fitou com pavor. Uma vez dentro da cela, pegou seu traje de mujique, vestiu-se, cortou seus cabelos com uma tesoura, depois saiu e foi seguindo uma vereda que levava, ladeira abaixo, até o rio do qual ele não se acercava havia quatro anos.

Uma estrada margeava o rio; tomando-a, ele caminhou até a hora do almoço. Na hora do almoço, adentrou um campo de centeio e deitou-se ali. De tardezinha, chegou a uma aldeia próxima ao rio. Não entrou na aldeia, mas enveredou para o barranco que ladeava o rio.

Já raiava o dia, faltando, mais ou menos, meia hora até o amanhecer. Estava tudo cinzento e sombrio, o vento matinal soprava, frio, do oeste. "Sim, é hora de acabar com tudo. Deus não existe. Mas como me mataria? Saltar deste barranco? Sei nadar, não me afogarei. E se me enforcasse? Pois bem: aqui está meu *kuchak*,[45] ali está o galho." Isso lhe pareceu tão viável e próximo que ele se assustou. Queria, como costumava fazer em seus momentos de desespero, rezar. Só que não havia mais a quem rezasse. Deus não existia. Ele estava deitado, apoiando-se em seu braço. E, de improviso, sentiu tanta necessidade de dormir que não conseguiu mais segurar sua cabeça: estendeu o braço, colocou a cabeça em cima e logo adormeceu. Contudo, esse seu sono durou tão só um instante; acordando logo

---

[45] Cinturão usado por camponeses.

a seguir, passou a sonhar de olhos abertos, ou melhor, a recordar.

E eis que ele se vê na casa de sua mãe, numa aldeia, e está ainda quase criança. E eis que se aproxima daquela casa uma caleche, e saem dessa caleche o tio Nikolai Serguéievitch, com sua enorme barba negra parecida com uma pá, e uma menina magrinha, chamada Páchenka, com seus grandes olhos tão dóceis e aquela sua carinha triste e tímida. E eis que levam essa Páchenka até a sua turminha de garotos. E os garotos têm de brincar com ela, mas ficam entediados. Ela é tão bobinha. Acabam por escarnecê-la, forçam-na a mostrar como ela sabe nadar. Ela se deita no chão e nada em seco. E todos gargalham, fazendo-a de tola. E ela se apercebe disso, e seu rosto se cobre de manchas vermelhas, e ela se entristece tanto, mas tanto, que o menino fica envergonhado e nunca mais poderá esquecer aquele seu sorriso torto, meigo e submisso. E eis que Sêrgui se lembra de tê-la revisto mais tarde. Aliás, voltaria a vê-la, mais tarde, diversas vezes, antes de ingressar no monastério. Ela estava casada com um fazendeiro, que havia desbaratado todo o patrimônio da esposa e batia nela. Tinha um casal de filhos. Seu filho morrera ainda pequeno.

Sêrgui se lembrava de tê-la visto infeliz. Depois a vira, já no monastério, enviuvada. Ela era a mesma: não se diria que fosse boba, mas toda sem graça, insignificante e lastimável. Viera visitá-lo com sua filha e o noivo desta. Já estavam todos empobrecidos. Depois ele ouvira dizerem que ela morava numa cidade interiorana e era muito pobre. "Por que é que estou pensando nela?" – indagava Sêrgui a si mesmo. Mas não podia deixar de pensar nela. Onde estava? Como estava? Continuava tão infeliz quanto naquele tempo, mostrando como se nada no chão? "Para que pensar nela? O que tenho? Preciso terminar."

E ele se sentiu outra vez apavorado e, para se esquivar desse seu pensamento, tornou a pensar em Páchenka.

Assim ficou deitado por muito tempo, pensando ora em seu fim iminente, ora em Páchenka. Imaginava Páchenka como a sua salvação. Afinal, caiu no sono. E sonhou com um anjo que se achegara a ele e dissera: "Vai procurar Páchenka, e que ela te diga o que deves fazer, em que consistem teu pecado e tua salvação".

Ele acordou e, convicto de ter sido Deus quem lhe mandara aquela visão, animou-se e decidiu fazer o que lhe fora dito em seu sonho. Conhecia a cidade onde morava Páchenka – distava trezentas verstas do lugar onde se encontrava – e foi rumando para lá.

VIII

Páchenka já não era, havia tempos, aquela Páchenka e, sim, uma mulher velha, ressequida e enrugada, chamada Praskóvia Mikháilovna, sogra do servidor público Mavríkiev, fracassado e beberrão. Morava na cidade interiorana, onde seu genro recebera o último cargo, e sustentava a família toda: sua filha e seu genro, doente e neurastênico que era, e seus cinco netinhos. E sustentava-os a todos dando aulas de música a filhas de comerciantes locais e cobrando cinquenta copeques por hora. Passava quatro ou, às vezes, cinco horas diárias a ensinar, de sorte que ganhava cerca de sessenta rublos por mês. A família vivia disso, na expectativa de que o genro arranjasse um novo emprego. Praskóvia Mikháilovna havia mandado cartas, em que pedia ajuda para arranjar tal emprego, a todos os seus parentes e conhecidos, inclusive ao padre Sêrgui. Entretanto, sua carta não lhe fora entregue.

Era um sábado, e Praskóvia Mikháilovna preparava, ela própria, a massa para fazer um pão doce com uvas passas, o mesmo pão que fazia tão bem ainda aquele servo que cozinhava para o paizinho dela. Haveria uma festa, no dia seguinte, e Praskóvia Mikháilovna queria mimar seus netinhos com essa guloseima.

Macha,[46] a filha dela, cuidava de seu caçulinha; seus filhos mais velhos, um menino e uma menina, estavam na escola. O genro, que não tinha dormido a noite inteira, acabava de adormecer. Praskóvia Mikháilovna também demorara a dormir na véspera, tentando abrandar a ira de sua filha contra o marido.

Ela percebia que seu genro era um ser fraco, que não podia falar nem viver de outra maneira e que as censuras por parte da esposa não o ajudariam, e empenhava, portanto, todos os seus esforços em suavizá-las, em fazer que não houvesse mais censuras, que não houvesse mais ira. Não conseguia, quase fisicamente, suportar más relações entre pessoas. Estava tão claro para ela que nada poderia melhorar com isso, mas tudo ficaria, pelo contrário, pior. De resto, nem sequer refletia nisso, apenas sofria de ver sua filha zangada, como quem sofresse por causa de um cheiro nauseabundo, de um barulho estridente, de golpes desferidos num corpo qualquer.

Toda contente consigo mesma, acabava de ensinar Lukêria a levedar a massa de pão quando Micha,[47] seu neto de seis anos, veio correndo em suas perninhas

---

[46] Forma diminutiva e carinhosa do nome russo Maria que o autor usa concomitante à forma "Mánetchka".
[47] Forma diminutiva e carinhosa do nome russo Mikhail.

tortas, de aventalzinho e meias remendadas, e, uma vez na cozinha, disse:

— Vovó, um velho medonho procura por ti!

Sua carinha estava assustada. Lukêria olhou para fora:

— É mesmo, senhora: um andarilho daqueles.

Praskóvia Mikháilovna esfregou os seus magros cotovelos um contra o outro para limpá-los, enxugou as mãos com seu avental e já ia buscar seu porta-níqueis a fim de dar cinco copeques de esmola ao tal andarilho, mas recordou de repente que não havia lá moedas menores que uma *grivna*[48] e resolveu dar-lhe pão; virou-se para o armário e, subitamente, enrubesceu toda ao pensar em sua sovinice e, mandando que Lukêria cortasse um pedaço de pão, foi buscar aquela *grivna* para completar sua doação. "Este é teu castigo" — disse a si mesma: " darás o dobro de esmola".

Entregou, pedindo desculpas, dinheiro e pão ao andarilho e, entregando-lhe essa dádiva, não apenas deixou de se orgulhar de ser generosa, mas, bem ao contrário, envergonhou-se com sua parcimônia. Tão significantes assim eram os ares daquele andarilho.

Apesar de ter percorrido, em nome de Cristo, trezentas verstas, conquanto estivesse maltrapilho, emagrecido e enegrecido, tivesse cabelos rasos e usasse uma *chapka* de mujique e um par de botas da mesma laia, embora se curvasse com tanta humildade na frente dela, Sêrgui aparentava ainda aquela imponência que sempre o tornava tão atraente para os outros. Contudo, Praskóvia Mikháilovna não o reconheceu. Aliás, nem sequer teria podido reconhecê-lo, sem tê-lo visto por quase trinta anos.

---

[48] Antiga moeda russa equivalente a dez copeques.

— Não me leve a mal, meu querido. Talvez queira comer um pouco?

Ele pegou o pão e o dinheiro. E Praskóvia Mikháilovna ficou surpresa de que o andarilho não fosse embora, mas continuasse a olhar para ela.

— Páchenka. Vim para te ver. Acolhe-me.

E seus belos olhos negros fitavam-na tão atentos e suplicantes, e brilhavam as lágrimas que haviam brotado neles. E tremiam, tão lastimosos, seus lábios embaixo do bigode grisalho.

Levando as mãos ao seu peito ressequido, Praskóvia Mikháilovna abriu a boca e abaixou os olhos cujas pupilas se fixaram no rosto do andarilho.

— Mas não pode ser! Stiopa! Sêrgui! O padre Sêrgui!

— Sim, ele mesmo — disse Sêrgui baixinho. — Só que não é mais Sêrgui nem o padre Sêrgui: eis aqui o grande pecador Stepan Kassátski, um pecador perdido e rematado. Acolhe-me, pois, ajuda-me.

— Mas não pode ser. Mas como foi que se humilhou tanto? Mas vamos, vamos!

Ela lhe estendeu a mão; sem tocar em sua mão, Sêrgui foi atrás dela.

Aonde o levaria? Sua casinha era pequena. Ela própria ocupara, primeiro, um quartinho minúsculo, praticamente uma despensa, mas depois repassara essa despensa também para sua filha. E lá estava agora Macha, ninando seu caçulinha.

— Sente-se aí, por enquanto — disse ela a Sêrgui, apontando-lhe um banco na cozinha.

Sêrgui se sentou logo e tirou, com um gesto que aparentemente já lhe era bem familiar, sua bolsa primeiro de um ombro e, a seguir, do outro.

— Meu Deus, meu Deus, como se humilhou, meu querido! Tanta glória e, de repente, assim...

Sêrgui não lhe respondia: apenas esboçou um sorriso humilde, colocando a sua bolsa por perto.

— Sabes, Macha, quem é?

E Praskóvia Mikháilovna contou, cochichando, à sua filha quem era Sêrgui, e elas duas retiraram a cama e o berço daquela despensa, esvaziando-a para o hóspede.

Praskóvia Mikháilovna conduziu Sêrgui até a despensa.

— Descanse aí. Não me leve a mal. E agora preciso sair.

— Aonde vai?

— Estou dando aulas: até me envergonho de falar nisso... aulas de música.

— É bom que dê aulas de música. Só que eu, Praskóvia Mikháilovna, vim para tratar de um assunto com você. Quando é que poderemos conversar?

— Ficaria feliz! Podemos conversar à noite?

— Podemos... Só um pedido a mais: não comente, por favor, quem sou eu. Só me abri com você. Ninguém sabe para onde eu tinha ido. É preciso que seja assim.

— Ah, mas já disse à minha filha...

— Então peça que ela não fale disso.

Sêrgui tirou suas botas, deitou-se e logo adormeceu após uma noite insone e quarenta verstas percorridas a pé.

Quando Praskóvia Mikháilovna voltou para casa, Sêrgui esperava por ela sentado em seu cubículo. Não saíra para almoçar, mas tomara sopa e *kacha* que Lukêria lhe servira lá dentro.

— Por que é que vieste mais cedo? — perguntou Sêrgui. — Agora podemos conversar?

— E por que sou tão feliz assim? Uma visita dessas... Já matei uma aula mesmo. Que fique para depois... Eu vivia sonhando em ir visitá-lo, escrevia para o senhor, e de repente... tanta felicidade!

— Páchenka! Aceita, por favor, as palavras que te direi agora como uma confissão, como se eu dissesse estas palavras, na hora de minha morte, perante Deus. Páchenka! Não sou um homem santo, nem mesmo um homem qualquer, igual a todos: sou um pecador, um pecador sujo, abjeto, pervertido e assoberbado. Não sei se sou pior que todos, mas sou pior que as piores pessoas.

De início, Páchenka mirou-o com olhos arregalados: custava a acreditar. Em seguida, dando-lhe pleno crédito, tocou na mão dele e disse com um sorriso tristonho:

— Stiva, talvez estejas exagerando?

— Não, Páchenka. Sou libertino, sou assassino, sou blasfemo e mentiroso.

— Meu Deus! Mas como assim? — balbuciou Praskóvia Mikháilovna.

— Mas preciso continuar vivendo. E eu, que pensava saber tudo, que ensinava os outros a viver, eu não sei nada e peço que tu me ensines.

— O que é isso, Stiva? Estás brincando! Por que é que alguém sempre se ri de mim?

— Tudo bem: estou brincando. Então me diz apenas como tu vives e como viveste a vida toda?

— Eu? Pois esta minha vida tem sido a mais ordinária, a mais vil, e agora Deus me castiga, e por justa causa, e vivo tão mal, tão mal...

— Mas como te casaste? Como viveste com teu marido?

— Foi tudo ruim. Casei-me porque me apaixonei da maneira mais asquerosa. Papai não queria isso. Não me importei com nada e me casei. E, quando estava casada, em vez de ajudar meu marido, torturava-o com meus ciúmes, que não conseguia reprimir dentro de mim.

— Ele bebia, pelo que ouvi dizerem.

— Bebia, sim, mas eu cá não sabia acalmá-lo. Só o censurava. Mas aquilo é uma doença. Ele não conseguia parar, e agora eu lembro como não o deixava beber. E a gente teve tantas cenas horríveis!

Ela olhava para Kassátski, e seus belos olhos exprimiam sofrimento ao passo que ela se lembrava daquilo.

Kassátski se recordou de ter ouvido contarem como o marido espancava Páchenka. E, agora que mirava seu magro pescoço ressequido, com aquelas veias nodosas por trás das orelhas, e aquele tufo de ralos cabelos ruços, parecia-lhe que o via espancá-la.

— Depois fiquei sozinha, com duas crianças e sem um tostão furado.

— Mas tua família tinha uma fazenda, não tinha?

— Vendemos tudo, ainda quando Vássia estava vivo, e... gastamos tudo. Precisávamos de dinheiro, e eu não sabia fazer nada, como todas nós, as senhoritas. Só que eu não prestava para nada mesmo, era tão fraca. Assim vivíamos gastando os últimos trocados, eu ensinava as crianças e também estudava um pouco. E eis que Mítia adoeceu, na quarta série, e Deus o levou embora. E depois Mánetchka se enamorou de Vânia – é meu genro. Pois bem... ele é um homem bom, mas está infeliz. Está doente.

— Mãezinha... – A filha interrompeu o discurso dela. – Tome conta de Micha, que eu não posso rachar ao meio.

Praskóvia Mikháilovna estremeceu, levantou-se e, indo num pé e voltando no outro, saiu porta afora, com seus sapatos cambados, e trouxe em seus braços um menininho de dois anos, que recaía para trás e agarrava-se ao seu lenço.

— Sim... onde foi que parei? Pois bem: ele tinha um cargo bom por aqui, e seu chefe era tão simpático, só que Vânia não pôde trabalhar e pediu demissão.

— Mas que doença é que ele tem?

— Está com neurastenia, uma doença terrível. Consultamos os médicos: seria bom que nos mudássemos para outro lugar, mas não temos dinheiro. Eu mesma espero, aliás, que tudo passe sem tratamento. Até que não tem dores agudas, mas...

— Lukêria! — ouviu-se a voz do genro, irritada e débil. — Sempre a mandam não sei para onde, quando preciso dela! Sogrinha!...

— Um minutinho — interrompeu-se do novo Praskóvia Mikháilovna. — Ele ainda não almoçou. Não pode comer com a gente.

Ela saiu outra vez, arrumou algo por lá e voltou esfregando as suas mãos magras e bronzeadas.

— Assim é que vivo. A gente sempre reclama, nunca está contente, mas, graças a Deus, meus netos estão todos bem, têm saúde, e ainda dá para viver. Nem vale a pena falar de mim.

— E de que é que vocês vivem?

— Pois eu ganho um pouquinho. Antes me entediava com a música, mas agora me valho tanto dela.

Colocando sua mãozinha sobre a pequena cômoda perto da qual estava sentada, ela movia seus dedos magros como quem tocasse algum exercício.

— Mas quanto lhe pagam por essas aulas?

— Às vezes pagam um rublo por hora, às vezes cinquenta copeques ou então trinta copeques. Eles todos me tratam tão bem.

— E as crianças aprendem direitinho? — perguntou Kassátski, sorrindo de leve com seus olhos.

Praskóvia Mikháilovna demorou a acreditar na seriedade dessa pergunta e olhou, de modo interrogativo, nos olhos dele.

— Algumas aprendem. Há uma menina tão boazinha, a filha do açougueiro. Uma menina bondosa, meiga. Pois, se eu fosse uma mulher decente, então poderia — usando as relações de papai, bem entendido — arranjar um cargo para meu genro. Mas eu nunca soube fazer nada e levei todos àquele estado!

— Sim, sim — dizia Kassátski, inclinando a cabeça. — E como é que você, Páchenka, participa da vida religiosa? — perguntou.

— Ah, nem me fale: tão mal, com tanto descuido! Fico jejuando com os filhos e depois vou à igreja para me confessar, mas, outras vezes, não vou lá meses inteiros: só mando os filhos irem à igreja.

— E você mesma, por que é que não vai?

— A bem da verdade... — ela enrubesceu —, fico envergonhada, na frente da minha filha e dos meus netinhos, de ir à igreja esfarrapada... e não tenho cá roupas novas. Às vezes, estou simplesmente com preguiça.

— Mas fica rezando em casa?

— Fico, sim, mas que rezas são essas? Rezo apenas assim, maquinalmente. Sei que não se reza assim, só que não tenho sentimentos de verdade: apenas sei como sou asquerosa, e nada mais...

— Sim, sim, é isso aí — dizia Kassátski, como quem aprovasse suas falas.

— Já vou, já vou — respondeu ela aos apelos do genro e, ajeitando a trancinha em sua cabeça, saiu do quarto.

Dessa vez, demorou bastante a voltar. Quando voltou, Kassátski estava sentado na mesma posição, fincando os cotovelos nos joelhos e abaixando a cabeça. Todavia, sua bolsa já pendia em suas costas. Quando ela entrou, com um candeeiro de folha de flandres sem campânula nas mãos, reergueu seus belos olhos cansados e soltou um suspiro profundo, muito profundo.

— Não disse para eles quem é o senhor — começou ela, timidamente —; disse apenas que era um romeiro dos nobres e que eu o conhecia. Vamos à sala, vamos tomar chá.

— Não...

— Pois eu lhe trago chá para cá.

— Não preciso de nada, não. Que Deus te salve, Páchenka. Eu vou embora. Se tiveres pena de mim, não digas a ninguém que me viste. Não digas a ninguém, imploro-te em nome do Deus vivo. E muito te agradeço. Até me curvaria em tua frente, mas sei que isso te deixaria sem graça. Obrigado... Perdoa-me, pelo amor de Cristo.

— Dê-me a sua bênção.

— Deus te abençoe. Por Cristo, perdoa-me.

Ia sair porta afora, mas ela o reteve e trouxe-lhe pão, *barânkas*[49] e manteiga. Ele aceitou tudo e foi embora.

Estava escuro, e ela perdeu Sêrgui de vista antes de ele ter caminhado até a segunda casa da rua; sabia que estava ali passando só por ouvir o cachorro do arcipreste[50] latir contra ele.

"Eis o que significava, então, aquele meu sonho. Páchenka é justamente quem eu deveria ter sido e nunca fui. Eu vivia para as pessoas pretextando viver para Deus; ela vive para Deus imaginando viver para as pessoas. Sim, uma boa ação, um copo d'água servido sem pensar na recompensa, vale mais que tudo quanto fiz em benefício daquela gente. Houve, porém, meu quinhão de sincera vontade de servir a Deus, não houve?" — perguntava Sêrgui

---

[49] Espécie de pão doce, um tanto mais duro que uma rosca comum, confeccionado em forma de argola.

[50] Pároco idoso e respeitável, cuja autoridade eclesiástica era superior à dos outros párocos de dada região.

a si mesmo, e sua resposta era: "Houve, sim, mas aquilo tudo ficou emporcalhado, maculado pela glória mundana. Não, Deus não existe para quem tenha vivido, igual a mim, para a glória mundana. Pois vou procurá-Lo agora".

E ele foi caminhando de aldeia em aldeia, da mesma maneira que viera caminhando até a casa de Páchenka, deparando-se pelo caminho com diversos romeiros e romeiras, e pedindo, por Cristo, pão e pernoite. Via-se, vez por outra, injuriado por uma maldosa dona de casa ou xingado por um mujique embriagado, mas, na maioria das vezes, supriam-no de comida e água, inclusive para sua viagem. A aparência senhoril do andarilho dispunha certas pessoas a seu favor. Outras pessoas, pelo contrário, aparentavam satisfação ao ver um senhor desses que também chegara a viver na miséria. Contudo, sua humildade vencia a todos.

Em várias ocasiões, encontrando nalguma casa o Evangelho, lia-o em voz alta, e as pessoas ficavam todas enternecidas e pasmadas, sempre e por toda a parte, quando o ouviam ler algo tão familiar que lhes parecia, ao mesmo tempo, tão novo.

Quando conseguia ajudar aquelas pessoas com seus conselhos ou suas leituras, ou então reconciliando quem brigasse, não as via agradecidas, porquanto ia logo embora. E, pouco a pouco, Deus começou a revelar-se nele.

Certa vez, caminhava com duas velhinhas e um soldado. Um casal de fidalgos, que passava de *char à bancs*[51] atrelado a um trotador, e outro casal, que montava cavalos, fizeram-nos parar. O marido da fidalga cavalgava com sua filha, e quem ia de *char à bancs* era a própria fidalga, esposa

---

[51] Grande carruagem coberta por um toldo e aberta dos lados, espécie de ônibus com vários assentos (em francês).

dele, acompanhada, pelo visto, por um viajante francês. Fizeram-nos parar a fim de mostrar àquele viajante *les pèlerins*,[52] que, de acordo com uma superstição inerente ao povo russo, andavam de lá para cá em vez de trabalhar.

Eles falavam francês, pensando que não os entendessem.

— *Demandez-leur* — disse o francês — *s'ils sont bien sûrs de ce que leur pèlerinage est agréable à Dieu.*[53]

Fizeram-lhes essa pergunta. As velhinhas responderam:

— Depende de Deus. Anda-se com os pés, mas será que se anda com o coração?

Indagaram ao soldado. Ele disse que estava sozinho e não tinha mais aonde ir. Então perguntaram a Kassátski quem era ele.

— Um servo de Deus.

— *Qu'est-ce qu'il dit ? Il ne répond pas.*[54]

— *Il dit qu'il est un serviteur de Dieu.*[55]

— *Cela dit être un fils de prêtre. Il a de la race. Avez-vous de la petite monnaie?*[56]

O francês achou uns trocados. E deu vinte copeques a cada um dos romeiros.

— *Mais dites-leur que ce n'est pas pour des cierges que je leur donne, mais pour qu'ils se régalent de thé,*[57] chá, chá... *pour vous, mon vieux*[58] — disse o francês, sorrindo e dando uns tapinhas no ombro de Kassátski com sua mão enluvada.

---

[52] Os peregrinos (em francês).
[53] Perguntem para eles... se têm toda a certeza de que sua peregrinação agrada a Deus (em francês).
[54] O que ele diz? Não está respondendo (em francês).
[55] Ele diz que é um servente de Deus (em francês).
[56] Quer dizer, é filho de padre. Ele tem boa linhagem. Os senhores têm alguns miúdos? (em francês).
[57] Mas digam para eles que não lhes dou esmola para comprarem círios, mas para se deliciarem com chá... (em francês).
[58] ... para você, meu velho (em francês).

— Cristo o salve — respondeu Kassátski, inclinando, sem pôr de volta sua *chapka*, a cabeça calva.

E Kassátski se alegrou sobremodo com esse encontro, porque tinha desprezado a opinião das pessoas e feito a coisa mais ínfima e mais simples: pegara humildemente aqueles vinte copeques e entregara-os ao seu companheiro, um mendicante cego. Quanto menos significava para ele a opinião das pessoas, tanto mais se sentia a presença de Deus.

Assim Kassátski deambulou por oito meses; no nono mês, ficou detido numa cidade interiorana, num asilo onde pernoitava com outros andarilhos, e levado para a delegacia por andar sem passaporte. Quando lhe perguntaram quem era e onde estavam seus documentos, respondeu que não tinha documentos e que era um servo de Deus. Julgaram-no então como um vagabundo e mandaram-no para a Sibéria.

Uma vez na Sibéria, ele ficou morando na *zaímka*[59] de um mujique abastado. Mora lá até hoje: trabalha na horta do patrão, dá aulas às crianças e cuida de quem estiver doente.

---

[59] Propriedade rural situada, geralmente, nas terras baldias que os colonos russos invadiam na Sibéria.

© Copyright desta tradução: Editora Martin Claret Ltda., 2017.

Direção
MARTIN CLARET

Produção editorial
CAROLINA MARANI LIMA / MAYARA ZUCHELI

Direção de arte
JOSÉ DUARTE T. DE CASTRO

Diagramação
GIOVANA GATTI QUADROTTI

Ilustração de capa
FABIANO HIGASHI

Revisão
ALEXANDER BARUTTI A. SIQUEIRA

Impressão e acabamento
GEOGRÁFICA EDITORA

Dados Internacionais de Catalogação na Publicação (CIP)
(Câmara Brasileira do Livro, SP, Brasil)

Tolstói, Leon, 1828-1910.
A morte de Ivan Ilitch e outras histórias / Leon Tolstói; tradução e notas Oleg Almeida — São Paulo: Martin Claret, 2018.

Título original: Смерть Ивана Ильича; Крейцерова соната; Отец Сергий.

1. Ficção russa I. Almeida, Oleg II. Título
ISBN 978-85-440-0177-6

18-12874   CDD-891.7

Índices para catálogo sistemático:

1. Ficção: Literatura russa   8191.7

EDITORA MARTIN CLARET LTDA.
Rua Alegrete, 62 — Bairro Sumaré — CEP: 01254-010 — São Paulo — SP
Tel.: (11) 3672-8144 — www.martinclaret.com.br
6ª reimpressão — 2025

CONTINUE COM A GENTE!

- Editora Martin Claret
- editoramartinclaret
- @EdMartinClaret
- www.martinclaret.com.br

IMPRESSO EM PAPEL
Pólen
mais prazer em ler